Norea ist die Tochter von Eva und Adam, Kains Schwester, eine Gestalt aus den alten Menschheitsmythen – und ein Kind mit ganz besonderen Gaben.

Eva spürt von Anfang an, dass dieses spät geborene Mädchen von all ihren Kindern das glücklichste ist. Von klein auf fühlt Norea sich eins mit der Natur, mit den Tieren und Pflanzen. Sie kann in die Herzen der Menschen blicken und über die Grenzen hinaussehen, die wir höchstens im Traum überschreiten. Durch sie erfahren wir, was menschliches Bewusstsein bedeutet – oder was es bedeuten könnte, würde es nicht bereits in der frühen Kindheit so nachhaltig unterdrückt.

Im Tempel des Königreichs Nod, wo ihr Bruder Kain auch nach seinem Tod in hohem Ansehen steht, wird Norea zur Priesterin und Prophetin ausgebildet. Doch ihr sicheres Gefühl für die Einheit der Schöpfung schützt sie nicht vor harten Schicksalsschlägen.

In geheimen Ritualen eignet sie sich den Blick des Adlers und den Mut des Löwen an. Sie trifft den Mann, der ihr ebenbürtig ist, und führt ein bewegtes Leben, hoch geachtet und geschätzt von allen.

Marianne Fredriksson erzählt im Abschlussband ihrer Trilogie über die ›Kinder des Paradieses‹ eine spannende Fantasygeschichte über den Urgrund menschlichen Denkens und Handelns.

Marianne Fredriksson wurde 1927 in Göteborg geboren. Sie ist verheiratet und hat zwei Töchter. Als Journalistin arbeitete sie lange für bekannte schwedische Zeitungen und Zeitschriften. 1980 veröffentlichte sie den Roman ›Eva‹, den ersten Band ihrer Trilogie ›Die Kinder des Paradieses‹, dem die Bände ›Abels Bruder‹ und ›Noreas Geschichte‹ folgten. Mit ihrem Roman ›Hannas Töchter‹, dem ersten Buch von Marianne Fredriksson, das auf Deutsch erschien, wurde sie auch bei uns zu einer der meistgelesenen Autorinnen. Zuletzt erschienen bei Krüger ihre Romane ›Inge und Mira‹ und ›Sofia und Anders‹.

Lieferbare Titel im Fischer Taschenbuch Verlag: ›Hannas Töchter‹ (Bd. 14486), ›Simon‹ (Bd. 14865), ›Marcus und Eneides‹ (Bd. 14045), ›Maria Magdalena‹ (Bd. 14958), sowie die Großdruckbände ›Hannas Töchter‹ (Bd. 15151) und ›Marcus und Eneides‹ (Bd. 15152).

Unsere Adresse im Internet: www.fischer-tb.de

Marianne Fredriksson

NOREAS GESCHICHTE

Roman

Aus dem Schwedischen
von Walburg Wohlleben

Fischer Taschenbuch Verlag

Deutsche Erstausgabe
veröffentlicht im Fischer Taschenbuch Verlag GmbH,
Frankfurt am Main, November 2001

Published by agreement with Bengt Nordin Agency, Sweden
Die schwedische Originalausgabe erschien 1983
unter dem Titel »Noreas Saga«
im Verlag Wahlström & Widstrand, Stockholm

Satz: Pinkuin Satz und Datentechnik, Berlin
Druck und Einband: Clausen & Bosse, Leck
ISBN 3-596-14043-9

Für Turid

Was bisher geschah

Manche Ereignisse in *Noreas Geschichte* sind leichter verständlich, wenn man sich zuvor mit einigen Fakten aus der Rahmenhandlung der Romane von *Eva* und *Abels Bruder* vertraut gemacht hat.

Nach Kains Mord an Abel begibt sich Eva, die Mutter der beiden, auf den Weg zurück in das Land ihrer Kindheit, um Antwort auf bestimmte Fragen zu bekommen. In den Wäldern von Eden trifft sie auf ein Volk, das den Unterschied zwischen Gut und Böse nicht kennt. Zudem lebt es außerhalb der Zeit. Hier war Eva aufgewachsen, hatte sich jedoch von der unschuldigen und doch grausamen Horde abgesondert. Sie war zur Einzelgängerin geworden, denn auch ihre Mutter war anders als die Hordenmitglieder gewesen. Die Mutter war eine Frau von großem Wissen, und sie besaß die Fähigkeit zu lieben. Abgesondert lebte sie am Waldrand mit einem Schamanen zusammen, einem seltsamen Mann, der es verstand, Regen zu machen.

Auf dem Rückweg trifft Eva in den Niederungen auf eines der umherziehenden Hirtenvölker. Hier nun verknüpfen sich sämtliche Fäden, und zwar als Eva die Geschichte von der Königstochter erfährt, die gemeinsam mit einem Schamanen aus dem Tempelturm des mächtigen Hofes von Nod geflohen war. In einer Vision hatte sie von Gott den Auftrag erhalten, das wilde Volk von Eden zu erlösen, es eine Sprache zu lehren und ihm beizubringen, zwischen Gut und Böse zu unterscheiden.

Eva weiß nun, dass diese Mission fehlgeschlagen ist. Der Schamane und die Mutter wurden nach Evas eigener Flucht von dem

Wildvolk ermordet. Gemeinsam mit Eva war damals auch Adam geflohen, den der Schamane daraufhin verbannt hatte.

Eva kehrt auf den Berg zurück, auf dem sie und Adam Ackerbau betreiben. Neben Kain und Abel bekommenen sie noch zwei Kinder – Seth und Norea.

Kain heiratet Letha, ein Mädchen aus dem Hirtenvolk, und Kains Ähnlichkeit mit dem Königsgeschlecht in Nod gibt mittlerweile Anlass zu manchen Gerüchten.

In *Abels Bruder* wird berichtet, wie Kain seine junge Frau verlässt, nachdem sie ihm ein Kind geboren hat. Aus Eifersucht und Angst, dem Neugeborenen Schaden zuzufügen, flieht er nach Eden, wo er Satan, den Anführer des Wildvolkes, tötet. Inzwischen erreicht die alte, kinderlose Königin von Nod das Gerücht, es existiere ein Nachkomme des Königsgeschlechtes, Kain genannt. Sie schickt ihren Oberbefehlshaber los, um diesen Kain zu finden. Er soll ihn entweder töten oder als Thronfolger nach Nod heimführen.

Einige Zeit danach wird Kain König von Nod. Er heiratet erneut, diesmal Natie, die Tochter des Oberbefehlshabers.

Obwohl Kain scheinbar glücklich ist, verfolgt ihn die Schwermut auch weiterhin. Unterstützung bekommt er von dem offenen und klugen Hohepriester des Hofes. Auch hilft ihm eine Art inneres Gespräch mit seiner Mutter Eva.

Nod gerät in einen Krieg mit dem Nachbarland Sum, und in der entscheidenden Schlacht zeigt Kain großen Heldenmut. Doch die Angst ergreift erneut Besitz von ihm. Er unternimmt einen missglückten Versuch, sich von ihr zu befreien, indem er denen von dem Brudermord berichtet, die ihm am nächsten stehen. Doch sie verstehen ihn nicht, und Kain nimmt sich das Leben.

NOREAS GESCHICHTE

»Gib es auf, dir über Gott und Welt und Ähnliches
das Gehirn zu zermartern.
Suche Ihn bei dir selbst und lerne zu erkennen, wer in dir ist,
der sich alles vollständig zu Eigen macht und spricht:
›Mein Gott, mein Verständnis, mein Denken, meine Seele,
mein Körper!‹
Trachte zu erkennen: Woher kommen Schwermut und
Gelöstheit, Liebe und Hass?
Wenn du dies genau untersucht hast,
dann erst wirst du dich selber finden. In dir.«

Monoimos, gnostischer Lehrer
am Anfang unserer Zeitrechnung.

Kapitel 1

Mit leichten Schritten flog das Kind über die Wiesen.

Es war wie der Wind, grenzenlos und unberechenbar, erfüllt von der Freude über alles, was auf der Erde wuchs.

Es war fast noch ein Niemand und war deshalb fast schon alles. Zuweilen hielt es bei einer Blume oder einer Hummel inne und war nichts als bloßes Staunen. Oder eine Anemone war verblüht, hatte ihre Kronblätter verloren – und das Kind stand lange davor, völlig in den Anblick versunken.

Ohne Wehmut.

Es sah nichts Vergängliches in der welkenden Blume, sie enthielt keine Botschaft vom schnellen Tod des Frühlings, der hinübergewechselt war in einen heißen Sommer. Das Kind lebte noch außerhalb der Zeit.

In einigem Abstand folgte ihr die Mutter, auch sie mit jenem freien Blick und leichten Gang. Dieses Kind war für sie, die Leidgeprüfte, das Geschenk des Lebens. Spät erst war es geboren, in der Zeit ihrer Reife, als sie vieles schon hinter sich gebracht hatte. Das Kind sollte niemanden ersetzen, sollte nicht benützt werden oder als Trost dienen, brauchte nichts wieder gutzumachen.

Es durfte ganz einfach so sein, wie es war.

Lange bevor das Kind geboren war, hatte die Mutter die mühevolle Wanderung in ihr Inneres gewagt und dort den Nährboden für so manchen Schmerz gefunden. Die noch verbliebenen Rätsel konnten sie nicht mehr schrecken.

Im Großen und Ganzen hatte sie ihr Wachsen hier auf Erden

begriffen. Manches hatte sich nicht ganz gerade entwickelt, und sie war traurig darüber. Aber sie hatte sich selbst verziehen – beides, das, was verkümmert war, und das, was sich niemals voll entfalten durfte.

Sie war wenig ängstlich, daher konnte sie das Kind großziehen, ohne es zu maßregeln. Und sie neigte nicht zu Schuldgefühlen, dieses Kind brauchte nicht zu befürchten, es bereite seiner Mutter Kummer.

Die Mutter wusste, dieser Friede, den sie errungen hatte, war von niemandem abhängig. Sie hatte Klarheit über sich selbst und deshalb Vertrauen in das Kind.

Noch dazu war es ein Mädchen, ein Wesen, das sich in der Welt so selbstverständlich bewegte wie sie selbst. Es zeigt sich so, wie es ist, dachte sie und folgte dem tanzenden Kind über die Wiesen.

Und es erstaunte sie auch nicht, dass das Kind seine halb bewussten Gedanken in Worten ausdrücken konnte. Wie jetzt an diesem Frühlingsmorgen, als sie hinauszogen, um die bereits hervorsprießenden Heilpflanzen zu sammeln. Und sie hatten Glück – sie fanden die seltene Aloe, die irgendwann ein einziges Mal hier oben von den Vögeln des Himmels ausgesät worden war. Der zähflüssige Saft der dicken, blaugrünen Blätter heilte Brandwunden, wirksamer als jedes andere Kraut. Und die reifen Samenkerne konnte man mit Enzian, Safran und Rhabarber zu einem Getränk mischen, das einem zu Tode Erschöpften neue Lebenskraft verlieh.

Die Pflanzen fanden sie auf der trockenen Südseite des Berghanges, gleich oberhalb der frisch gerodeten Lichtung, wo sich Myrte, Oleander und die eine oder andere Felsenrose langsam ihren Lebensraum zurückeroberten. Von allem war so reichlich vorhanden, sie könnte einen großen Vorrat anlegen, würde sie sich entschließen, alles zu ernten. Aber in ihrer Sammelfreude zögerte sie doch, empfand es als Plündern.

Sie bückte sich, um hier einige Blattrosetten und dort ein paar schwere Samenstände zu pflücken, und betete dabei im Stillen; es war eine Bitte an die Pflanzen um Vergebung und Verständnis.

Dann hörte sie das Kind rufen: »So schöne Blumen! Wir müssen sie vorsichtig pflücken, nur ein paar. Aber wir dürfen es, sie sind doch für die Kranken.«

Die helle Stimme schwirrte wie Sonnenlicht über die Pflanzen, und der Mutter kam es vor, als gäben sie freiwillig ihre Samen her.

Jetzt wollte das Kind weiter, bis zu den Zedern – und noch weiter, bis hinüber an den Fuß des kahlen Berges; eine unwirtliche Landschaft, steinig, voller Sand, versetzt mit Felsbrocken.

Nur die robustesten Pflanzen konnten auf dem mageren Boden Wurzeln fassen, diejenigen, die zu kriechen gelernt hatten und ohne Wasser und Schatten auskamen. Aber hier duftete es nach Thymian, der im Schutz der großen Felsen Nährboden für ein paar anspruchslose Büschel gefunden hatte.

Die Mutter pflückte einen Bund für den eigenen Gebrauch, dann setzte sie sich und ließ Gedanken und Gefühlen freien Lauf, all diesem Geplapper, das einen Menschen während seiner Wanderung auf Erden begleitet. Wichtiges und Unwichtiges war dabei, Lustiges und Quälendes, Kummer und Freude, alles ließ sie kommen, denn sie hatte endlich gelernt, dass sich der Strom der Gedanken andere, schmerzhaftere Windungen suchte, würde sie ihn aufzuhalten versuchen.

Das Kind hatte keine Gedanken, denen es nachhängen oder die es verbergen musste, nichts, was ihm Freude machte, galt es in Schubladen aufzubewahren, und nichts in seinem Leben musste es in Ordnung bringen. Es liebte diesen Platz. Hier schimmerte der Sand, hier leuchteten die Sterne in tausend Farben, hier tanzte die Welt für das Mädchen. Und hier war auch das Tier.

Sie war ihm eines Morgens begegnet, als die Steine vom Frost noch weiß schimmerten. Das Mädchen und das Tier hatten einander angeblickt und waren dabei vollkommen eins gewesen. Es war ein kleines Tier mit braunem Fell, blitzschnell und scheu. Dennoch war es vor ihm nicht ausgewichen, hatte einfach nur dagesessen mit seinen schwarzen Augen, versunken in die des Kindes.

Eine feierliche Stimmung hatte sie beide umgeben.

Damals hatte sie ihren Bruder bei sich, er war ungeduldig geworden, hatte sie am Arm gezupft und ihr zugerufen, mit ihm heimzugehen.

»Aber siehst du es denn nicht?«, hatte sie geflüstert.

Und der Bruder hatte in die Richtung des Tieres gestarrt und es nicht gesehen.

Da hatte sie begriffen, dass das Tier Gott war. Gott sei unsichtbar, hatte ihr Vater gesagt. Er würde sich nur manchmal einem Auserwählten zeigen.

Heute nun saß sie zwischen den tanzenden Steinen in einer Welt, die vor Licht und Farben sang – und sie wartete. Er würde kommen, das wusste sie. Und die Mutter würde ihn jetzt auch sehen.

Die Mutter war eine Auserwählte, wie Norea selbst.

Gleich darauf tauchte er auf, dort auf dem Felsen nahe am Fuß des Berges, und wieder trafen sich ihre Augen, und sie wurde er, und er wurde sie, beide wurden sie zur selben Zeit eins mit der unendlichen Schöpfung.

Auch die Mutter saß regungslos. Schließlich flüsterte sie:

»Es ist ein Wiesel, Norea.«

Im selben Moment war das Tier verschwunden, und das Kind fühlte eine unbestimmte Trauer. Die Mutter musste es gesehen haben, es war gar nicht anders möglich – aber warum hatte sie Gott ein Wiesel genannt? Und was war das für ein Wort, das die Freude einfing und sie dann wiederum in Stücke schlug?

Wenig später brach die Mutter auf.

»Es wird unerträglich heiß hier. Es ist kein schöner Platz«, sagte sie.

Da blickte sich das Kind um, die Steine hatten aufgehört zu tanzen.

Und das Kind weinte, so unfassbar und untröstlich, wie es nur ganz kleine Kinder tun.

Kapitel 2

Im Frühjahr war Lu-Sin zum Wohnplatz auf Ans Berg gekommen, und sie wusste sofort, dies hier war ein heiliger Ort. Es war gerade die Zeit, in der die Anemonen mit ihren leuchtenden Farben die Hügel überzogen. Und Lu-Sin war bekannt, dass die Götter mit dem Atem des Windes diese Boten an auserwählte Orte schickten – zur Freude der Menschen.

Lu-Sin war kinderlos. Der Same wollte in ihr nie wachsen, trotz einer langen, erfüllten Ehe; auch Opfergaben, Gebete und geheime Rituale in den Tempeln hatten ihr nicht helfen können.

Inannas blinde Priesterin aus dem Tempel in Nod hatte ihr schließlich gesagt: »Du willst nicht, und deshalb wollen auch die Götter nicht.« Damals hatte der Zorn sie wie ein reißender Strom erfasst, dunkelrot im Gesicht hatte sie ihre wütenden Einwände hervorgestammelt. Aber die blinde Seherin ließ den erbitterten Wortschwall über sich ergehen – ohne Sympathie und ohne Mitleid.

Hatte sie ihr überhaupt zugehört?

Lu-Sin wusste es nicht mehr, nur, dass auf die Wut, nachdem sie sich endlich ausgetobt hatte, heftige Trauer gefolgt war und das Gemüt reinigte. Und auf dem Grund der Trauer gab es eine tiefe Einsicht.

Sie war einer jener zahlreichen Menschen auf Erden, die früh erkennen, dass das Leben hier keinen besonderen Sinn hatte und dass es für sie, Lu-Sin, hier keine Aufgabe zu erfüllen gab.

Nicht, dass sie aufgegeben hätte, im Gegenteil – sie kämpfte beharrlicher als die meisten, um den Erwartungen anderer an sie gerecht zu werden. Sie war voller guter Vorsätze, war beliebt und freundlich. Wenige setzten sich für andere so ein wie Lu-Sin, wenige bemühten sich so und gaben ihr Bestes, um sich einen Platz im Dasein zu sichern.

Aber tief in ihrem Körper und in ihrer Seele hatte sie schon immer gewusst, die Anstrengungen würden nie genügen. Hier im Tempel, vor der alten Priesterin, sah sie es ein, hier wagte sie endlich auf die Stimme zu hören, die ihr aus dem Grund ihres Wesens zuflüsterte:

Es hat keinen Sinn.

Dennoch war diesem Augenblick der Einsicht nicht mit Vernunft beizukommen. Lange danach noch versuchte sie es zu verstehen und irrte zwischen Fragen umher, die sich ihr stellten. Sie sehnte sich mit all ihrem Sein nach einem Kind, wollte viele Kinder. Nichts im Leben wäre wunderbarer, als Ast-An nach einer seiner häufigen Reisen mit einem Neugeborenen auf dem Arm entgegenzutreten, es ihm zu reichen und zu sagen: »Sieh mal, das ist dein Sohn.«

Vielleicht mied das Kind sie ja auch, wollte nicht zu einer Mutter, die sich im Grunde ihres Wesens so unsicher war.

Lange Zeit versuchte sie, das Kind zu überreden: Komm, komm trotzdem. Für dich gibt es einen Platz hier im Leben, der dir zusteht.

Aber das Gebet war ohne Kraft, sie spürte es.

Eines Tages begann sie, für Ast-An eine neue Ehe zu planen. Eine neue Gattin sollte das Heim mit ihr teilen und endlich die Söhne gebären, die dem Mann zustanden. Anfangs reagierte Ast-An unwillig darüber; das Band zwischen ihm und seiner Frau war immer stark gewesen, ja, war durch ihre gemeinsamen Sorgen beinahe noch fester geworden. Schließlich gab er ihr zuliebe nach, in der Hoffnung, mit einem Kind im Haus würde Lu-Sin endlich zur Ruhe kommen.

Lu-Sin begann ihre Nachforschungen in den Familien am Hof von Nod. Allzu hohe Ansprüche durfte sie nicht stellen, es handelte sich ja nur um den Platz einer Nebenfrau, und unter jenen Frauen, die von edelstem Geschlecht waren, durfte sie nicht suchen. Bei aller finsteren Entschlossenheit gab ihr das einen gewissen Trost, denn sie selbst gehörte einer der ältesten Familien des Königshauses an.

Auch durfte die Frau nicht allzu hübsch sein. Diesen Gedanken gestand sich Lu-Sin allerdings nicht bewusst ein, hätte ihn auch heftig abgestritten.

Dennoch gab es ihn. Sie war ja auch nur ein Mensch, und Ast-Ans Liebe war für sie das größte Geschenk ihres Lebens, war ihre ganze Erfüllung. Sie beunruhigte und bedrohte aber auch das Grundgefühl:

Diese Liebe war unverdient.

Zuweilen dachte sie: Er wurde getäuscht, ich habe ihn beschwindelt. Zur Strafe bin ich kinderlos.

Die Auswahl unter den möglichen Ehefrauen für Ast-An war größer als sie angenommen hatte, wie sich bald herausstellte. Seine Stellung hatte sich unter dem neuen König gefestigt; Ast-An hatte dessen ganzes Vertrauen. Er selbst war der Verbindungsmann zwischen dem König und seiner Familie auf dem weit entfernten Berg An, und es war ein sehr persönlicher Auftrag, der viel Feingefühl erforderte. Er basierte auf Freundschaft, und eine Freundschaft mit dem König warf Glanz auf einen Mann und sein Haus.

Lu-Sin sah ein, sie müsse schnell einen Entschluss fassen, bevor der Mann seine guten Möglichkeiten selbst erkannte. Sie entschied sich für eine Kaufmannstochter, das vierte Mädchen einer Familie mit sechs Kindern. Sie hieß Bar-Et, und ihre Eltern waren über das Angebot außerordentlich geschmeichelt und freuten sich, solcherart eine weitere Tochter loszuwerden. Das Mädchen war rundlich, beinahe dick, nicht hübsch, aber appetitlich anzusehen, wie es bei sehr jungen Mädchen für gewöhnlich ist.

Nahezu in allem war sie das Gegenteil von Lu-Sin – ein wenig träge, nicht sehr redegewandt und fügsam.

Lu-Sin freute sich über ihre Wahl, und Ast-An erhob keine Einwände, ja er wirkte geradezu erwartungsfroh.

Die Hochzeit war ungewöhnlich aufwendig, wenn man bedachte, dass es sich nur um eine Nebenfrau handelte. Bar-Et und ihre Familie konnten sich somit kaum beklagen, dachte Lu-Sin, nachdem die Gäste das Hochzeitshaus verlassen hatten.

Sie selbst traf, gänzlich unvorbereitet, ein Gefühl bodenloser Verlassenheit, nachdem die Brautleute in dem Gemach verschwunden waren, das Lu-Sin für beide hergerichtet hatte. Und weil es ein verbotenes Gefühl war, gab es auch keinen Ausweg; Tränen standen ihr nicht zu. Lu-Sin würde immer an den Augenblick denken, in dem sie zu Stein verwandelt wurde, da alles Fleisch und alle Wärme in ihr hart, spröde und kalt geworden waren.

In dieser Nacht bewahrheitete sich das, was sie stets in ihrem Inneren gewusst hatte: Alles war sinnlos gewesen.

Am nächsten Morgen bemerkte Ast-An sofort ihre Versteinerung, war doch die Gemeinschaft mit seiner Frau die einzig Leben spendende Kraft in seinem Leben. Er sah es und musste einsehen, all ihre Beteuerungen, die neue Ehe würde sich zum Segen entwickeln, hatten sich als haltlos erwiesen. Die guten Vorsätze waren ein Spiel gewesen, es ließ sich nicht verwirklichen.

In diesem Moment hasste er Lu-Sin, und der Hass wollte ihr entgegenschreien, sie hätte mit ihrer Betriebsamkeit und ihrem verdammten Drängen ihn und sich selbst erniedrigt. Zwar schrie er nicht, das war nicht seine Art, aber er sagte, was er dachte, und hoffte auf einen Streit.

Lu-Sin schien ihn nicht zu hören, die Worte vermochten nicht bis zu ihrer Versteinerung durchzudringen.

Nun war Ast-An aber ein kluger und praktisch veranlagter

Mann. Nachdem sich seine Wut gelegt hatte, reifte in ihm ein Entschluss. Lange Zeit schon, bereits seit Kain die Macht in Nod übernommen hatte, lebte Ast-An zwei Leben – eines hier in der Stadt und eines dort oben auf Ans Berg. Lu-Sin sollte Nod verlassen und zur Königsmutter auf den Berg kommen. Seine Frau würde dort gebraucht, und niemanden verlangte es mehr danach, gebraucht zu werden, als Lu-Sin.

Es ist schwer, mit einem Menschen zu reden, der versteinert ist, aber es ist leicht, ihn dorthin zu bringen, wohin man ihn gern haben möchte. Das wurde Ast-An während der nächsten Wochen klar, als er die Reise vorbereitete. Lu-Sin fand sich damit ab, fragte nicht, hörte nur zu. Das erschreckte ihn mehr als alles andere, mehr als die Tatsache, dass sie seine Umarmungen wie eine Statue ertrug.

Die neue Ehefrau vergaß er – und doch nicht ganz. Sie hatte ihm eine angenehme Nacht geschenkt, und als sie sich trennten, legte er in seinen Blick die Botschaft: Später, wenn ich zurückgekommen bin.

Auch war er insgeheim dafür dankbar, dass sie so fügsam war, denn im Grunde war er ständig nur mit der Sorge um die Ehefrau und deren seltsame Versteinerung beschäftigt.

Zwischendurch befürchtete er, der König könnte die Pläne verhindern, aber Kain nahm Ast-Ans Bitte freudig auf. Lu-Sin war eine kraftvolle und kluge Frau, sie würde sicherlich für seine Mutter eine große Freude sein.

Endlich war die Expedition aufgebrochen, und Ast-An dachte oft voller Vertrauen und Zuversicht an Eva. Sie, die kluge Frau, würde ihn verstehen und ein Heilmittel für Lu-Sin wissen.

Sie führten auf Wunsch des Königs Kühe und Ochsen mit sich, die ersten Rinder für die Siedler auf dem Berg. Deshalb war die Reise aufgeschoben worden, der Frühling musste ins Land gezogen und genügend Gras musste vorhanden sein, um die Tiere sicher über die Niederungen zu bringen. Aber die langsamen Tiere verzögerten die Wanderung, für Ast-An zog sich die Reise ganz unnütz unendlich hin. Auch hatte er gehofft, die vielen Eindrücke, das Erlebnis der neuen Landschaft und des Himmels, der hier ganz anders war, würden Lu-Sins Versteinerung aufweichen. Aber weder die Schönheit der Berge noch die weite Ebene konnten ihr Gemüt aufhellen.

Die abendlichen Lagerfeuer brachten ihr keine Wärme, nicht einmal, als sie nachts im Zelt in seinen Armen schlief. Sie fror ja nicht, und das war noch schlimmer. Lebendige Menschen frieren wenigstens, dachte er unendlich verzweifelt.

Als sie Ans Berg erreichten und das mühsame Klettern begann, geschah dennoch etwas mit Lu-Sin. Sie wurde aus ihrer Versteinerung gerissen, jetzt schlug das Herz hart in ihrer Brust und das Blut sang in den Adern. Endlich wurde ihr warm. Und als das Hochplateau erreicht war und sie sich am Sturzbach erfrischte, sah Lu-Sin, wie schön die Welt war mit ihren gewaltigen Ebenen, den weit entfernten Flüssen und riesigen Laubwäldern am Horizont.

Noch hatte ihr das Leben etwas zu bieten.

Und sie schämte sich, als sie Ast-Ans Blick begegnete und seinen Schmerz sah. Wieder kamen ihr die alten, hässlichen Gedanken: Du solltest mich gehen lassen, ich bringe dir nur Unglück.

Dennoch war die Macht der Versteinerung gebrochen, und diese Lu-Sin, die sich jetzt dem Wohnplatz näherte, war ein Mensch aus Fleisch und Blut, aus Verzweiflung und Erwartung.

Und der Wohnplatz nahm sie auf, mit all seinem Frieden und seiner Freude. Die frisch eingesäten Äcker dampften in der Wärme nach dem nächtlichen Regen, der rote Boden schenkte der Saat seine Kraft. Die Tamarisken blühten, spiegelten sich im See und färbten das Wasser am Ufer rosa. Meterhoch umstand der Rosmarin die Häuser und hüllte die Umgebung in seinen frischen Duft.

In Nod sagte man, wo Rosmarin gedieh, herrschte die Frau, ging es Lu-Sin durch den Kopf.

Außerdem blühten hier über und über die Anemonen.

Die Sonne stand noch hoch am Himmel, als sie beim Wohnplatz ankamen, der in der Mittagsruhe döste. Eine Frau mit einem Kind an der Hand kam ihnen entgegen, und wie immer, wenn Lu-Sin ein Kind sah, traf sie ein schmerzhafter Stich.

Dann vergaß sie das Kind und dachte, niemals hatte sie eine schönere Frau gesehen, als diese, die Königsmutter. Sie war nicht mehr jung, war einfach gekleidet, die Haut war von der Sonne gebräunt, und über ihr Gesicht hatte die Trauer ein Netz feiner Falten gelegt. Trotzdem war sie schöner als die Sterne am Nachthimmel.

Sie besaß all die besonderen Züge des Königsgeschlechts – die hohen Wangenknochen, die fein gebogene Nase, eine aufrechte Haltung, die der Frau eine selbstverständliche Würde verlieh. Aber das war nicht der Grund für ihre Schönheit. Es waren die beinahe schwarzen Augen, die Lu-Sin ansahen, weise und voller Wärme, und doch waren es auch sie nicht allein, die ihr diese unbegreifliche Schönheit verliehen.

Erst später, als Ast-An sie mit den Worten vorstellte:

»Das ist meine Frau«, begriff Lu-Sin den wahren Grund. Sie bemerkte das Lächeln der anderen und hörte deren tiefe Stimme: »Herzlich willkommen, wie schön, dass du da bist.«

Dies hier war ein Mensch, der zu großer Liebe fähig war.

Lu-Sin weinte, als Eva ihre Hände festhielt, es war jenes Weinen, das Steine zu sprengen vermag.

Ast-An hatte oft darüber nachgedacht, wie er Eva allein sprechen könnte und welche Worte er wählen sollte, um ihr alles zu erklären und sie um Hilfe zu bitten. Es war überflüssige Mühe gewesen, erkannte er erleichtert, als er Eva zusah, wie sie Lu-Sin in das neue große Wohnhaus hinter der Hecke aus duftendem Rosmarin führte.

Nun machte er sich auf die Suche nach Adam und konnte sich endlich dem widmen, was Männersache war. Konnte sich den lebensnotwendigen Dingen zuwenden wie dem Ackerbau, der Tierhaltung, den Wohnhäusern – allem Praktischen dieser

Welt. Und herrlich befreit von Gefühlsregungen, die er nicht verstand.

Mit leichtem Gang machte er sich auf den Weg, sah im Vorbeigehen, dass der neue Stall für die Kühe beinahe fertig war. Diese hatte er samt dem größten Teil des Gepäcks und den Begleitern auf der feuchten Wiese hinter dem Wasserfall zurückgelassen. Die Tiere drängten nach Ruhe, Wasser und frischem Weidegras nach der Kletterei auf den Berg. Er hatte angeordnet, sie sollten erst gegen Abend nachkommen, wenn es kühler geworden war.

Adam empfing ihn herzlich, und bald waren beide Männer tief ins Gespräch verwickelt – über Aussaat und Ackerbau, über die Verteilung der Arbeitskräfte oder das Lammen der Schafe, das soeben begonnen hatte. Adam hatte Probleme mit Beri, dem neuen Hirten, der hartnäckig darauf bestand, die alten Mutterschafe und den ältesten Schafsbock zu schlachten, da dieser die Lust verloren hatte und nicht länger seine Pflicht erfüllte.

Ohne falschen Stolz hatte Adam all die Hilfe angenommen, die ihm der Sohn auf dem Königsthron von Nod im Laufe der Zeit hatte zukommen lassen. Freudig hatte er den Veränderungen auf dem Wohnplatz zugesehen; Häuser waren aus dem Boden gewachsen, neue Anbauarten und Getreidesorten hatte man ausprobiert, und alles hatte sich kräftig und zum Wohle aller entwickelt. Sogar den neuen Töpfer hatte er mit viel Wärme aufgenommen, obwohl er sich noch immer gern mit den alten Tongefäßen abmühte.

Nur in Bezug auf die Schafe reagierte er empfindlich und war skeptisch gegenüber den Neuerungen, ohne es direkt auszusprechen. Ast-An wusste es seit langem, er hatte des Öfteren die Hirten ausgewechselt, bis er Beri fand. Beri war verantwortungsbewusst und feinfühlig. Ast-An wollte, dass die beiden zusammenarbeiteten.

Morgen würde er erneut mit dem Hirten sprechen.

Sie gingen am Seeufer entlang, und stolz wies Adam darauf hin, dass der Schilfgürtel entfernt und die Gräben gereinigt waren, womit Kain seinerzeit schon begonnen hatte. Seth kam angelaufen, der Junge hatte die Nachricht von Ast-Ans Ankunft gehört, und nun flog er in die Arme des Noders, in denen er sich so geborgen fühlte. Ast-An liebte den Jungen und meinte, er sei wieder ein Stück in die Höhe geschossen und ein bisschen klüger geworden, seit sie sich das letzte Mal gesehen hätten. Und Seth bewunderte niemanden mehr als ihn; in den Träumen des Jungen verschmolzen Ast-Ans Gesichtszüge mit denen des Bruders, der weggegangen war, um die schwere Aufgabe als König von Nod zu übernehmen. Wie er wohl aussehen mochte? Er hatte keine Vorstellung mehr von ihm.

Ast-An beantwortete so gut er konnte die Fragen, die aus dem Mund des Sechsjährigen sprudelten. Die meisten betrafen die Kühe, die neuen Tiere – wo waren sie, von denen Seth nun schon seit Monaten gehört hatte?

Dann wollte Seth der Herde entgegenlaufen, aber Adam schüttelte den Kopf, das sei zu weit für den Jungen.

Auf dem Rückweg zum Wohnplatz hätte Ast-An zu gern von seiner Frau gesprochen, von dieser traurigen und auch etwas lächerlichen Geschichte mit der neuen Ehe. Aber er brachte es nicht fertig, sagte nur: »Ich habe meine Frau mitgebracht.«

Adam sah erstaunt aus und schien einen Moment zu zögern.

Woraufhin Ast-An ihn fragte: »Ich hoffe, du hast nichts dagegen?«

»Nein, im Gegenteil, Eva wird sich über ihre Gesellschaft freuen. Ich habe nur ein bisschen Angst, sie wird sich langweilen. Für eine Hofdame aus Nod gibt es nicht viel Abwechslung hier oben.«

»Bei Sin«, sagte Ast-An erleichtert, »meine Frau findet immer etwas, wobei sie sich nützlich machen kann.«

»Genau wie meine Frau«, entgegnete Adam, und beide Männer traten laut lachend durch die Tür des Wohnhauses; hier erwartete sie schon die Begrüßungssuppe.

Wie immer am ersten Abend wurde es später als sonst, diesmal aus dem einfachen Grund, weil die neuen Tiere für so viel Trubel sorgten. Sie mussten, nachdem sie in der Dämmerung endlich eingetroffen waren, erst einmal in dem neuen Schafstall untergebracht werden und zur Ruhe kommen. Stolz, als wären es ihre eigenen Kühe und ihre Idee, sie hierhergebracht zu haben, zeigte Lu-Sin, wie Eva sie melken musste. Und Eva war erstaunt, wie viel Milch aus den großen Eutern der Tiere kam.

Nie hätte sie bessere Milch getrunken, meinte sie.

Dann wurden die Grüße ausgerichtet, und in aller Ausführlichkeit erzählte man von dem Leben in Nod, ebenso von Kains zahlreichen Vorhaben. Eva hörte aufmerksam zu, wie sie es immer tat, und achtete auf das, was möglicherweise zwischen Ast-Ans Worten lag.

Wie gewöhnlich fand sie nicht allzu viel heraus. Soweit sie verstand, ging es ihm gut, ihrem großen Jungen. Er war ein Segen für das Land, und in Ast-Ans Bericht gab es keine Andeutungen über Kains Schwermut. Eva vermied es, danach zu fragen.

Für einen Moment verweilten ihre Gedanken bei der neuen Gattin, jener merkwürdigen Natie, der Tochter des Oberbefehlshabers.

Sie dachte ohne sonderliche Sympathie an sie.

Aber ihr Herz brannte, als sie hörte, Natie habe Kain noch einen Sohn geboren – ein weiteres Enkelkind also, das sie nie sehen würde.

Dann kehrten die Gedanken zu Lu-Sin zurück, die hier neben ihr saß; eigentlich hatte sie während des Tages ununterbrochen an sie gedacht.

Was für eine verzweifelte Geschichte.

In dieser Nacht jagte Lu-Sin einem Gespenst durch Nods enge Gassen nach. Sie wusste, die flüchtende Gestalt vor ihr war ihre eigene Mutter, und sie, Lu-Sin, wollte ihr eine wichtige Frage stellen. Aber das Gespenst entkam, löste sich im Dunkel des Traumes auf, und die Frage wurde nie gestellt.

Dennoch erinnerte sie sich, als sie in dem neuen Zuhause aufwachte. Die Frage lautete:

Weshalb wolltest du mich nicht haben?

Kapitel 3

»*Mutter,* du siehst doch, dass es ein Vogel ist. Groß ist er, wie ein Adler. Du und ich, wir fliegen mit ihm bis in die Wolken, bis zum Meer, Mutter, wie es Ast-An erzählt hat!«

Die Mutter musste über den Eifer des Kindes lächeln, das auf den Ästen saß, die über Kreuz gelegt von Tonscherben gestützt und mit Blumen verziert waren.

»Mutter ...«

Die Stimme klang jetzt auffordernd und so voller Freude, dass die Mutter für einen Moment zu sehen versuchte, was das Kind sah.

»Ja doch, mein Kleines, ich sehe es. Wir fliegen.«

Aber sie log, sie konnte nicht fliegen. Dennoch rührte das Kind etwas in ihr an, ein Gefühl aus ihrer eigenen Kindheit, in der auch für sie noch alles möglich war. Es war eine körperliche Erinnerung, jenseits der Gedanken. Auch sie hatte einst in einer Welt ohne Grenzen gelebt.

Dort gibt es eine andere Sicht der Dinge, dachte sie. Kinder haben sie noch, bevor wir sie lehren zu sehen, wie wir es möchten.

Lu-Sin fand, das Kind habe ungewöhnliche Fähigkeiten. Aber Eva sah es anders. Kinder sind in einer anderen Wirklichkeit zu Hause, dachte sie und erinnerte sich an die Augen von Neugeborenen, die voller Wissen sind. Erwachsene zwingen Kinder in ihre eigene festgelegte Wirklichkeit. Aber weshalb?

Doch sie kannte die Antwort bereits: Wir machen uns zu viele Sorgen. Dieses verdammte Gefühl, bedroht zu sein, macht die Welt zu einem feindlichen Ort. Eva erinnerte sich an ihre ständige Furcht, als ihr erstes Kind klein und so vielen Gefahren ausgesetzt war – da waren der Brunnen und der See, das Feuer und der Wald, die giftigen Pflanzen und die Schlangen im Gras.

Dann fiel ihr Norea ein, als sie mit einer Giftschlange im Korb nach Hause gekommen war. Sie hatte trotz ihrer eigenen Furcht vor Schlangen das Kind überredet, zu dem Steinhaufen zurückzugehen, bei dem es die Schlange eingefangen hatte, und sie dort wieder auszusetzen. Mit einem Blick, starr vor Anstrengung, um ihr Herzklopfen zu verbergen, hatte sie zugesehen, wie das Kind die blitzschnelle Giftschlange in ihre Hände genommen und sie auf den glatten Kopf geküsst hatte, ehe sie sie freiließ.

Die Mutter wurde für ihre Geistesgegenwart belohnt, aber es war unverdient. Bei ihren ersten beiden Kindern war sie ausgesprochen ängstlich gewesen und hatte sie schon oft verloren geglaubt – bei Umständen, auf die eine Mutter nie von allein kommen würde. Wie hätte sie sie auch vor all den Gefahren schützen können! Diesmal hatte sie beschlossen, sich um ihre beiden Jüngsten nicht zu ängstigen.

Sie sollten voll Vertrauen in das Leben und die Natur heranwachsen, wie Eva es ausdrückte.

Adam sprach von Gott, aber beide meinten dasselbe.

Kinder, die jenes Vertrauen haben, wuchsen schnell und ungebrochen heran, waren selbständig und innerlich stark. Um den Jungen machte sich Eva keine Sorgen, er war klug und furchtlos, erfinderisch und umgänglich und wurde von allen auf dem Wohnplatz geliebt. Eva freute sich darüber und beobachtete, wie fürsorglich Seth allen gegenüber war, genau wie sein Vater.

Er war ja auch vor allem Adams Junge, war es von der ersten Stunde an gewesen.

Und Norea?

Eva musste zugeben, dass die Tochter einsamer war. Dafür auf besondere Art frei.

Während das Kind mit seinem Phantasievogel flog, suchte die Mutter nach dem richtigen Wort und fand es:

Unabhängig.

Jetzt regte sich eine Spur von Sorge in Evas Gedanken. Konnte Noreas Einsamkeit daran liegen, dass sie in anderen Welten zu Hause war? Zwischen dem Kind und der Natur bestand eine geheimnisvolle Verbindung. Es konnte mit den Blumen sprechen und lange und ernst erzählen, was die Tiere – die Vögel und Insekten – zu ihr sagten, denen sie rund um den Wohnplatz begegnete.

Das Mädchen konnte keine Grenze ziehen zwischen Phantasie und Wirklichkeit.

War es nicht an der Zeit? Sie war doch schon fünf Jahre alt.

Gleich darauf musste Eva über sich lachen, eben hatte sie noch selbst gesagt, es wären die Ängste der Erwachsenen, die den Kindern Grenzen setzten.

Norea war ganz sie selbst – ein ungewöhnlich selbständiges und begabtes Kind. Früh genug würde sie dazu gezwungen werden, sich einzugrenzen.

Nun senkte sich der große Vogel des Kindes vom Himmel herab auf den Boden, und Norea schloss die Augen wie immer, wenn sie die Schwelle von einer Welt zur anderen überschritt. Gleich darauf lag sie in den Armen der Mutter, als wäre sie nie fort gewesen. Für das Kind gab es nur das Jetzt, sein Platz war stets hier, es verschmolz völlig mit dem, was es tat.

Kinder kennen keinen inneren Zwiespalt, dachte die Mutter, während sie über den Hofplatz dem hüpfenden Kind in das Haus folgte. Es war Zeit, das Abendessen vorzubereiten.

Später am Abend kam Norea kurz vor dem Einschlafen noch einmal auf das Fliegen zu sprechen.

»Ich habe einen Jungen dort am Meer getroffen«, sagte sie. »Einen großen Jungen, fast schon ein Mann.«

»Ach ja? Und wer war er?«

»Das Komische ist, dass ich es nicht weiß, obwohl ich ihn

schon lange kenne«, sagte das Mädchen. »Er ist hübsch, hat lange, braune Haare. Und weißt du was, er hat ein Muttermal am Hals unter dem einen Ohr, viereckig und fast schwarz. Kennst du ihn nicht, Mutter?«

Eva war ganz still geworden, natürlich kannte sie ihn. Abel, der seit vielen Jahren tot war, hatte solch ein Mal gehabt.

Kapitel 4

Lu-Sin war mit großem Gepäck zum Wohnplatz gekommen, und wunderbare Dinge zauberte sie nun aus den großen, geflochtenen Körben.

Da leuchteten die Augen des Kindes, und Lu-Sins Herz freute sich über dessen Staunen. Vasen aus Alabaster und Diorit kamen zum Vorschein, kleine Statuen von Göttinnen mit breiten Schultern und üppigen Brüsten und Gesichtern, die, so fand Norea, denen von Fröschen ähnelten. Schalen gab es da, über und über mit phantasievollen Mustern aus Hämatit verziert, oder Tücher in leuchtenden Farben, elegante Kleidung, Schmuck, Armringe aus Gold, Halsbänder aus klirrendem, vulkanischem Glas, Kämme und Schminksachen.

Das Wunderbarste war jedoch die Laute, deren Saiten auf dem feingeschnitzten Holzkörper angebracht waren, mit einem Stierkopf aus getriebenem Gold am Ende des Griffes. Dies aber war nur das Äußere, das eigentliche Wunder war die Musik, die sie hervorbrachte.

Lu-Sin war eine begabte Lautenspielerin und eroberte mit ihrer Kunst schnell das Herz des Kindes. Norea konnte nie genug bekommen. Lu-Sin kannte die Töne der tanzenden Welt, ja, sie konnte mit ihnen den Tanz geradezu hervorlocken, merkte Norea. Wo auch immer und wann auch immer sie spielte, begannen die Steine zu leuchten, dann sangen die Bäume, und die Blumen lachten in neuer Farbenpracht. Lu-Sin gehörte zu den Auserwählten.

Auch hatte sie so mancherlei Interessantes zu erzählen. Das

Kind verstand zwar nicht alles, aber manchmal malte Lu-Sin aus Worten Bilder, und dann sah man die Häuser und Straßen von Nod, all die Menschen, den Marktplatz, die Geschäfte und den Hafen mit seinen Schiffen. Nur den hohen Turm konnte sich das Kind nicht vorstellen, er entzog sich seiner Phantasie. Auch der König erschien nicht vor ihrem inneren Auge, er, der ihr Bruder war.

Für Lu-Sin war jedoch nicht die Laute der wichtigste Gegenstand in dem Gepäck, sondern der Spiegel. Es war ein teurer Spiegel, in einen Silberrahmen gefasst und mit Einlegearbeiten aus Perlmutt und Lapislazuli. Der Spiegel selbst war ebenfalls aus Silber, war geschliffen und poliert, sodass er jede kleinste Falte ihres Gesichtes wiedergab.

Lu-Sin betrachtete sich oft im Spiegel.

Für gewöhnlich untersuchte sie ihre Falten, wenn sie ihre Frisur kontrollierte, schob dann das Silberband über die Stirn, verzog den Mund, um zu sehen, wie tief die Falten um die Mundwinkel waren, und legte Rot auf ihre Wangen.

Ihr eigenes Abbild war für Lu-Sin wichtig.

Zum Teil war sie selbst das Bild.

Ohne das Bild hätte sie kaum gewusst, wer sie war.

Jeden Tag nun, den sie hier oben verbrachte, kämmte sie sich weniger streng, legte weniger Farbe auf die Wangen. Schließlich ließ sie auch den grünen Puder auf den Augenlidern weg und fühlte sich eine Zeit lang geradezu unanständig nackt.

Eva unterstützte sie nicht in diesen Entscheidungen, im Gegenteil – sie und das Kind hatten stets bewundert, wie viel Mühe Lu-Sin sich mit ihrem Gesicht gab.

Bereitwillig trat Eva die Arbeit und Verantwortung für den Haushalt an sie ab. Sie hatte genug mit Mann und Kindern zu tun, mit den Heilpflanzen und den Kranken, die weiterhin auf Ans Berg kamen, um hier Trost und Heilung zu suchen. Lu-Sin musste die Arbeiten übernehmen, um die Eva sich nicht riss, unter anderem die Betreuung der zahlreichen Helfer. Eva hatte so ihre Probleme mit ihnen, denn sie war ja während der vielen Jahre gewohnt, alles selbst zu machen. Sie hatte sie oftmals verletzt, weil sie ihnen bei allen möglichen Arbeiten zuvorgekommen war. Dann versuchte sie, alles wieder gutzumachen – und es war jedes Mal genau das Falsche. Einmal machte sie zu viele Worte, dann zu wenig, mal war sie zu nah, mal zu fern – so lief das mit ihren Helfern.

Ein Segen also, endlich davon befreit zu sein. Lu-Sin war es gewohnt, mit Menschen umzugehen, war angemessen freundlich, alles geschah nach ihrem Willen, und die Leute hatten das Gefühl, nützlich zu sein und gebraucht zu werden.

Es war für Lu-Sin eine große Aufgabe, an der sie wuchs. Nie zuvor hatte sie Verantwortung für ein großes Stück Land und dessen Erträge und für die Betreuung so vieler Menschen gehabt. Sie suchte Unterstützung bei Adam, und als gute Zuhörerin lernte sie vieles, obwohl er doch so wortkarg war.

Nun blühte auch Adam auf, traute seinem eigenen Können mehr, wurde entschlusskräftiger.

Lu-Sin war für alle eine Freude.

Als der Frühling in den Sommer überwechselte, lernte Eva immer mehr das Muster von Lu-Sins widersprüchlichem Wesen kennen. Sie war gut, weil sie dachte, nichts wert zu sein, sie war tüchtig, weil sie sich hilflos vorkam. Sie war freigebig, als könnte sie auf einen unermesslichen Vorrat zurückgreifen – was aber war der Grund dafür? Nicht, dass sie sich einfach Dankbarkeit erkaufen wollte, vielmehr musste sie geben, um eine Weile aus der Freude anderer selbst Leben zu schöpfen.

Ihre Sicherheit basierte auf der Kraft und Schönheit des Körpers. Aber der Körper verweigerte sich ihr, sie blieb kinderlos. Nun bedrohte das Alter die Schönheit, die Verzweiflung grub Falten in Lu-Sins Gesicht. Eva dämmerte der Zusammenhang, als Lu-Sin, lange nach Ast-Ans Abreise, von dem Traum während der ersten Nacht hier im neuen Zuhause erzählte.

Ob Eva jetzt verstand, weshalb die Mutter wie ein gejagtes Tier geflohen war?

Eva antwortete nicht direkt, sagte stattdessen:

»Erinnerst du dich an die Frage, die du stellen solltest?«

Lu-Sin hatte sie vergessen, vergebens versuchte sie, darauf zu kommen.

Aber am nächsten Morgen war sie ihr eingefallen: Warum wolltest du mich nicht haben? So lautete die Frage, sagte sie, und sie ergab keinen Sinn. Sie wusste nur, dass sie auf Erden erwünscht und willkommen war.

Eva sagte nicht viel dazu, die Erzählung von Lu-Sins Traum machte sie traurig und weckte alte Schuldgefühle in ihr. Sie war selbst erstaunt darüber, denn sie hatte angenommen, sie hätte die Schuld hinter sich gelassen. Als Kains erste Frau hier oben auf dem Wohnplatz vor Sehnsucht nach dem Mann, der sie verließ, gestorben war, hatte Eva ihre Selbstbeschuldigungen aufgegeben. Zum letzten Mal hatte sie sich schuldig gefühlt an den Menschen, die Kain tötete, hatte die Schuldgefühle abgelegt und sich selbst verziehen. Adam hatte ihr dabei geholfen und sie dazu gebracht einzusehen, dass es niemandem nützte, ständig mit sich selbst ins Gericht zu gehen, es würde ihr nur die Kraft nehmen. Sie trauerte nicht, als Emer, der Häuptling des umherziehenden Hirtenvolkes und Vater von Kains Frau, das Kind – Kains Sohn, sein Enkelkind – abgeholt hatte. Emer brauchte den Jungen als Druckmittel gegen den König von Nod, hatte Adam gesagt und ein wenig über Emers schlaue Berechnung gelacht.

Auch Eva hatte verstanden; mit Kains Sohn als Nachfolger konnten sich Emer und sein Stamm des Schutzes der gewaltigen Königsmacht in Nod sicher sein. Eigentlich hätte sie sich schämen müssen, das Kind auf diese Weise zur Handelsware werden zu lassen. Aber sie fühlte keine Scham.

Es war eine Erleichterung, den Jungen los zu sein. Sie hatte ihn nie gemocht. Als sie so mutig war, sich dies einzugestehen, hatte sie einen großen Schritt auf die Wahrheit zugetan, die einen Menschen frei macht.

Und Kain? Tausendmal hatte sie den Gedanken hin- und hergewälzt, und ihr war bewusst, sie hatte es nie vermocht ihn willkommen zu heißen, als er geboren wurde. Trotzdem hatte sie ihn mit einer aufgesetzten Zuneigung geliebt, die er als widersprüchliche Botschaft aufgenommen und die ihm nicht das Gefühl gegeben hatte, mit selbstverständlichem Recht auf der Welt zu sein.

Lu-Sins Mutter stammte aus einem anderen Land, aus einer weit entfernten Stadt. Sehr jung hatte man sie in Nod mit einem Mann verheiratet, der so alt war wie ihr Vater. Das erste Kind, Lu-Sin, war zu früh und unerwartet gekommen; Lu-Sin hatte ihre Mutter sagen hören, sie habe gar nicht begriffen, dass sie ein Kind erwartete, als die lange, schwierige Geburt begann. Sicherlich hatte sie ihre Mutter, ihre Schwestern und Freundinnen vermisst.

Die beiden Frauen auf Ans Berg verstanden die Mutter, machten sich ein Bild, voller Einsicht und Milde, von dieser toten Frau aus Uruk.

Aber das Bild half Lu-Sin auch nicht viel.

Es ist so merkwürdig, so verdammt hart, dachte Eva. Diese unerwünschten oder zögernd empfangenen Kinder sind in der Wurzel gespalten und werden nie geheilt. Sie sind sicher und unsicher zugleich, hart und weich, stark und schwach, nie eins mit sich selbst.

Und sie dachte an Kain und Lu-Sin.

Eines Tages fragte Eva, ob sie sich den Spiegel ausleihen dürfe. Natürlich bekam sie ihn, Lu-Sin freute sich und war stolz. Gegen Abend dann wollte sie ihn zurückhaben, getraute sich aber nicht, danach zu fragen. Eva schien ihn völlig vergessen zu haben.

Am nächsten Morgen musste sich Lu-Sin für den Tag zurechtmachen, ohne ihr Bild im Spiegel betrachten zu können. Das machte sie nervös. Es war lächerlich, sah sie ein, während der vergangenen Nacht hatte sich ja wohl nichts an ihr verändert. Dennoch wuchs die Unruhe, Furcht machte sich in Lu-Sin breit.

So schnell der Anstand es zuließ, lief sie hinüber zu Evas Haus und bat um ihren Spiegel.

Eva sah sie lange an, lächelte ein wenig und sagte:

»Ich habe ihn verlegt.«

Lu-Sin spürte, wie ihr das Blut ins Gesicht schoss. Aber sie schluckte ihren Ärger so gut es ging hinunter und fragte:

»Ich darf doch wohl in deinem Haus nach ihm suchen?«

Sie sah nicht das Lächeln in den dunklen Augen, als Eva antwortete:

»Nein, das möchte ich nicht. Du kannst doch sicherlich einen Tag ohne deinen Spiegel leben.«

»Warum sollte ich?«, entgegnete Lu-Sin, und ihre Stimme klang gepresst vor zurückgehaltenem Zorn.

Darauf antwortete Eva nicht, sagte nur:

»Gestern habe ich eine Stunde damit verbracht, in deinen Spiegel zu schauen, und Spaß hat es nicht gemacht. Ich bin alt und runzelig geworden.«

Da legte sich Lu-Sins Ärger, sie suchte nach einem tröstenden Wort.

»O nein, du hast selbst gesagt, es gäbe keine schönere Frau auf der Welt.«

Eva lachte laut:

»Nein, Lu-Sin, das habe ich nicht gesagt. Und wenn es so wäre, könnte man meine Schönheit nicht im Spiegel sehen.«

Das stimmte, Lu-Sin wusste es. Plötzlich begriff sie, wurde rasend und schrie:

»Bei mir ist es nun mal anders!«

»So, dann kümmerst du dich also nur um deine äußere Erscheinung?«

Nicht nur um mein Äußeres, dachte Lu-Sin, als sie davonging.

Aber die äußere Erscheinung ist das Beste an mir, sie verbirgt alles andere.

Die darauf folgende Nacht verbrachte Lu-Sin schlaf- und traumlos. Immer wieder fiel sie in ein Loch schlimmer Bilder und Gedanken und konnte sich nicht daraus befreien. Ast-An war wieder in Nod, und sie sah, wie er sich mit der neuen Frau im Bett wälzte, in dem Zimmer, das sie selbst für sie hergerichtet hatte.

Nichts entging ihr, jede Einzelheit ihres zärtlichen Spiels tauchte hinter Lu-Sins geschlossenen Augen auf. Es war herausfordernd und gleichzeitig beschämend; die Bilder erfüllten sie mit Ekel. Sie versuchte, sich von ihnen freizumachen, trank Wasser, wusch sich das Gesicht und weinte eine Weile, ehe sie wieder ins Bett ging, fest entschlossen zu schlafen.

Aber sobald sie die Augen zumachte, waren die Bilder wieder da, frech und schamlos. Sie fühlte sich grenzenlos verlassen. Ebenso grenzenlos war ihr Selbsthass. Ast-An konnte man nicht die Schuld geben für all das, was sie selbst geplant hatte und was sich in Nod jetzt erfüllte.

Dieser Beischlaf, damit er einen Sohn bekam.

Wenn es ein Junge wird, werde ich ihn quälen, dachte sie und schämte sich gleich darauf wie ein Hund. Wie könnte sie jemals wieder wagen, ihren Augen im Spiegel zu begegnen?

Jetzt musste sie bei allem Elend beinahe lächeln. Sie hatte ja keinen Spiegel mehr.

Als die hässlichen Bilder sie erneut jagten, ließ sie es geschehen, kämpfte nicht mehr gegen sie an. Für einen Moment überkam sie sogar die Lust dabei, sie spürte, wie es feucht aus ihrem Schoß tröpfelte, und nun wälzte auch sie sich im Bett. Sie bekam einen freudlosen Orgasmus, und anschließend richtete sich ihr Hass sogar gegen Ast-An, den verdammten Bock.

Langsam verliere ich den Verstand, dachte sie und erinnerte sich an ihre Versteinerung während der Hochzeitsnacht. Das war immerhin noch besser gewesen, hatte sie geschützt, und sie hatte ihre Selbstachtung behalten.

Bei Tagesanbruch wartete sie ungeduldig darauf, dass Adam das große Haus am Fuß des Berges verließ. Sie musste Eva treffen. Nicht, um über die Bilder der Nacht und ihre Gedanken zu reden. Sie musste einfach eine Weile bei Eva sitzen, wollte getröstet werden und wenigstens etwas von ihrer Ruhe abbekommen.

Es war eine andere Lu-Sin, die an diesem Morgen über den Hof lief, so zeitig, dass die meisten auf dem Wohnplatz noch schliefen. Zum Glück, denn ihr Haar war in Unordnung, sie war nachlässig gekleidet und ihr Gesicht vom Weinen angeschwollen. Und ihre Augen waren grau vor Verzweiflung.

Eva sah, wie es um sie stand, und im Nu hatte sie Lu-Sin in die Arme geschlossen und wiegte sie jetzt wie ein Kind. Dann legte sie ihre bewährte Mischung aus starken Kräutern in heißes Honigwasser und bedeutete Lu-Sin, es zu trinken.

»Jetzt erzähl mir mal«, sagte sie. »Was ist denn passiert? Hast du wieder schlimme Träume gehabt?«

»Nein.« Lu-Sin schüttelte heftig den Kopf. »Nur böse Gedanken«.

»Worüber hast du denn nachgedacht?«

Darüber könne Lu-Sin nicht reden. Nein, niemals.

»Doch«, sagte Eva sanft und zwang sie, noch einmal zu trinken. Und es war seltsam mit dem Getränk; als Lu-Sin dessen Wärme im ganzen Körper spürte, entstand ein Abstand zwischen ihr und dem Bösen. Vielleicht war es ja doch möglich, die Gedanken, die sie plagten, auszudrücken?

Und plötzlich strömten die Worte aus ihr, waren nicht mehr zurückzuhalten oder zu steuern, und die ältere Frau hörte zu, ohne zu unterbrechen. Als Lu-Sin schließlich keine Worte mehr hatte, sagte Eva ruhig:

»Gut so, sie mussten endlich raus. Böse Gedanken hat jeder, sie schaden erst, wenn wir nicht zu ihnen stehen.«

Lu-Sin begegnete Evas Blick, suchte in der schwarzen Iris, ob sie sich über sie lustig machte oder sie verachtete. Doch nichts als Freundlichkeit begegnete ihr, ernsthaftes Interesse, wie sie es bereits am ersten Tag erlebt hatte.

Dann kamen die Tränen, so überwältigend stark, dass sie auch Eva mitrissen. Sie weinten beide.

Schließlich mussten sie lachen.

Es war schon etwas Seltsames mit all diesen Gefühlen in der Dämmerung an einem grauen Morgen.

Als Lu-Sin aufstand, sagte Eva:

»Glaub nicht, dass du schuld an diesen schlimmen Gefühlen bist, du hast sie nur. Erst wenn du dich vor ihnen fürchtest, können sie Macht über dich gewinnen.«

So ganz verstehe ich es nicht, dachte Lu-Sin, aber irgendwie hatte sie wohl doch begriffen, denn sie fühlte sich getröstet.

Jetzt musste sie heimgehen, sich waschen und kämmen und sich etwas Besseres anziehen. Eva fragte beiläufig:

»Willst du deinen Spiegel wiederhaben?«

Es war eine Versuchung. Mit Hilfe des Spiegels würde Lu-Sin noch einmal ihr Bild zwischen sich und die Angst schieben. Aber sie schüttelte den Kopf, und als sie ging, war etwas Stolzes in ihrer Haltung.

Kapitel 5

Das Kind hatte eine Katze, ein geheimnisvolles Tier, fremd für alle auf dem Wohnplatz. Sie war das Geschenk eines Mannes aus einem fernen Land weit im Süden.

Er war zu Ans Berg gekommen, um für einen kranken Sohn Hilfe zu erbitten, einen kleinen Jungen, der zur großen Verwunderung aller durch die Wüsten im Süden auf einer Sänfte getragen worden war, über Flüsse und Berge hinweg.

Eva hatte den Jungen geheilt, die schlimmen Magenkrämpfe waren verschwunden, und er konnte das Essen wieder verdauen. Die Gruppe war so lange geblieben, bis der Junge wieder bei Kräften war, und noch lange erinnerte man sich auf Ans Berg an jene Zeit.

So manche Erfahrungen hatte man am abendlichen Feuer ausgetauscht, neue Dinge dazugelernt, neue Lieder gesungen. Dennoch war die Verständigung schwierig gewesen, es war das erste Mal, dass Eva von unterschiedlichen Sprachen auf der Welt erfuhr. Als der Mann, sein Sohn und die zahlreichen Diener sich schließlich verabschiedeten, war es zu einer langen und verwickelten Diskussion über die Bezahlung für die Heilbehandlung gekommen. Eva wollte keinen Lohn, so hatte sie es immer gehalten. Aber Norea wollte die Katze, dieses merkwürdige Tier, der Trost des Jungen während der langen Reise in der Sänfte.

Und so wurde man sich einig.

Es war kein anhängliches Tier, ständig auf der grausamen Jagd nach Ratten und Feldmäusen. Hin und wieder wurde die Katze zärtlich, sprang auf den Schoß des Kindes und gab ein wunderliches Schnurren von sich.

Im nächsten Moment kratzte sie.

Aber Kind und Katze verstanden sich, es war, als hätten sie in ihrer sonderlichen Art einander gefunden.

Seit einigen Tagen war die Katze krank. Eva machte sich Sorgen, weil sie das Tier mit keiner ihrer Künste zum Fressen bewegen konnte. Die Katze hatte sich zum Sterben in eine Ecke der alten Grotte verkrochen.

Es war ein heißer Tag, als die Erwachsenen nach der Mittagsruhe dem Kind zusahen, das in ein neues Spiel vertieft war. Wie so oft in letzter Zeit drehte es sich um ein Spiel, in dem sich das Mädchen in einen anderen verwandelte, sich wie dieser bewegte und dessen Minenspiel und Sprechweise nachahmte.

Oft hatten sie es lustig gefunden. Und aufschlussreich, weil man sich selbst und seine Eigenheiten vergrößert und verdeutlicht sah.

Diesmal ging das Mädchen feierlich und langsam über den Hofplatz, pflückte hier ein paar Grashalme, dort ein paar Sämlinge, ein paar Blätter von einem Busch und einen Zweig duftenden Rosmarins. Es murmelte vor sich hin, mit knappen, würdevollen Bewegungen. Es war nur allzu deutlich, dass Norea Eva nachspielte, wie sie Heilkräuter sammelte.

So also benehme ich mich, dachte die Mutter und versuchte, sich innerlich dagegen zu wehren.

Adam konnte kaum ein Lachen unterdrücken.

Nur Lu-Sin dachte an die kranke Katze.

Schließlich hatte das Kind seine Kräutersammlung feingehackt und in Streifen geschnitten, füllte sie in den Fressnapf der Katze und schüttete Wasser dazu. Jetzt hatten auch die Eltern verstanden. Das Kind stand eine Weile da und rührte sich nicht, bewegte den Mund, als würde es Beschwörungen murmeln – mach ich das so? dachte Eva verblüfft – und verschwand in der Grotte. Die übrigen Erwachsenen folgten ihm, wollten in der Nähe sein, falls die Katze die Krallen gebrauchte, um sich gegen die Heilkräuter zu wehren.

Aber mit einem Griff, so geübt, als habe sie nie etwas anderes getan, öffnete Norea den Kiefer der Katze, und das kraftlose Tier begann zu schlucken.

Sie erinnerten sich noch lange daran, aber nicht, weil das Spiel ihre Aufmerksamkeit erregt hatte. Sie kannten Noreas ausgesprochene Begabung, die Wirklichkeit nachzuahmen. Nein, aus einem anderen Grund beschäftigten sie sich noch lange in Gedanken mit dieser Begebenheit.

Die Katze war gesund geworden.

Kurz darauf stand sie auf, löschte ihren Durst und verschwand zur Rattenjagd.

Adam war am wenigsten erstaunt. Wie immer fand er leicht Zugang zu den selbstverständlichen Antworten. Seiner Meinung nach hatte der inständige Wunsch des Kindes, seine Katze zu behalten, an Gottes Herz gerührt. Und Gott hatte eingegriffen.

Eva tat sich da schon schwerer. Ihr Wissen über Krankheiten und die Kraft der Heilkräuter bauten, davon war sie überzeugt, auf der Erfahrung vieler Jahre auf, sie war bei ihrer Mutter in die Lehre gegangen, hatte die Wirkung der Kräuter erprobt und weiterentwickelt. Ihre eigene Fähigkeit zu heilen konnte sie sich also erklären.

Jede Heilpflanze hatte eine spezielle Kraft, die eine war beruhigend, eine andere konnte Wunden heilen, eine dritte das Fieber vertreiben, eine vierte wirkte krampflösend.

Natürlich hatte sie auch erlebt, dass ihre Kunst nicht viel nützte, wenn der Kranke selbst nicht genesen oder ins Leben zurück wollte. Die Kraft der Pflanzen musste mit dem Geist des Kranken zusammenarbeiten. Deshalb war es auch so schwer, Tiere zu heilen. Kranke Tiere verhielten sich meistens wie diese Katze, sie entschlossen sich zu sterben, und es war nicht möglich, sie zu beeinflussen.

Lu-Sin besaß nicht das Wissen und die erprobten Erfahrungen, an die Eva glaubte. Seit ihrer ersten Begegnung mit Eva war sie überzeugt, die Kraft käme aus deren Gedanken, aus Evas Liebe, wie Lu-Sin es nannte.

Eva dagegen hatte stets gemeint, das sei lächerlich.

Natürlich verspürte sie Sympathie für die Kranken, konnte zuhören, wollte verstehen. Und das war gut, es stärkte deren Willen, sich für das Leben zu entscheiden. Aber die Heilung bewirkten die Pflanzen, weil diese die Kraft für den Heilungsprozess aus dem Boden zu ziehen vermochten.

Nun waren aber keine heilenden Kräfte in den Grashalmen und all dem anderen, das Norea auf dem Hofplatz eingesammelt hatte. Eva wusste es, sie war ja bei der Zubereitung des Pflanzenbreis dabei gewesen.

Magie, dachte sie, wies aber dann den Gedanken energisch von sich.

Nur wie war es sonst zu erklären?

Lu-Sin lachte über Evas Grübeleien. Es war doch ganz einfach.

»Norea hat die besondere Gabe. So wie du.«

»Nein, ich habe keine besondere Begabung«, entgegnete Eva. Aber der Gedanke streifte dennoch um ihre geheimnisvolle Verbundenheit mit allem, was auf Erden wuchs. Dass die Kräuter auf dem Feld so willig mit ihr zusammenarbeiteten und ihr ihre Geheimnisse preisgaben, konnte sie weder erklären noch bestreiten.

Lu-Sin schüttelte den Kopf.

»Der Unterschied zwischen dir und Norea besteht darin, dass du die besondere Gabe hast, dich aber nicht zu ihr bekennst«, sagte sie. »Deshalb musst du dein Vertrauen in die Pflanzen setzen. Das Kind ist sich seiner Kraft bewusst und braucht keine Kenntnisse.«

Das war so verblüffend, dass es Eva die Sprache verschlug.

Kurz darauf merkte sie, dass sie rasend wurde. Und die Wut suchte sich ein Ventil und fand es in der Sorge um Noreas Entwicklung. Das Kind muss endlich lernen, dass eine Ursache auch eine Wirkung hier in dieser Welt hat, dachte sie. Norea war groß genug, allmählich Verantwortung zu übernehmen.

Glücklicherweise war das Kind soeben mit seiner Katze verschwunden.

Der Zufall spielte Eva in die Hände, denn wenige Tage darauf erreichte sie die Nachricht, ein Mann habe sich beim Abflämmen der Rodung eine schwere Brandwunde am Fuß zugezogen. Es war schon spät, das Kind musste ins Bett, aber die Mutter wollte, dass es zu dem Kranken mitkam.

»Du musst mir beim Tragen helfen«, sagte sie, während sie den Korb mit kühlenden Salben, Pulver von geriebener Feigenrinde und einem Tongefäß mit Baldrian füllte.

Ernst und stolz gehorchte das Mädchen.

Der verletzte Mann schrie vor Schmerzen, als Eva die schreckliche Wunde reinigte. Er hatte Fieber und war apathisch, als er schließlich verbunden wurde. Norea war blass und biss die Zähne zusammen, trotzdem versuchte sie anschließend zu trösten:

»Na, na, gleich ist es vorbei, bald ist alles wieder gut.«

In der Stimme lag Angst. Gut so, dachte die Mutter, du musst lernen, dass die Qualen des Lebens nicht im Spiel geheilt werden.

Endlich schlief der Mann vom Baldrian ein, und als die beiden im Dunkeln nach Hause gingen, erklärte Eva genau, was sie gemacht hatte – die Aloesalbe bildete neue Haut, die zerriebene Rinde senkte das Fieber, und das starke Getränk linderte die Schmerzen und brachte den Schlaf.

Das Kind hörte kaum zu und schlief ein, sobald sie heimgekommen waren. Aber etwas war mit ihm geschehen, denn kurz danach wachte es von einem Alptraum auf. Ein Löwe sei unter dem Bett, sagte es.

Nachdem die Mutter den Löwen verjagt und das Kind beruhigt hatte, blieb sie am Bettrand sitzen und hielt dessen Hand fest in der ihren.

Sie schämte sich. Sie hatte ihr Mädchen erschreckt, willentlich hatte sie den Samen der Angst in das Mädchen gepflanzt und wusste, er würde dort in seinem Gemüt wachsen. Und sie hatte es aus einem jämmerlichen Grund getan, hatte sich selbst bedroht gefühlt, als das Kind die Katze mit Hilfe von Kräften heilte, die sie sich nicht eingestehen wollte.

Sie suchte Trost bei ihrem Mann, erklärte ihm alles und verteidigte sich:

»Wissen ist nun mal Macht«, sagte sie.

Er aber konnte sie nicht trösten, sagte nur, wie es in Wirklichkeit war:

»Macht ist für die Furchtsamen, die kein Vertrauen haben.«

Während der nächsten Tage hielt sich das Kind nahe bei der Mutter auf, verfolgte jede Veränderung in deren Gesicht.

Was verbarg sich hinter dem Lächeln, in den traurigen Augen? Das Kind wusste es nicht, und das erschreckte es zutiefst. Sie und die Mutter hatten immer dieselben Gedanken gehabt, es war so selbstverständlich gewesen wie der Wind.

Wenn sie lieb war und sie es ihr recht machte, würde alles wieder werden wie bisher, dachte sie. Es müsste wieder so werden.

Da sagte Eva, erschrocken über die Unruhe in den Augen des Kindes:

»Worüber grübelst du nach, Norea?«

Gleich darauf stürzte sich das Mädchen auf sie, schlug mit den Fäusten auf sie ein, trat und biss nach ihr.

Eva schrie auf vor Schreck.

Und es dauerte lange, bis sich das Kind wieder beruhigt hatte und sich der Körper in den Armen der Mutter entspannte. Norea weinte nicht, brachte kein Wort heraus. Als Eva sie losließ, verschwand sie zu den Felsen am Fuß des kahlen Berges.

Aber von nun an tanzten für Norea keine Steine mehr.

Kapitel 6

Der Winterregen setzte ein, und der Frühling kam für die Leute oben auf dem Berg, Jahr um Jahr. Auch Ast-An kam und ging, Lu-Sin begegnete ihm mit wachsender Freude. Sie fragte nie nach der Ehe mit der neuen Frau. Sie schien nicht daran interessiert zu sein.

Eigentlich war sie gar nicht neugierig auf das Leben in der großen Stadt, wo sie während so vieler Jahre gelebt hatte.

Auch die neue Frau bekam keine Kinder.

Ast-An zog widerstrebend den Schluss, die Schuld für die Kinderlosigkeit müsse bei ihm liegen. Er entnahm es auch den mitleidigen Blicken der Freunde, den schlecht versteckten Witzen der Nachbarn und Dienstboten.

Volle Klarheit bekam er eines Abends auf Ans Berg bei einem Gespräch mit Eva. Auch sie sagte es nicht frei heraus, aber er verstand wohl den prüfenden Blick, der direkt auf ihn gerichtet war. Dieser Blick fragte, was ihm diese Gewissheit gäbe.

Die neue Ehe in Nod langweilte ihn zutiefst. Nachdem sich die Bettfreuden gelegt hatten, merkten die beiden Neuvermählten, dass sie sich kaum etwas zu sagen hatten. Zuweilen fühlte er sich alt und müde.

Aber meist war er alles gründlich leid.

Lu-Sin grübelte nicht weiter nach, weshalb die neue Frau ebenfalls kinderlos blieb, vielleicht weil sie das Gefühl brauchte, diese sei selbst an ihrem Unglück schuld? Vielleicht bedauerte sie auch Ast-An? Oder wollte sie die Wahrheit gar nicht wissen, weil sie ihre Aufopferung zwecklos machte?

Ast-An hielt sich immer längere Zeitspannen auf dem Wohnplatz auf. Wie stets hatte er eine Flut von Geschenken bei sich, worüber sich am meisten die Kinder freuten – und Adam.

Es war ein großer Tag in jenem Herbst, als Ast-An die neuen Sicheln mitbrachte. Sie waren aus vulkanischem Glas, das die Noder einem Bergvolk im Norden abgekauft hatten, und sie waren länger und leichter als die alten. Vielleicht schnitten sie nicht besser, aber sie hielten länger. Endlich konnte Adam den Ärger mit den hart gebrannten Tonsicheln vergessen, die ständig während der Erntearbeiten zerbrachen.

Norea bekam eine Laute, und Lu-Sin brachte ihr bei, darauf zu spielen, die Mutter sah es mit Zufriedenheit. Alles drehte sich nun um intensives Üben, um schwierige Griffe, ständiges Wiederholen.

Hier passierten, zu Evas Erleichterung, keine Wunder. Norea war fleißig und ausdauernd, das Spielen wurde ihr nicht geschenkt.

Allmählich beugte sich das Kind der Wirklichkeit, lernte sich in Übereinstimmung mit den Vorbildern zu sehen, über die sich die Menschheit geeinigt hatte.

Sie musste die Wirklichkeit nun einmal akzeptieren, dachte die Mutter und versuchte wie so oft, die Sorge über Noreas Einsamkeit, darüber, dass sie fast immer allein ihrer Wege ging und so wenig sagte, von sich zu schieben.

Es gab viele Kinder auf dem Wohnplatz, und eine Zeit lang war das Kind viel mit den anderen zusammen, war immer die Anführerin, immer ganz vorn, wenn es um phantastische Abenteuer ging. Sie hatte die anderen verzaubert.

Aber immer, wenn die Kinder abends nach Hause kamen und erzählten, Norea habe mit den Toten oben auf dem Berg gesprochen, bekamen die Erwachsenen Angst. Und die Angst der Erwachsenen griff um sich, die Kinder auf dem Wohnplatz konnten schlecht einschlafen und hatten böse Träume.

Also gingen sie Norea aus dem Weg, und schließlich hatte sie keine Freunde mehr. Eva redete mit den Erwachsenen, versuchte herauszubekommen, was passiert war, um es wieder zurechtzurücken. Aber als sie das mit den Toten hörte, ergriff auch sie die Sorge, und wie immer schlug ihre Sorge um in Wut.

Sie ging zu Norea, schimpfte, flehte sie an. Aber die Worte erreichten das Kind nicht. Es lächelte, und in dem Lächeln war Überlegenheit und Mitleid zugleich. Eva wurde rasend.

»Die Toten gibt es nicht mehr, das weißt du!«, schrie die Mutter.

»Ich weiß das, was ich weiß«, sagte das Kind nur und verschwand auf die Wiesen, in die Einsamkeit.

Lu-Sin redete mit Eva.

»Es gibt ein Wissen über das Unergründliche. Manche haben es, und Norea ist eine von ihnen.«

Aber Lu-Sin verstärkte Evas Sorge damit nur noch. Die wich Adams vorwurfsvollem Blick aus, wachte über das Mädchen wie ein Mutterschaf und spannte es so viel wie möglich in die alltäglichen Beschäftigungen auf dem Wohnplatz ein. Die mühselige Arbeit, Nahrung und Kleidung zum Überleben zu beschaffen, sollte dem Kind klarmachen, dass dem Menschen Grenzen gesetzt sind, dachte sie.

Eine Zeit lang hielt sich das Kind an den Vater, ging mit ihm zum Gebet unter den Apfelbaum, beugte das Knie und teilte eine Weile seine Wirklichkeit, die ebenfalls nicht von dieser Welt war, aber wenigstens existierte.

Das hätte dem Kind wieder festen Boden unter die Füße geben können, wäre Eva nicht von ihrer Sorge so niedergedrückt und Adam Sklave seiner Schuldgefühle gewesen.

»Du machst die Mutter traurig«, sagte er eines Tages.

Das Mädchen stand vor ihm, aufrecht wie ein junger Baum, langbeinig und mager, mit neuen Zähnen, die viel zu groß waren für das kleine Gesicht. Sie blickte ihn fest an, dann sah sie zur Seite und verschwand wie ein erschrecktes Tier.

Und sie blieb weg.

Eva würde diese Nacht nie vergessen, in der sie sich alle auf die Suche nach ihr machten, bis sie Norea schließlich bei dem Steinhaufen der Schlangen an der Südseite des Berges fanden. Der Platz, wo sie geschlafen hatte, sollte einen Freiraum um sie herum schaffen, sollte die Angst noch vergrößern, verstand die Mutter. Aber das kümmerte sie nicht, für sie galt jetzt nur, dass sie das Kind wiederhatte.

Nun brachte Eva all ihre Kraft auf, das frühere Vertrauen zwischen ihr und Norea wieder herzustellen. Das Kind kam ihr dabei entgegen, sie strengten sich beide an.

Norea beugte sich.

Was die Einsamkeit nicht vermocht hatte, bewirkten die Schuldgefühle. Aber davon wusste die Mutter nichts, während sie mit Worten, Erklärungen und in langen Gesprächen versuchte, eine neue Grundlage für ihre Gemeinschaft zu schaffen.

Das Kind wurde immer schweigsamer.

Bald merkte Norea, dass ihr Schweigen die anderen erschreckte, das machte sie zufrieden und wühlte sie gleichzeitig auf. Sie stellte sich vor, wie es wäre, ganz mit dem Sprechen aufzuhören. Aus Rache. Aber auch, weil sie verstanden hatte, dass die Menschen mit Worten die Welt klein machten und sich so oft wiederholten, dass man vor lauter Hören zu sehen verlernte. Sie redeten nur, um bestätigt zu werden.

Und sie logen, gebrauchten die Worte, um sich hinter ihnen zu verstecken.

Die Mutter lügt, damit sie sich geborgen und sicher fühlt, dachte das Kind. Es war nicht leicht, sich das einzugestehen, aber sie durfte es ihr nicht sagen, sonst würde sie traurig. Norea hatte die Mutter ihretwegen weinen sehen, und das war unerträglich gewesen.

Es durfte nie wieder passieren. Norea redete, bemühte sich lieb zu sein, versuchte, sich selbst zu verleugnen und zu werden wie die anderen.

Eine Zeit lang gelang es ihr, sie sah ihre Welt zusammenschrumpfen, man verstand sie wieder, aber das war nicht sie. Eines Tages ging sie so weit, dass sie Seth beipflichtete, als er sagte, sie habe nur Gespenster gesehen und sich Dinge bloß eingebildet.

Aber an diesem Abend konnte sie nicht einschlafen. Die Nacht kam, und sie hatte Angst. Sie glaubte, sie würde immer mehr verschwinden, so wie ihre Welt verschwunden war; sie würde unwirklich wie die, die sich verleugneten. Dann befühlte sie ihren Körper, ihren Rücken, presste ihre Hände auf den Bauch. Es half nichts, sie fühlte nichts und hatte nichts, womit sie fühlen konnte. Die zitternden Hände gehörten nicht mehr zu ihr. Eiskalt vor Schrecken stand sie auf und schlich durch das schlafende Haus, hinaus in die Nacht, wo die Sterne auf sie warteten.

Und hier fand sie Trost, stark und gewaltig, sie war wieder in ihrem Körper, sie war ihr Körper und die Sterne und die Erde, die unter ihren Füßen atmete.

Ich habe Recht, dachte das Kind und verachtete die anderen für ihre Lügen und ihre Selbstbegrenzung, sie hasste ihre Mutter für den Zwang und dafür, dass sie sich selbst verleugnete. Und sie lief durch die Nacht zu ihrem Tafelberg, setzte sich dort in den Mondschein und sah die Sterne wie früher tanzen.

Sie war wieder im Land ihrer Kindheit, in der richtigen Welt, in der alles leuchtete und miteinander verbunden war, wo alles möglich war und die Toten lebten.

Norea war zu Hause, noch bevor die Mutter wach wurde, sie hatte niemanden beunruhigt. Jetzt hatte sie gelernt, eine Grenze zwischen ihrer Wirklichkeit und der der anderen zu ziehen. Sie konnte sie allein überschreiten, die einzige Bedingung war nur, dass niemand es merkte.

Vor allem nicht die Mutter, die sich solche Sorgen machte.

An einem Winternachmittag, als der Regen auf das Dach der Webstube prasselte, kam Lu-Sin und erzählte eine Geschichte, die sie von ihrer Mutter gehört hatte.

Es war eine Erzählung über die entfernte Stadt, in der ihre Mutter aufgewachsen war, und sie handelte vom Tod des Königs.

Es war ein alter König, der reich an Jahren dieses Leben verlassen hatte. Aber er ging nicht allein ins Unbekannte, sagte Lu-Sin. Er war ein Gottkönig, und es war Brauch, dass er, begleitet von einem großen Gefolge, seine Verwandten auf den Totenfeldern wiedertraf.

Als der König nun in der innersten Kammer des Turmgewölbes bestattet wurde, kleideten sich zwanzig seiner Offiziere in ihre besten Uniformen und folgten ihm. Alle seine Hofdamen schminkten und kämmten sich mit großer Sorgfalt, streiften ihren wertvollsten Schmuck über Arme und Haar und trafen alle Vorkehrungen für die Reise. Seine Lautenspieler begleiteten ihn und ebenso all seine feierlichen Priester.

In langen Reihen begaben sie sich hinunter zu ihrem toten Herrn, jeder von ihnen mit einem silbernen Becher in der Hand. Aus einem großen Gefäß inmitten des Grabsaales außerhalb der königlichen Grabkammer füllte der Hohepriester jedem den Becher.

Ein Göttertrank war es, leicht führte er sie alle über die Grenze in das Land, in dem der König nun war.

Es herrschte eine feierliche Stimmung, alle im Reich ließen die Arbeit ruhen, und niemand sprach an diesem Tag. Schweigend nahm das Volk von seinem König Abschied und von denen, die mit ihm die Reise angetreten hatten. Am nächsten Tag gingen die Söhne des Königs hinunter in die Grabkammer, um sich zu vergewissern, dass alle tot waren. Speise und Trank hatten sie auf ihre Reise mitbekommen, dazu manch schöne Beigaben, an denen sie sich auch in dem neuen Land erfreuen sollten.

Dann wurde die große Kammer zugemauert, um nie mehr geöffnet zu werden.

»Das war eine schreckliche Geschichte«, sagte Eva. »Bist du ganz sicher, dass sie deine Mutter nicht nur erfunden hat?«

»Nein wirklich«, entgegnete Lu-Sin gekränkt. »Meine Mutter hat es mit eigenen Augen gesehen.«

»Aber dass sich niemand dagegen gewehrt hat!«, sagte Eva. »Dass sich niemand weigerte und stattdessen das Leben gewählt hat!«

»Mutter sagte, sie hätten nur ein anderes Leben gewählt. Alle seien mit Freude und voller Erwartungen zur Reise aufgebrochen.«

Eva schüttelte verwundert den Kopf, ebenso die übrigen Webfrauen im Haus. Der Regen draußen hatte aufgehört, merkte sie und streckte ihren Rücken, als wollte sie ein Unbehagen von sich abschütteln.

Da fiel ihr Blick auf Noreas Gesicht, es leuchtete vor Freude, und die Augen sahen an ihnen allen vorbei in eine andere Welt.

Teufel auch, dachte die Mutter, jetzt hat sie Nahrung für ihre Phantasien über die Toten bekommen.

Aber Norea war ganz von Licht erfüllt. Sie wusste jetzt, dass es irgendwo auf der Welt Menschen gab, die sahen, was sie sah, die wussten, was sie wusste. Wenn ich einmal groß bin, werde ich in dieses Land reisen, dachte sie.

Kapitel 7

Auf dem Berg gab es jetzt ein Pferd. Eva hatte das kostbare Geschenk erhalten als Zeichen dafür, dass sie zum Königshaus von Nod gehörte. Nur wer von königlichem Geschlecht war, durfte ein Pferd besitzen.

Eva wusste davon nichts. Als ihr der weiße Hengst überbracht wurde, hatte sie ihn mit vor Zorn flammenden Augen angesehen.

Man hatte ihr einen Sohn genommen und dafür einen großen Esel gegeben.

Das Pferd hatte sich damals vor Evas Blick so erschreckt, dass es weglief. Schnell wie der Wind war es verschwunden und lebte jetzt wie ein scheuer Fremdling als Wildpferd auf dem Grasland rund um den Wohnplatz. Zuweilen, wenn Eva es in den Jahren danach einmal in der Gegend hier oben erblickte, dachte sie, das unschuldige Tier war schlecht aufgenommen und behandelt worden.

Aber das Pferd blieb weiterhin einsam. Ängstlich und feindlich bewegte es sich am Rande der menschlichen Wohngefilde und näherte sich nur ein einziges Mal eines Winters in der Dämmerung, als das Gras in der Wildnis zu karg wurde. Adam hatte ihm seitdem regelmäßig Futter ausgelegt, dort, wo das kultivierte Ackerland südlich des Sees in Wildnis überging. Aber nie kam es zu einer direkten Begegnung zwischen dem Mann und dem Pferd. Einmal versuchten Ast-An und seine Männer den Hengst einzufangen, der aber griff sie wie von Sinnen an und zwang sie zur Flucht.

Jetzt hatten alle Angst vor ihm.

Nur Norea zeigte Interesse an dem Pferd, sie träumte davon, dem großen, schönen Tier einmal zu begegnen, träumte von schnellen Ritten und von Kameradschaft.

Schließlich kam ein Sommertag, einer jener heißen Tage, wo die Hitze in der Luft steht, an dem das Mädchen, langbeinig wie es mittlerweile war, über die Felder wanderte. Sie hatte ihre Welt erweitert, konnte stundenlang laufen, geleitet von einer unbestimmten Sehnsucht.

An jenem Tag machte sie Rast auf einem Felsen am südlichen Berghang oberhalb des Wäldchens, wo das giftige Bilsenkraut wuchs. Sie sah, dass die Triebe noch keine Samenkapseln angesetzt hatten, und dachte, das müsse sie der Mutter berichten.

Da erblickte sie das Pferd ein paar Steinwürfe weiter unterhalb im Buschland, ganz nahe bei dem Berg. Wortlos schickte sie ihm ihren sehnsüchtigen Wunsch, sie mögen sich begegnen, und bot ihm ihre Freundschaft an.

Ihre Gefühle waren dabei so rein wie irgend möglich, sie machte ihren Geist leer und ließ alle Unsicherheit hinter sich. Und die Bitte erreichte das Pferd, es wandte sich ihr zu und ging zögernd in ihre Richtung, dorthin, wo sie saß. Immer näher kam es, und als sie nur noch ein kleines Stück trennte, blieb es stehen, und ihre Augen begegneten einander. Sie sah, dass seine Furcht größer war als seine Einsamkeit, so ganz wollte es dem Mädchen nicht trauen. Doch die Zeit stand still, und der klare Kinderblick ließ den des Pferdes keinen Augenblick los. Da geschah das Wunder, der Hengst vertraute ihr. Er war jetzt ganz nah, aber als Norea sich langsam auf ihn zubewegte, blieb er stehen und spannte den Körper an, bereit zur Flucht. Also blieb das Mädchen auf dem Felsen stehen und begann – ohne seinen Blick loszulassen –, ihm ein Lied vorzusingen, ein Lied ohne Worte von den Bergen und Ebenen, der befreienden Einsamkeit und der wehmütigen Sehnsucht nach Nähe.

Da endlich gab er nach, ging geradewegs auf den Felsen zu, auf dem das Mädchen saß, und legte ihm seinen großen Kopf auf die Knie.

So verweilten sie eine Zeit lang, während das wortlose Lied in seine Sinne eindrang und die Kinderhände seinen Kopf tätschelten und die struppige Mähne kämmten.

Endlich waren sie Freunde geworden, wovon Norea so viele Jahre geträumt hatte.

Wie sie vorsichtig auf den Pferderücken geklettert war, konnte sie sich später nicht mehr in Erinnerung rufen. Nie jedoch würde sie den Ritt über die Berge in der Dämmerung vergessen.

Es war eine Gemeinschaft auf der Grenze zu anderen Welten, die sie immer allein hatte überschreiten müssen. Der Hengst gehörte zu jener Wirklichkeit, in der die Steine tanzten, das wusste sie. Der gehörte er schon lange an, seine lange Einsamkeit deutete darauf hin, und er kannte die Geheimnisse weit besser als Norea.

Die beiden waren jetzt auf dem Sprung, auf der Flucht aus der Welt, in der alles bekannt ist und einen Namen hat, hin zu der Wirklichkeit, wo es keiner Worte bedurfte, weil sich alles von selbst versteht, alles miteinander verbunden ist und das Eine am anderen Teil hat.

Norea jubelte, sie war in einem endlosen Jetzt.

Als sie den Geruch des Rauches vom Wohnplatz bemerkten, wussten beide gleichzeitig, dass sie wieder eine Grenze überschritten hatten. Die Berge und Pfade nahmen wieder Festigkeit an. Die Scheu warf ihren Schatten über das Pferd, und Norea krallte sich in seiner Mähne fest, zum ersten Mal hatte sie Angst vor dem Ritt, Angst, zu fallen. Ihre Unruhe ging wie ein Ruck durch das Tier, es bäumte sich auf und machte kehrt. Das Mädchen fiel herunter, und eine Weile stand es da und rieb sich die schmerzende Schulter, während das Blut von seinem aufgeschlagenen Knie tropfte.

Das Pferd war in die Berge verschwunden, hatte blitzschnell die Flucht ergriffen, zurück in die Einsamkeit.

Aber Norea schickte vertrauensvoll ihre wortlose Botschaft hinter ihm her: bis morgen, wieder am selben Platz.

Zu Hause sagte sie nichts; ohne zuzuhören ließ sie die Vorwürfe wegen ihres aufgeschlagenen Knies über sich ergehen, während die Mutter die Wunde säuberte.

Morgen, dachte sie nur.

Sogar bis in den Schlaf hinein dachte sie an diesem Abend inständig: bis morgen.

Wie ausgemacht trafen sie sich am nächsten Tag wieder bei dem Felsen, wo das giftige Bilsenkraut wuchs. Und auch am darauf folgenden Tag. Die wortlose Freundschaft wurde immer enger, und die Ritte erstreckten sich über immer größere Entfernungen, bis zum äußeren Rand der Welt, die ihnen gehörte. Es gab einen See, von dem das Kind bisher nichts gewusst hatte, und das Pferd schwamm mit dem Mädchen auf seinem Rücken zur anderen Seite hinüber, wo die Iris blühte und die Freude grenzenlos war.

Eines Tages dann war das Vertrauen zwischen beiden so stark geworden, dass das Mädchen sein Pferd dazu überreden konnte, sogar bis zum Wohnplatz zu traben. Dort herrschte große Aufregung, genauso, wie Norea es vorausgesehen hatte.

Adam wurde blass vor Angst. Evas Schreck machte sich Luft in sinnlosem Geschimpfe. Alle Leute umringten die beiden, und das Pferd scheute, erhob sich auf die Hinterbeine, bis die beruhigenden Worte des Mädchens ihre Wirkung taten. Dann stand es still und blickte um sich, voller Vertrauen zu dem Kind.

Nur Lu-Sin freute sich und sagte vorsichtig, dass trotz allem doch etwas Gutes geschehen ist. Mit ungewohntem Mut brachte sie schließlich Eva zum Schweigen, wobei sie beinahe rief:

»Es wird Zeit, dass sich jemand um das arme Tier kümmert!«

Da schämte sich Eva, holte Brot mit Honig und gab es dem

Pferd mit einer stillen Bitte um Verzeihung für all die einsamen Jahre, zu denen sie es verurteilt hatte.

Langsam wandte sich das Pferd wieder den Menschen zu, und nach einiger Zeit befand es sich ebenfalls mit den anderen Tieren auf der Weide. Stattlich war es und kein geduldiges, zur Erde gebeugtes Lasttier. Sogar Eva musste es anerkennend zugeben. Lu-Sin sagte, es sei ein göttliches Tier, ein Nachkomme jenes Pferdes, das vor undenklichen Zeiten eines Morgens den ersten König vom Abendstern zur Erde gebracht hatte.

Lu-Sin erzählte oft und gern von dem sagenhaften König von Nod, der, von den Göttern geschickt, auf einem weißen Hengst über den Himmel geritten kam. Norea liebte diese Geschichte.

Sie war genauso glücklich wie einst als kleines Kind, das auf seinem Vogel aus gekreuzten Stöckchen zum Meer geflogen war. Die Mutter sah es und freute sich ebenso.

Ihr Mädchen brauchte einen Freund.

Und die Freundschaft zwischen dem Pferd und dem Kind war stark, ihre Freude grenzenlos, und die zahlreichen Abenteuer nahmen kein Ende.

Immer schon hatte Norea die Gedanken der Mutter hören können, und als sie klein war, hatte die Mutter ihre Gedanken gehört. Aber das war jetzt lange her und das war es wohl, was man Einsamkeit nennt. Endlich hatte das Mädchen begriffen, dass die Menschen so viel redeten, um nicht einsam zu sein. Aber sie hörten selten zu und verstanden nie, dass allein das Zuhören Worte überflüssig machte.

Jetzt hatte das Kind wieder die wortlose Gemeinschaft, das Pferd spürte jede seiner Gemütsveränderungen. Alles konnten sie miteinander teilen, die Einfälle, die Freude, Enttäuschungen und die Gedanken. Und je mehr sie all das teilten, umso inniger und stärker wurde ihre Freundschaft.

Auch das Pferd kannte die Toten, konnte sie zuweilen im Licht der anderen Welt auftauchen sehen, wie Norea, und deren Grüße wahrnehmen, auch die Wünsche für ihr Wohlergehen hier in dieser missverstandenen Wirklichkeit mit all ihren Torheiten und Sorgen.

Aber eines Tages passierte etwas. Es war ein kalter Wintertag mit klarem Himmel, und die beiden waren unterwegs zum Steilhang hinter dem Wasserfall. Das Kind saß auf dem Rücken des Pferdes, blickte in den Abgrund hinunter und über die weite Landschaft. In der Ferne schimmerte der Fluss im Licht der gleißenden Wintersonne, und Norea hatte den Einfall, sie könnten dorthin fliegen – sie und das Pferd.

Hinaus in die Unendlichkeit würden sie sich werfen, und der Wind würde sie zum Fluss und jenseits des Flusses zu den Laubwäldern tragen, wo ihre Mutter aufgewachsen war. Sie führte das Pferd zum Felsabsatz und wollte, dass es den Sprung wagte.

Aber es weigerte sich.

Vorsichtig bewegte es sich rückwärts, weg von der Felskante, und als es sich in Sicherheit wusste, warf es sie ab.

Es war rasend, blickte sie lange und vorwurfsvoll an und stob davon, zurück zum Wohnplatz und in Sicherheit. Sie musste den weiten Weg allein nach Hause gehen, durch eine Welt, die nicht mehr tanzte, in der es regnete und stürmte. Denn selbst das Wetter hatte sich geändert und war nicht mehr freundlich, sondern bedrohlich.

Nun peitschte ihr der Regen ins Gesicht, brannte ebenso unbarmherzig wie die Wunde am Arm, die sie sich beim Fallen zugezogen hatte – und wie die Trauer im Herzen.

Sie war wieder allein.

Als sie endlich zu Hause ankam, fühlte sie sich geborgen bei der Mutter, die die Wunde versorgte, Norea abtrocknete und warm einpackte, sie ins Bett steckte und ihr eine heiße Suppe gab. Doch es störte sie, dass sich die Mutter auf die Bettkante setzte und geduldig auf den Bericht wartete, was passiert sei. Norea hatte nicht mehr viel Widerstandskraft, und bald hatte Eva die traurige Geschichte von dem verhinderten Sprung aus ihr herausgelockt.

Die Mutter sagte nun das, was Noreas Ansicht nach wohl kommen musste:

»Aber du bist ja nicht ganz gescheit. Wir können dankbar sein, dass es das arme Tier besser gewusst hat als du.«

Das Kind merkte die Unruhe in der Stimme der Mutter und die versteckte Sorge darin, und die Schuldgefühle erfüllten das Mädchen mit der alten Hoffnungslosigkeit. Aber es verstand den Schrecken nicht, der die Mutter erfüllte, denn Eva kam der Gedanke, mit der Tochter könnte allen Ernstes etwas nicht stimmen.

Mit ihrem Verstand sei etwas nicht in Ordnung.

In dieser aufgewühlten Stimmung fand Adam sie einige Zeit später, als das Kind schlief. Er konnte sie beruhigen, Norea sei ja noch nicht einmal neun Jahre alt und ein Kind mit außergewöhnlicher Phantasie, sagte er, sie müsste lernen, zwischen Himmel und Erde zu unterscheiden, wie es alle anderen tun.

Am nächsten Morgen nahm der Vater das Mädchen mit zum Apfelhain, wo sie, wie schon so oft, gemeinsam beteten. Nach dem Gebet ging er mit ihr auf die Weide zu dem Pferd, das noch immer misstrauisch war. Aber es ließ sich streicheln und nahm gnädig die Kekse an, die Norea ihm mitgebracht hatte.

Als der Vater das Mädchen auf den Pferderücken hob, sagte er:

»Vielleicht hättet ihr ja zum Fluss hinüberfliegen können, du und das Pferd. Aber eure Körper wären niemals dort angekommen, sie wären in der Tiefe zerschellt. Das Pferd hat es gewusst und wollte lieber in seinem Körper bleiben, weiter grünes Gras fressen und die warme Sonne spüren.«

»Ich sehe es ja ein«, gab Norea zur Antwort und dachte daran, wie gern sie auf ihren Beinen herumsprang, an einem Honigkeks lutschte und ihr Herz schlagen hörte.

Als sie langsam vom Wohnplatz davonritt, dachte sie: Das,

was sie ihre andere Welt nannte, war das Grenzland. Die wirkliche Grenze dagegen war unverrückbar. Wer sie überschritten hatte, konnte nicht mehr in die Wirklichkeit zurückkehren, dorthin, wo das Blut in den Adern singt und der Wind durchs Haar weht.

Kapitel 8

Und wieder zog ein neuer Frühling ins Land und überzog den Berg mit frischem Grün. Die leuchtenden Anemonen waren gerade verblüht, jetzt standen die Apfelbäume in voller Blüte und verbreiteten ihren Duft, und die Bienen summten.

Ast-An kam, früher als vorgesehen, mit vielen Neuigkeiten aus Nod. Das Land hatte Krieg geführt, eine große Schlacht hatte stattgefunden, und Tausende von Toten hatte es gegeben.

Kain selbst hatte seine Soldaten angeführt und in den vordersten Reihen gekämpft, war der Mutigste von allen gewesen.

Er hat den Tod gesucht, dachte Eva, als sie, erregt wie die anderen, dem Bericht lauschte.

Die Schlacht hatte in einem großen Sieg für die Noder geendet, sie hatten ihre Feinde geschlagen, deren Stadt niedergebrannt und die Gefangenen in großen Scharen zum Arbeitseinsatz in die neue Stadt geführt, die Kain auf der anderen Flussseite erbauen ließ. Zahlreiche Feste hatten die Sieger gefeiert, an denen Ast-An jedoch nicht teilnahm, er hatte sich stattdessen auf Befehl des Königs nach Süden begeben, um die Nachricht vom Sieg den Bewohnern auf Ans Berg zu überbringen.

All das war für die Leute hier oben schwer zu verstehen, und es ging ihnen nahe. Aber die Kinder spielten viele Tage lang Krieg, merkwürdig angestachelt von den Neuigkeiten.

Norea beteiligte sich nicht daran, sie war traurig wie die Mutter über das, was passiert war. Aber anders als Eva konnte sie der Sorge entfliehen, verschwand auf dem Rücken ihres Pferdes in die andere Wirklichkeit.

Sie war eine tüchtige Reiterin geworden, Ast-An hatte sie trainiert und sie sehr gelobt, dass sie das Pferd eingefangen und zugeritten hatte. Er hatte ihr einen Sattel geschenkt, der machte das Reiten sicherer und brachte ihr und dem Pferd noch mehr Spaß.

Eines Tages waren sie wieder einmal bei dem Wasserfall; Noreas Dummheit an jenem Tag im Winter war vergeben und vergessen, und beide genossen wie zuvor schon die Aussicht über das weite Land. Als das Kind das Pferd wendete um heimzureiten, erblickte sie einen Mann, der neben dem Wasserfall saß und ebenfalls über die Niederungen und zum Fluss schaute.

Es war ein noch junger Mann und schöner als irgendein Mensch, dem Norea je begegnet war. Nicht nur wegen seiner Kleidung, obwohl sie aus feinstem Stoff war und in Farben schillerte, wie sie Ähnliches noch nie gesehen hatte. Es war auch nicht wegen der schweren Goldkette um seinen Hals oder wegen des leuchtenden Stirnbandes, das das schwarze Haar zurückhielt.

Er hatte schrägstehende Augen und eine fein gebogene Nase – wie ihre eigene. Und wie die ihrer Mutter.

Er lächelte ihr zu.

Zwei Erkenntnisse hatte Norea gleichzeitig:

Der Mann hier war ihr Bruder, Kain, König von Nod.

Und er war tot.

Als er langsam zwischen den Bäumen am Rand der Wiese verschwand, sah sie, dass ein Messer in seiner Brust steckte.

Jetzt scheute das Pferd, wollte auf und davon, wollte sie abwerfen. Aber sie hielt sich fest, und in rasendem Galopp ritten sie nach Hause.

»Mutter!« Die Stimme des Kindes hallte zwischen den Häusern wider, sie sprang vom Pferd und eilte auf den Platz vor dem Wohnhaus, wo die Mutter gemeinsam mit dem Vater, Lu-Sin und Ast-An saß.

»Ich habe Kain getroffen!«, schrie das Kind. »Er ist tot, Mutter, er ist tot!«

Eva merkte, wie ihr vor Zorn das Blut ins Gesicht schoss. Sie konnte sich nicht mehr zügeln, stand auf, ging hinüber zur Tochter und schlug ihr mit ungeheurer Wucht ins Gesicht.

»Du bist nicht nur verrückt«, schrie sie. »Du bist auch böse!«

Aber als sie sich auf dem Absatz umdrehte und zu den anderen zurückging, fiel ihr Blick auf Lu-Sin. Deren Gesicht war weiß wie der Schnee auf der Spitze von Ans Berg im Winter, und Eva verstand blitzschnell, was Lu-Sins Augen ausdrückten.

Sie glaubte Norea.

Gleich darauf geschah etwas mit Eva, was noch nie zuvor passiert war, sie wurde ohnmächtig. Freundliche Dunkelheit hüllte sie ein, trug sie fort aus dieser Verzweiflung, die nach ihr griff. Sie hörte Noreas Wut- und Schreckensschreie über den Schlag nicht mehr, sah nicht, wie das Kind von Adam weggeführt wurde, während Lu-Sin und Ast-An Evas Körper ins Haus trugen, sie auf das Bett legten und einen Beruhigungstrank zubereiteten.

Als Eva wieder zu sich kam, wollte sie das Mädchen sehen und mit ihm reden. Es sei unvernünftig gewesen, sie zu schlagen, wollte sie dem Kind sagen. Bei diesem Eingeständnis wollte sie es belassen, wollte nicht wissen, was sie ausgelöst hatte.

Norea weinte und bettelte:

»Du musst wieder gesund werden, Mutter, versprich es mir.«

Aber am Abend war klar, Eva hatte hohes Fieber, sie phantasierte. In hitzigen Träumen begegnete sie dem Sohn und versicherte ihn ihrer Liebe, versuchte, ihn zu überreden, auf sie zu warten.

Tropfen für Tropfen flößten sie ihr etwas Flüssigkeit mit zerriebener Feigenrinde ein, schrittweise sank das Fieber.

Am nächsten Morgen war sie wieder fieberfrei und der Kopf klar, aber sie war sehr müde. Langsam erzählte sie Lu-Sin von Kain, von dem Brudermord und ihrer eigenen Schuld. Es half ihr, gab ihr Linderung. Als Adam hereinkam, um nach ihr zu sehen, sagte sie entschlossen:

»Wir müssen nach Nod reisen und Kain besuchen. Er hat uns so oft darum gebeten.«

Adam wusste keine Antwort darauf, aber später am Tag besprach sie ihre Pläne mit Ast-An und bat ihn, die Reise vorzubereiten.

Das erschrockene Kind war erneut auf der Flucht, weg von allem, was es angerichtet hatte, von niemandem mehr erreichbar. Auf dem Rücken des Pferdes war Norea unterwegs zum Wasserfall und hoffte verzweifelt, der Ort würde ihr die Gewissheit geben, dass die gestrige Erscheinung nur Einbildung gewesen war.

Aber der Platz war öde und leer und sprach nicht zu ihr.

Als sie wieder nach Hause ritt, getrieben von der Sorge um die Mutter, sangen die Hufe unter ihr: verrückt und böse, verrückt und böse.

Die Menschen auf dem Wohnplatz warteten tagelang voller Angst auf die Nachricht, die besser nicht kommen sollte. Ast-An wollte nicht zugeben, dass auch er den Blick immer wieder auf den Weg dort im Osten richtete, von wo ein Reiter auftauchen konnte. Tröstend redete er auf Eva ein.

Kain sei froh und stolz gewesen, als sie sich vor einer Woche getrennt hatten, sagte er. Der König hatte dort mit dem neugeborenen Kind auf dem Arm gestanden, seiner ersten Tochter, einem wundersamen Kind, mit Haaren wie aus Gold und Augen, so blau wie der See in der Dämmerung. Eva wollte die Geschichte immer wieder hören, sie schien nicht genug Bilder von dem Kind zu bekommen, das, soweit sie verstanden hatte, mit blauen Augen in die Welt sah.

Aber nachts, wenn der Schlaf sie mied, erinnerte sie sich an die Gedanken, die ihr bei Ast-Ans Bericht durch den Kopf gegangen waren, als er von Kains Tapferkeit während des Kampfes erzählte: Er suchte den Tod. Vielleicht konnte er ihm nicht länger widerstehen, jetzt, wo er der Erlösung so nahe war. Sie dachte an die Schwermut, Kains Schwermut, die jederzeit zu unerträglichen Qualen anwachsen konnte, ja zu Wahnsinn.

Schließlich nahm sie wieder Baldrian und schlief endlich ein.

Am vierten Tag tauchten die Reiter auf, mit blitzenden Speeren und Schilden, in denen sich die Sonne spiegelte. Es war eine ganze Truppe, alles düstere und ernste Männer und den Leuten auf dem Berg fremd. An der Spitze ritt ein hoch gewachsener, nicht mehr ganz junger Offizier. Er trug einen Helm aus fein geschmiedetem Gold, der die edlen Züge seines Gesichts noch betonte, ebenso die festen Linien um dic Augen, die voller Trauer waren. Eva wusste sofort, wer er war. Vor ihr stand der berühmte Bek-Neti, jener Oberbefehlshaber, der ihr den Sohn genommen und den sie all die Jahre verflucht hatte.

Er fiel vor ihr auf die Knie und sagte:

»Ich komme mit einer traurigen Nachricht zu dir, Königsmutter.«

»Ich weiß, wir alle hier wissen es bereits«, erwiderte Eva, und die Stimme war endlich ruhig geworden, hatte aufgehört zu zittern, wie sie es die vergangenen Tage getan hatte.

»Er ist durch eigene Hand gestorben, aber ich trage die Schuld«, sagte Bek-Neti.

»Du hast Unrecht«, sagte Eva. »Die Schuld liegt ganz allein bei mir.«

Hier sind sich zwei Machtmenschen begegnet, dachte Adam, der neben seiner Frau stand. Und sofort beginnen sie um das Recht zu streiten, diesen starken Begleiter der Macht.

Kapitel 9

Dank Lu-Sins Fürsorge stand alsbald ein Festessen und Rotwein auf dem Tisch, der in aller Hast für Bek-Neti und seine Leute gedeckt worden war. Lu-Sin rollte die blendend weißen Tischtücher aus und stellte die bemalten, selten benützten Schüsseln darauf.

Aber Bek-Neti hatte keinen Blick für all diese Mühe, er war zu traurig.

Langsam und mühevoll, als müsse er nach den richtigen Worten suchen, berichtete er, was an jenem Abend geschehen war, als Kain den Tod auf dem Dach des hohen Turmes gesucht und gefunden hatte.

»Ich hätte begreifen müssen, was in seinem Kopf vorgegangen ist«, sagte er. Immer wieder kam er darauf zurück, dass es seine Schuld war, er hätte ihn verstehen müssen. Eva fand beim besten Willen keine tröstenden Worte, aber ihre Sympathie zu ihm wuchs. Es war nicht viel, was dem Hassbild entsprach, das sie sich von dem großen Oberbefehlshaber von Nod gemacht hatte, ein Bild, das mit den Jahren sicherlich verblasst wäre. Seinen düsteren Ton hätte es jedoch behalten. Er war ein Mann der Macht, mit einer Kraft, die sicherlich in Rücksichtslosigkeit umschlagen konnte, das spürte sie. Aber er war auch ein Mann mit einem großen Herzen.

Er war der Vater, den Kain gebraucht hätte, dachte sie.

Adam war unfähig gewesen, für Kain Verantwortung zu übernehmen, unsicher, wie er sich als Vater verhalten sollte, und hatte Angst vor dem Fremden, das den Jungen nun einmal umgab.

Norea saß während der ganzen Mahlzeit beinahe atemlos und stumm am unteren Ende des Langtisches und wartete auf die Frage, die kommen musste.

Und schließlich stellte Bek-Neti sie.

»Du hast gesagt, ihr wusstet es bereits?«, wandte er sich an Eva. »Wie ist das möglich?«

Eva vermied es, ihn anzusehen, aber als die Stille zu lang wurde, ergriff Adam das Wort und sagte, was auf dem Wohnplatz nie ausgesprochen werden durfte, was sich jetzt aber offenbar bewahrheitet hatte:

»Wir haben eine Tochter, die Tote sehen kann«, sagte er. »Vor vier Tagen hat sie Kain auf dem Berg bei dem Wasserfall getroffen.«

Bek-Neti und seine Männer horchten auf.

»Wo ist das Mädchen?«, fragte der Oberbefehlshaber mit erneuter Schärfe in der Stimme.

Und Norea ging zu ihm. Er nahm ihre beide Hände in die seinen und fragte mit großem Ernst:

»Hat er etwas zu dir gesagt?«

»Nein. Aber er hat mich angesehen und gelächelt.«

»Willst du erzählen, was passiert war?«

Norea beschrieb, wie der Bruder dort saß und über die Landschaft geblickt hatte, sie konnte seine Kleidung beschreiben, die Goldkette um den Hals und das Band um die Stirn.

Bek-Neti nickte, genauso hatte Kain an jenem folgenschweren Abend ausgesehen.

Dann fragte er, und seine Stimme war unsicher:

»Aber was für einen Eindruck hat er gemacht?«

»Ach«, sagte Norea, »er war glücklich und voller Frieden.«

Sie sagte es, ohne zu zögern, mit dem klaren Kinderblick – ganz wie Kain – und sah Bek-Neti dabei fest an. Der lächelte zum ersten Mal seit dem Unfassbaren, das geschehen war, und eine Spur von Glück ging durch sein Herz und über sein Gesicht.

»Du hast eine große Gabe, mein Kind.«

Norea, die sich während der letzten Tage verlassen und schuldbeladen gefühlt hatte, merkte, wie ihr die Tränen kamen. Man hat mir verziehen, dachte sie. Ich bin nicht mehr verrückt und böse. Sie sah zu ihrer Mutter. Auch auf Evas Gesicht war Erleichterung zu sehen. Also war es doch nicht so, wie sie in den düsteren Stunden befürchtet hatte, ihr Kind war nicht verrückt. Die Noder nahmen Noreas Vision ganz natürlich auf, voller Ernst und Respekt. Eine große Gabe, hatte Bek-Neti gesagt, die gleichen Worte, die Lu-Sin all die Jahre gebraucht hatte.

Und als habe er Evas Gedanken gelesen, fuhr Bek-Neti zu dem Kind gewandt fort:

»Inannas Priester suchen ständig Mädchen mit deiner Gabe. Sie sind in unserem Land sehr angesehen und lernen, in dem großen Tempel dort mit ihrer Gabe richtig umzugehen.«

Norea war neugierig geworden, aber sie fand für die erste Frage einfach nicht die richtigen Worte. Da mischte sich die Mutter ein:

»Du gedenkst doch nicht etwa, mir auch noch dieses Kind wegzunehmen?«

Bek-Neti sah Eva lange Zeit schweigend an. Schließlich sagte er: »Jetzt verstehe ich erst, so also hast du es all die letzten Jahre gesehen. Aber es stimmt nicht. Dein Sohn hat seinen Weg, nach Nod zu gehen, selbst gewählt, und du sollst wissen, dass diese Wahl ein großer Segen für viele Menschen war.«

»Auch für ihn selbst?«, fragte Eva, und sie wusste, sie hatte Unrecht.

Aber die Verbitterung war in diesem Moment größer als das Gefühl für Gerechtigkeit.

Bek-Neti wurde flammendrot vor Zorn, aber er besann sich und sagte dann ernst und düster:

»Ja, auch für ihn selbst. Er hat viele gute Jahre in Nod verbracht, voller Glück und Zufriedenheit. Die Schwermut hat ihn immer begleitet, es war nicht unsere Schuld, dass sie ihn eingeholt hat. Du kannst uns vorwerfen, wir hätten sie zu wenig verstanden und nicht genug beachtet. Aber das ist auch schon alles.«

Eva zögerte mit der Antwort, aber als sich ihre Blicke begegneten, wusste sie, dass sowohl er als auch die Wahrheit gesiegt hatten. Sie war jetzt sehr müde, als sie, ohne den Blick zu senken, bestätigte:

»Du hast Recht, ich habe es bereits bei unserer ersten Begegnung gesagt, ich allein trage die Schuld für alles, was in Kains Leben schief gegangen ist. Verzeih mir meine Verbitterung.«

Wehmütig erkannte Bek-Neti in ihr Kain wieder: Genauso war er gewesen, ebenso hitzig, eigensinnig, ein Opfer starker Gefühle. Aber auch großmütig und nachgiebig, wenn ihn die Wahrheit einholte.

Eine Weile war es still, dann sagte er:

»Ich bin auch gekommen, um euch die Einladung meiner Tochter zu überbringen, dem Begräbnis des Königs beizuwohnen.«

Eva blieb die Antwort schuldig, aber Adam sagte stellvertretend für sie:

»Wir lehnen dankend ab. Sollen wir etwa jetzt nach Nod reisen, wo er nicht mehr da ist? Wir haben seine Einladungen all die Jahre abgelehnt, jetzt gibt es erst recht keinen Grund mehr für die Reise.«

Aber Bek-Neti ließ nicht locker:

»Ich verstehe, wie Ihr euch fühlt, aber es gibt dennoch einen Grund.«

Dann beschrieb er ihnen umständlich die Lage von Nod, wie beliebt Kain gewesen war und was er alles für sein Volk getan hatte. Den Nodern war nicht leicht zu erklären gewesen, was auf dem Dach des Turmes passiert war, sie konnten nicht akzeptieren, dass er sie freiwillig verlassen hatte. Wilde Gerüchte verbreiteten sich in den Gassen und Kneipen, man glaubte vor allem dem Gerücht, Bek-Neti und seine Tochter hätten den König vorsätzlich getötet.

Der Oberbefehlshaber verzog keine Miene, als er fortfuhr:

»Es droht ein Aufruhr. Noch kann ich mich auf meine Soldaten verlassen, aber selbst durch ihre Reihen sickert das böswillige Gerede. Der wachhabende Offizier an jenem Abend, an dem Kain starb, wusste ja, was geschehen war, und wollte schon die Geschichte im Wirtshaus erzählen. Aber er wurde von den aufgebrachten Menschen erschlagen. Das Leben von Kains Priester An-Nam wurde ebenfalls bedroht.«

Für die Menschen auf Ans Berg war es ein absurdes Bild, das Bek-Neti da malte, schwer zu begreifen und erschreckend. Aber man glaubte ihm.

»Ich möchte nicht übertreiben«, sagte er weiter. »Es ist nicht Naties Leben, um das ich bange; sie darf den Palast nicht mehr verlassen. Aber ich fürchte einen Aufruhr und weiß nicht, wie lange mir die Soldaten die Treue halten.«

Eva bemühte sich, zu verstehen.

»Und was ist mit der alten Königin? Nin müsste doch zum Volk reden können, ihr würde man glauben«, sagte sie.

»Ja, sicherlich könnte sie die Leute wieder zur Vernunft bringen, sie hatte immer großen Einfluss. Aber sie ist krank. In der Nacht, als Kain starb, hat sich ihr Geist verwirrt. Sie erlitt einen Schlaganfall und muss jetzt, ohne zu verstehen, was das alles bedeuten soll, in Inannas Tempel gepflegt werden. Ohne eigenes Verschulden hat sie noch die Gerüchte verstärkt, und die bösen Zungen zwangen uns, sie gefangen zu halten und ihr kleine Giftgaben zu verabreichen, die sie verwirren. Das sollte sie daran hindern, dem Volk die Wahrheit zu sagen.

Wie alle wussten, war das Vertrauen des Volkes eng verknüpft mit dem Königsgeschlecht«, fuhr Bek-Neti fort. »Das Vertrauen lebte vom Mythos um den ersten König, der zu Anbeginn der Zeit vom Abendstern herabgestiegen war, um das Reich zu gründen. Seine Nachkommen saßen seitdem sicher in Nod, auch die bösartigen und verrückten.

Kains Söhne tragen alle die besonderen Merkmale des Geschlechts, sie würden in Sicherheit gebracht, falls es zu einem Aufstand käme. Meine Späher haben berichtet, es gäbe Pläne, die

Kinder zu entführen, bis man Natie und die Übrigen aus meinem Geschlecht und alle meine Getreuen getötet habe.

Jetzt entzündet Hanok jeden Morgen die Flamme auf dem Turmdach. Es ist eine schwere Pflicht für einen Achtjährigen, der von der Trauer niedergedrückt wird. Seine Mutter will verhindern, dass er das Volk um sich versammelt und erzählt, was wirklich geschehen ist.«

»Das kann ich verstehen«, sagte Eva plötzlich erregt, und empfand zum ersten Mal Sympathie für Natie, die sie nie gesehen und doch nie gemocht hatte. Auch das Enkelkind wurde vor ihren Augen jetzt lebendig, ein Wesen aus Fleisch und Blut.

Und wieder schien Bek-Neti ihre Gedanken zu lesen:

»Sie sind Kinder deines Blutes«, sagte er zu ihr gewandt. »Und von meinem Blut«, fügte er noch hinzu und versuchte, ihr zuzulächeln. »Wir tragen beide Verantwortung für sie.«

Eva begriff jetzt zum ersten Mal, dass sie und der mächtige Mann vor ihr einer Familie angehörten, sie hatten gemeinsame Enkelkinder.

»In dieser Lage bin ich zu dir gekommen, um dir mein Vertrauen auszusprechen«, fuhr Bek-Neti fort. »Du bist sehr bekannt unter den Nodern, viele Geschichten erzählt man sich von der wundersamen Königsmutter auf Ans Berg. Kain hat immer voller Liebe und Hochachtung von dir gesprochen, immer wieder ließ er das Volk wissen, dass er vieles, was er ihm beizubringen versuchte, von dir gelernt habe. Jetzt, wo ich dir begegnet bin, weiß ich, dass du alle Gemüter beruhigen und den Gerüchten Einhalt gebieten könntest. Allein schon deine Anwesenheit an Naties Seite während der Trauerfeierlichkeiten würde die Stimmung ändern.«

Es war nicht ganz klar, ob Eva die letzten Worte noch gehört hatte, endlich konnte sie dem Drang zu weinen nachgeben. Ihre Schultern bebten, und die Tränen liefen ihr übers Gesicht, als sie sich erhob und sagte:

»Es ist spät. Wir alle brauchen dringend Ruhe. Morgen brechen wir nach Nod auf.«

Kapitel 10

Ihr erstes Nachtlager schlugen sie auf der Wiese hinter dem Wasserfall auf. Eva saß in der Dämmerung und blickte über die Ebene hinüber zum Fluss und zu den Laubwäldern in Eden, dort, wo sie einst als Kind gelebt hatte.

Aber die Erinnerungen schwiegen, zu konfus waren ihre Gedanken.

Sie waren erst spät aufgebrochen, obwohl Lu-Sin bereits seit Anbruch der Dämmerung auf den Beinen war, um das Packen zu überwachen. Ein langes Gespräch mit Adam hatte Eva aufgehalten.

Der Mann hatte entschieden, nicht mitzukommen, er sah für sich keine Aufgabe in Nod. Als er wie immer den Beschluss in Gottes Hand gelegt hatte, spürte Eva ihre alte Wut in sich aufsteigen. Aber dann sah sie ein: Wie immer fürchtete er jedwede Veränderung.

Schließlich wurde entschieden, Eva und Norea sollten die Reise antreten, mit Lu-Sin als Vermittlerin, um Eva zu helfen, sich in der neuen Welt zurechtzufinden. Seth und Ast-An sollten auf dem Wohnplatz zurückbleiben, um Adam zu helfen.

Die Mutter konnte die Enttäuschung in Seths Augen darüber, dass man ihm das große Abenteuer vorenthielt, nur schwer ertragen. Aber Bek-Neti tröstete ihn, und es war wunderbar, wie der Mann stets die richtigen Worte fand.

»Du wirst hier zu Hause gebraucht«, hatte er gesagt, und der Junge war stolz darüber gewesen. »Später wirst du auch einmal mitkommen, ich hoffe doch, dass es noch viele Reisen zwischen Ans Berg und Nod geben wird.«

Norea konnte kaum die kribbelnde Freude ertragen, als sie hinter den Offizieren an der Spitze der Truppe herritt – eine überaus tüchtige Reiterin auf ihrem weißen Pferd.

Die Männer bewunderten sie, und Eva musste darüber lächeln.

Sie selbst nahm sich weniger stattlich auf ihrem Esel aus, den sie nun einmal gewohnt war. Bek-Neti überlegte, ob er sie und Lu-Sin nicht überreden sollte, sich auf eins der größeren Pferde zu setzen, zusammen mit einem nicht zu schweren, aber geschickten Reiter. Doch er wollte warten, bis sie die Ebene erreicht hatten.

Immerfort dachte er über sein nächtliches Gespräch mit Adam nach, das sie geführt hatten, nachdem sich die Frauen zurückgezogen hatten. Adam und er hatten einen kurzen Spaziergang über den Wohnplatz gemacht. Es war eine mondlose Nacht gewesen, keiner der beiden Männer konnte den anderen erkennen. Trotzdem hatten sie sich einander nahe gefühlt.

Adam wollte unbedingt über Kain sprechen. Von Anfang an sei er ein Sonderling gewesen, geboren, um den Gegensatz und das Dunkle zu verkörpern, als Schatten in Gottes Welt.

So sah es Adam. Und er fuhr fort:

»Solche Menschen sind immer einsam. Sie können sich nur schwer in ihre Mitmenschen hineinversetzen und sind daher ohne Schuld. Sie sind frei, und aus dieser Freiheit schöpfen sie ihre Stärke und Schaffenskraft. Sie sind stets entschlossen, im Gegensatz zu uns anderen.«

Und Bek-Neti nickte, so hatte er auch über Kain gedacht.

»Ich glaube, Kain hat nie gewusst, wie andere Menschen fühlen«, sagte Adam weiter. »Die Folge davon war seine Qual, das starke Gefühl von Verlassenheit. Es stimmte ja, er war einsam, sogar wenn er von Menschen umgeben war, die ihn liebten und brauchten. Deshalb war die Schwermut ein ständiger Gast in seinem Herzen. Und die wiederum erzeugte im anderen Schuldgefühle, ein Schuldgefühl, das aus der nie eingestandenen Gewissheit geboren wurde, ihm könnte sowieso niemand helfen.«

Adam hatte seine Frau vom gleichen Schuldgefühl bedroht gesehen, das stets wie ein düsterer Schatten zwischen ihr und ihm selbst stand, ebenso zwischen ihr und den anderen Kindern.

»Jetzt sehe ich den Schatten bei dir, Bek-Neti«, sagte er weiter. »Ich möchte dir nur sagen, dass es dafür keinen Grund gibt. Niemand konnte jemals etwas für Kain tun. Menschen wie du und Eva können einen solchen Gedanken nie akzeptieren, ihr gehört zu jenen, die glauben, sie wären immer für andere verantwortlich. Selten seht ihr ein, dass diese Verantwortung auch eine Art Überwachen ist. Aber Kain konnte man nicht schützen, er starb, als seine Zeit gekommen war. Niemand hätte etwas dagegen unternehmen können.«

Als sich die Männer trennten, fühlte sich Bek-Neti getröstet.

»Ich habe nicht alles verstanden, was du gesagt hast«, meinte er, als sie auseinander gingen. »Aber du hast mir viel Grund zum Nachdenken gegeben.«

Noch immer war er tief in Gedanken, während seine Männer die Zelte für die erste Übernachtung aufstellten und er neben der Königsmutter am Lagerfeuer saß.

Norea schlief schon, müde von der Anspannung des Tages. Bek-Neti unterdrückte den Wunsch, mit Eva zu reden, es war schon spät, und sie mussten schlafen.

Das Hinuntersteigen war leichter, als es Eva in Erinnerung hatte. Ast-An und seine Leute hatten den Steilhang gerodet, jetzt führte ein Weg hinab. Und die Flusssenke empfing sie mit Licht und Vogelgezwitscher. Eva hatte die offene Weite beinahe schon vergessen, ebenso, wie weiß der Himmel darüber war.

Die Ebene gab den Blick frei und machte den Geist weit, sie erinnerte sich an früher. Schließlich ließ sie sich überreden, den Esel gegen ein Pferd einzutauschen; sie setzte sich vor einen der jungen Männer in den Sattel und empfand es als äußerst angenehm. Die Esel hatten sie beim Wasserfall zurückgelassen, Ast-An würde sie später holen kommen.

Die Reise ging jetzt zügig voran, man legte nur kurze Pausen ein. Eva und Lu-Sin schliefen, todmüde, auf der Stelle ein, sobald die Zelte aufgestellt waren, ihnen tat der Körper weh vom Reiten. Aber beide kannten Bek-Netis Sorge wegen der Lage in Nod und wollten weiter, so schnell es irgend ging.

Am dritten Tag erreichten sie den Berg, der Nods Grenze nach Süden hin bildete. Es war eine ganz andere Art von Berg als der zu Hause; seine weichen Sand- und Geröllhänge boten weniger Widerstand. Spät am Nachmittag ritten sie über den Pass zwischen den höchsten Erhebungen und trafen auf einen Wachtposten, der, wie Eva erkannte, bereits seit Tagen auf sie gewartet hatte. Jetzt tauschten sie ihre müden Pferde gegen ausgeruhte Tiere ein – alle außer Norea, die sich von ihrem weißen Hengst um keinen Preis trennen wollte.

Die Lage in Nod sei unverändert, erfuhr Bek-Neti.

»Getraust du dich, bis zur Grenze allein weiterzureiten?«, fragte er Eva, und sie nickte. Sie war von der Reise gestärkt, hatte jetzt genügend Kraft durch die Spannung, was sie wohl erwartete, und durch das ausdauernde Reiten. Bek-Neti und seine Männer hatten mit Erstaunen festgestellt, dass sie belastbarer war als die jüngere Lu-Sin.

Nie würde Eva die Aussicht vom Grenzberg über das Land vergessen, wo sich Acker an Acker reihte, in endlosen Karos, von Silberfäden durchzogen.

»Das sind die Kanäle zur Bewässerung«, erklärten ihr die Männer.

Am Horizont schimmerte die Stadt mit dem Turm, selbst aus dieser Entfernung riesig hoch.

Eva hatte sich nie über Nods Ansicht oder das Land dort drüben, wo ihr Sohn herrschte, Gedanken gemacht. Eigentlich seltsam, dachte sie. Viele Jahre lang habe ich von dem Land und der Stadt gehört, Ast-An und Lu-Sins Diener hatten sie oft geschildert. Aber ich habe mir keinerlei Bilder davon gemacht, warum nur?

Vielleicht wollte ich nicht.

Vielleicht habe ich geahnt, dass diese Bilder einen unüberwindbaren Abstand zwischen mich und den Jungen legen würden.

Norea jubelte.

»Ich hab gewusst, dass es so aussieht!«, rief sie. »Genauso hab ich es oft vor mir gesehen!«

Eva lächelte dem Kind zu, und Bek-Neti nickte.

Dann wurde zum letzten Mal ein Lager aufgeschlagen. In der folgenden Nacht würde Eva in einem Haus am Fluss übernachten, auf einem Landgut, das Bek-Netis Sohn Enki für sich und seine Familie gebaut hatte. Bek-Neti wollte in die Stadt vorausreiten, um ihre Ankunft vorzubereiten. Männer aus seiner Leibwache sollten die anderen während der letzten Tage begleiten – in einem Boot flussaufwärts.

In dieser Nacht, der letzten im Zelt, wurde Eva von bösen Träumen heimgesucht. Sie ärgerte sich darüber, bisher hatte sie während der Reise tief und fest geschlafen wie ein Kind. Noch mehr ärgerte sie sich, dass sie die Traumbilder nicht deuten konnte. Sie handelten von einem Mann, der sie suchte, und einem Gespräch, das nicht zustande kam. Sie sollte ihm einen Rat geben, drang aber nicht zu ihm durch. Die Bilder hielten sie zum Narren, waren zu dunkel, um das Gesicht des Mannes zu erkennen.

Sie schlief so unruhig, dass sie damit Norea weckte, die fror und jammerte und ihrerseits die Mutter wach machte. Gemeinsam liefen sie eine Weile durch die Nacht, atmeten tief die frische Luft ein und blickten zu den Sternen. Dann ging die Mutter wieder ins Zelt zurück und schlief endlich ein, ruhig und traumlos.

Das Mädchen blieb, in eine Decke gehüllt, vor dem Zelt sitzen und blickte zu dem Mann hinüber, der Eva suchte. Es war Kain, und wie früher schon lächelte er sie vertrauensvoll an, beide lächelten einander zu und waren traurig, weil die Mutter nichts sehen wollte.

Beim Frühstück am nächsten Morgen sagte Bek-Neti zu Eva:

»Kain ist oft allein hierhergeritten. Einmal hat er erzählt, dass er dich hier oben getroffen und mit dir geredet habe. Mehrmals habe er in der Phantasie mit dir gesprochen und jedes Mal danach klarer gesehen, meinte er.«

Eva blickte, als Bek-Neti das sagte, niemanden direkt an, aber Noreas Augen suchten freudig Bek-Netis Blick, sie verstanden sich.

Er weiß es, dachte das Kind.

Ein paar Stunden später waren sie in Enkis Haus, wo die warmherzige Sham-Li, Enkis Frau, sie erwartete. Endlich konnten sie baden und sich die Haare waschen, bekamen ein warmes Essen an einem gedeckten Tisch vorgesetzt und hielten in weichen Betten ihren Mittagsschlaf. Zweihundert Reiter hatten sie an der Grenze erwartet, mit den meisten von ihnen ritt Bek-Neti weiter nach Norden. Auf Eva wartete ein Schiff mit zwanzig Ruderern; am nächsten Tag würden sie flussaufwärts in Richtung Stadt fahren.

Kurz nachdem sich Bek-Neti verabschiedet hatte, rief Eva den wachhabenden Offizier. Sie wollte wissen, wie lange sie flussaufwärts ruderten.

»Knapp zwei Stunden«, sagte der Mann. Nach der Mittagsruhe sei die Abreise geplant, und gegen Nachmittag werde man in Nod sein, wo man sie mit allen erdenklichen Ehren empfangen würde.

Eva runzelte die Stirn und sah den hoch gewachsenen Mann mit den schräg stehenden Augen an. Diese Männer hier verwirrten sie, sie glichen einander so, dass man sie kaum von einander unterscheiden konnte.

Schließlich sagte sie:

»Wir ändern den Plan. Wir rudern von hier im Morgengrauen los und erreichen in der Frühe die Stadt.«

»Aber ich habe Bek-Netis Anweisung«, entgegnete der Mann.

Da lächelte Eva ihn an, und für einen Augenblick hatte er den Eindruck, in diesem Lächeln sei etwas Schalkhaftes.

»Es wird gemacht, wie ich es sage«, bestimmte sie. »Ich werde Bek-Neti schon alles erklären.«

Der Offizier verbeugte sich, was sollte er sonst tun. Er hatte ein Mitglied des Königsgeschlechts vor sich, so Ehrfurcht gebietend wie niemand sonst aus der Familie, dem er je zuvor begegnet war – eine Frau, die beinahe noch mehr Respekt einflößte als die alte Königin, der er so lange gedient hatte.

Kapitel 11

So kam es, dass Eva in Nods betriebsamem Hafen genau zu der Stunde an Land ging, als die Fischer ihren Fang einbrachten.

Die königliche Schaluppe hatte Mühe, an der hohen Kaimauer anzulegen. Verblüfft und widerstrebend wichen die Boote der Gemüsehändler vor dem langen Schiff mit seinen zwanzig Ruderern zur Seite, nachdem sie schon seit geraumer Zeit reihenweise auf eine Anlegestelle gewartet hatten. Dann stand Eva auf dem Kai, und die morgendliche Geschäftigkeit wurde von einem noch nie da gewesenen Schweigen unterbrochen.

Nicht ein einziger hatte Zweifel, wer sie war, und viele dachten wie Lu-Sin damals, nie hätten sie eine schönere Frau gesehen als diese Königsmutter. Dennoch trug sie kein Zeichen ihrer Würde, nicht einmal Schmuck. Das bodenlange Kleid aus dünner, ungefärbter Wolle ließ sie noch größer erscheinen als sie war, und das schwarze Haar, das ihr offen über die Schultern fiel und von weißen Strähnen durchzogen war, verriet, dass sie nicht von hier stammte.

Dennoch war nichts Fremdes an ihr.

Der Offizier, der sie auf der Flussreise begleitet hatte, war einen Augenblick lang furchtsamer, als er es je auf einem Schlachtfeld gewesen war. Aber dann spürte auch er: an dieser Stille war nichts Bedrohliches.

Und Eva tat, wie Kain es immer getan hatte – sie ging zwischen den Menschen umher und begrüßte sie mit einem Händedruck.

»Ich bin Kains Mutter«, sagte sie. »Ich bin zu euch gekommen, um von ihm zu erzählen, über die verborgene Seite seines Lebens, von der hier in Nod niemand Kenntnis hatte.«

Jetzt wimmelte es auf dem Kai von Menschen, denn wie der Wind hatte sich das Gerücht durch den Hafen und über die Stadt verbreitet, etwas Unglaubliches sei passiert, und Eva schüttelte ständig neuen Frauen und Männern die Hand. An ihrer Seite ging Norea, klein und angespannt, ihrem Bruder sehr ähnlich, wie man allgemein fand.

Frauen weinten jetzt, und Männer unterdrückten ihre Tränen.

Schließlich setzte sich Eva auf die Kaimauer und fing an, ihnen von dem wunderlichen Jungen, ihrem Sohn, zu erzählen, der weit weg auf Ans Berg aufgewachsen war. Nicht die ganze Wahrheit berichtete sie, das hätte sie nicht vermocht. Auch war sie unsicher, ob man sie überhaupt verstehen würde. Und im Übrigen, kannte sie selbst die Wahrheit?

Nein, sie beschrieb ihn nur in groben Zügen und nur das, was leicht zu verstehen war – wie sie früh schon gesehen hatten, dass der Junge anders als die übrigen Kinder war, und wie sie ahnten, dass er eine seltene Gabe und große innere Kraft besaß.

Dann kam sie auf seine Schwermut zu sprechen.

»Ich habe kein anderes Wort dafür«, sagte sie. »Sie überkam ihn wie ein Sturmwind und riss ihn in seiner Qual und manchmal auch im Wahnsinn mit sich fort. Wir haben nie verstanden, wodurch sie hervorgerufen wurde, und hofften jedes Mal, er würde sich wieder fangen, und die Schwermut würde für immer verschwinden.«

Ich vereinfache und beschönige, dachte sie und fuhr fort:

»Wir haben uns benommen wie sicherlich die meisten Eltern, sind mit Lügen vor dem Unerklärlichen ausgewichen.

Trotzdem war der Junge von Angst umgeben, einer Furcht, die er gefühlt haben muss«, erklärte sie und versuchte, für das Schlimmste in ihrem Bericht Zeit zu gewinnen.

Aber ihre Stimme schwankte, als sie weitersprach:

»Einmal, als ihn der Sturm überkam, tötete er ... einen

Freund. Niemand konnte eingreifen. Danach lebten wir alle in Trauer und Schrecken.«

Es war jetzt so still, dass man das Plätschern der Flusswellen hören konnte. Aber als die Königsmutter weitersprach, war ihre Stimme wieder ruhiger und fester.

»Ich begreife jetzt, dass Kain selbst am meisten Angst hatte. Von dieser Stunde an war er sich selbst fremd. Es ist schwer für jemanden weiterzuleben, der sich vor seinen eigenen Handlungen fürchtet.«

Viele weinten jetzt laut, aber Eva hörte in diesem Augenblick nur Noreas Schniefen und dachte besorgt: Sie hätte es auf andere Weise erfahren sollen, verflucht sei meine Feigheit. Sie hob das Mädchen hoch und umarmte und tröstete es, so gut sie vermochte, dabei suchte sie in Lu-Sins Blick Kraft und Unterstützung.

Die legte beruhigend eine Hand auf Evas Arm.

»Viele Jahre habe ich mich mit der Frage gequält, was eigentlich passiert war«, sprach sie weiter. »Lange Zeit habe ich geglaubt, dass ich an Kains Qualen Schuld war, dass ich die Liebe zu dem Jungen verraten hatte. Aber ich bin mir nicht mehr sicher.«

Eva spürte plötzlich die große Wärme, die ihr von all den Menschen um sie herum entgegenströmte, merkte, dass sie sie aufrichtete und frei machte. Sie wagte, den Blick wieder zu heben und in all diese Augen zu schauen, die ihre Trauer teilten und aus Mitgefühl weinten.

Ich tue es auch für mich, dachte sie.

Gleich darauf begann sie, von Bek-Neti zu erzählen.

»Ich weiß, dass sich Kains Leben änderte, als er euren Oberbefehlshaber traf«, sagte sie. »Es war, als würde die Wärme und Kraft dieses Mannes auf Kains Gemüt überspringen und die Dämonen vertreiben. Auch ihr habt ihm geholfen, euer Vertrauen hat ihm ein neues Bild von sich gegeben, und er wuchs innerlich, um diesem Vertrauen gerecht zu werden. Ihm wurden hier bei euch gute Jahre geschenkt, und seine Frau und Kinder hielten den Sturm von ihm fern. Vielleicht hatte er zuletzt gedacht, er wäre frei.

Dann kam der Krieg. Als ich von Kains Tapferkeit im Kampf erfuhr, wusste ich, dass ihn der Sturm des Wahnsinns eingeholt hatte.«

Jetzt ging ein Raunen durch die Volksmenge. Kains Todesverachtung war lange Gesprächsthema in Nod gewesen. Sie hatte große Bewunderung ausgelöst, aber viele hatten nur schwer seine Raserei und seinen wahnwitzigen Mut verstanden.

»Er hat den Tod gesucht«, sagte Eva. »Er hat viel größere Angst vor den Kräften gehabt, die in ihm nun entfesselt waren, als vor dem Feind.«

Jetzt war auch das Gerücht von Evas überraschender Ankunft bis zum Palast vorgedrungen. Ganz hinten in der Volksmenge am Kai stand Bek-Neti und hörte, trotz des großen Abstands und der Menschenmauer, jedes ihrer Worte.

»Als ihr den Sieg gefeiert habt, kämpfte Kain weiterhin gegen den Wahnsinn an«, sagte sie. »Schließlich konnte er nicht mehr. Wir alle müssen versuchen, ihm zu verzeihen, dass er sich an jenem Abend auf dem Turm das Messer ins Herz gestoßen hat.«

Alle sahen, wie unendlich müde die Königsmutter jetzt war. Jemand brachte Wasser, und Eva trank dankbar. Dann erhob sie sich und ging, mit dem Kind an der Hand und gefolgt von Lu-Sin, in das Gasthaus des Fischhändlers, das nach nassen Kleidern roch, nach feuchtem Flussschlamm und Fisch.

»Gib mir bitte eine Schale Suppe«, sagte sie zum Wirt.

Dort fand Bek-Neti kurz darauf Eva im Gespräch mit all denen, die ihr gefolgt waren und die eifrig versuchten, ihre Fragen nach dem Alter der Kinder oder nach den Preisen des Gemüses zu beantworten, und man strengte sich an, jedes Wort im Gedächtnis aufzubewahren. Jeder wusste, diese Stunde würde in Nod zur Legende werden, und ihre Alltagsgespräche waren an diesem Tag feierlich und voller Aufmerksamkeit.

Eva begrüßte den Oberbefehlshaber mit großer Wärme, erhob sich und streckte ihm beide Hände entgegen.

»Du musst mir verzeihen, dass ich früher als erwartet angekommen bin«, sagte sie. »Aber ich wollte mit Kains Volk auf meine eigene Weise reden.«

Ehe er sich vor ihr verbeugte, erhaschte sie seinen Blick und sah darin Freude und Dankbarkeit. Und tröstend und beschützend hob er das Kind auf seinen Arm. Norea war immer noch blass vor Furcht, sie drückte ihren Kopf in seinen Hals und sog seine Kraft und Wärme ein.

Er sieht alles und tut stets das, was im Augenblick richtig ist, dachte Eva. Er wird auch diesem anderen, wundersamen Kind von mir inneres Gleichgewicht geben.

Es war, als stellte sie sich darauf ein, Norea zu verlieren.

Dann gingen sie, das Kind zwischen sich, durch Nods Straßen, Lu-Sin dagegen blieb einige Schritte hinter ihnen.

Es wurde ein langer Fußmarsch, oft blieb Eva stehen und begrüßte die Menschen, die aus den Häusern strömten, um einen Blick von ihr zu erhaschen.

Je näher sie dem Turm kamen, umso schöner wurden die Häuser und umso verschlossener die Fassaden. Hier hingen über den Portalen Tafeln an den zweistöckigen Häusern, Tontafeln mit Zeichen, die vor dem Brennen hineingedrückt worden waren – ein Vogel, ein Fisch, ein Fuchs, eine Blume oder ein Werkzeug. Lu-Sin, die zu Evas Ärger unbedingt einige Schritte hinter ihr gehen wollte, holte sie wieder ein und erklärte:

»Die Tafeln heißen Siegel. Die Zeichen sind Symbole für die Familien, die in dem Haus wohnen, und für deren Gottheit.«

Eva schüttelte den Kopf, dennoch sprach diese einfache Art sie an, etwas Unsagbares auszudrücken.

Die Umgebung des Turmes vermittelte ihr einen ähnlichen Eindruck. Hier war eine verwirrende Fülle großer und aufwendig gestalteter, aber auch kleiner und unbedeutender Tempel.

Einige waren in ausgesprochen gutem Zustand, aber die Meisten waren heruntergekommen, verunziert mit verblühten Blumenkränzen, oder es standen verschmutzte Schüsseln davor.

»Das sind Opfergaben für die Götter«, erklärte Lu-Sin. »Man füllt die Schalen abends mit Speisen, und im Morgengrauen werden sie von den Armen leer gegessen, die auf diese Weise nicht nur ihre Mahlzeiten, sondern auch einen Teil der göttlichen Kraft erhalten. So kommt es, dass niemand in Nod die Armen verachtet«, sagte Lu-Sin, als erklärte sie etwas ganz Einfaches und Selbstverständliches.

Eva war verblüfft, verstand nur wenig von den Gedanken, die hinter diesem Brauch steckten, musste aber zugeben, dass er zweckmäßig war.

Sie blieb vor einem kleinen Tempel stehen, der, kaum sichtbar, verborgen zwischen zwei größeren stand. Er hatte hübsche, kupferverkleidete Säulen, die in der Sonne leuchteten, aber ihre eigentliche Aufmerksamkeit erregte das Gebäude, das ganz mit frisch geernteter, blühender Salweide geschmückt war, die nach Honig duftete und worin die Bienen summten.

Der Tempel war Shukallituda geweiht, wie man ihr erklärte.

Er sei der Gott, der die Menschen gelehrt hatte, Sarbatur anzupflanzen, eine Gattung der Salweide, die sehr schnell wuchs, groß und ausladend wurde und den Gemüsebeeten Schatten spendete.

»Seit damals, als dieser Gott die Erde besuchte, können die Noder ihre Anpflanzungen endlich gegen die brennenden Sonnenstrahlen und den trockenen, peinigenden Wind schützen«, erklärte Lu-Sin.

Und Bek-Neti fügte noch hinzu:

»Siehst du, sein Haus liegt gut verborgen gegen einen Einblick von Inannas Tempel. Und zwar deshalb, weil Shukallituda von der mächtigen Göttin nicht gesehen werden will. Einmal legte sie sich nämlich zum Schlafen in Shukallitudas schattigen Garten, weil sie erschöpft war von der langen Reise über Himmel und Erde.

Aber Shukallituda war so hingerissen von ihrer Schönheit, dass er ihre Müdigkeit ausnutzte. Im Dunkel der Nacht legte er sich zu ihr und verschwand wieder, noch ehe sie sein Gesicht sehen konnte. Viele Lieder wurden darüber verfasst, wie die rasende Göttin die ganze Welt nach ihm absuchte, um den Schändlichen zu finden und sich für die Vergewaltigung zu rächen. Sie fand ihn nicht, deshalb bestrafte sie die Welt mit Heimsuchungen, verwüstete die Erde mit Dürre und Stürmen und füllte die Brunnen mit Blut.

Shukallitudas Herz war erfüllt von Trauer und Scham, als er sah, wie der Zorn der Göttin die Unschuldigen bestrafte.

Um es wieder gutzumachen und ihnen die Mühsal zu erleichtern, wanderte er über das Land und schenkte den Pflanzen Schatten. Seit jenem Tag segnet die Salweide die Mühen der Gärtner.«

Bek-Netis Ton war locker, als habe er ein Märchen erzählt, und das war es wohl auch. Aber in seinen Augen war ein Appell, ihn nicht misszuverstehen.

Eva strengte sich an, dennoch kam sie nicht hinter die versteckte Botschaft des Märchens. Sie ließ sich in ihre Gedanken nicht einordnen. Eva musste einsehen, dass sie sich hier in einem Land befand, in dem es keine scharfen Grenzen gab zwischen Wahrheit und Erdichtetem, zwischen Gott und den Menschen.

Norea war von der Erzählung begeistert, ihre Augen leuchteten, und Eva musste mit einem Stich Wehmut einsehen, dass das Kind die Sage verstanden hatte und hier in diese Welt gehörte, in der es mehrere Wirklichkeiten gab und die Grenzen fließend waren.

Dann wurde Eva ärgerlich, was für ein Unsinn – ein Gott, der sich wie der schlimmste Übeltäter aufführte, und eine Göttin, die ihre verletzte Eitelkeit an unschuldigen Menschen ausließ.

Und sie dachte an Adams Gott, den Allmächtigen, fern aller heißen Gefühle und ungerechten Handlungen. Er befürwortete, was richtig war, und verurteilte das Böse, für das die Menschen allein die Verantwortung trugen. Das gab Sicherheit und zog eine klare Linie im Leben.

Nod musste ein Land voller Arglist und Verwirrung sein, dachte sie. Aber dann erinnerte sie sich an die zahlreichen Menschen am Kai, an deren Mitgefühl. Und sie sah sich in der Stadt um, in der Ordnung und Rechtschaffenheit herrschten, und sie sah Bek-Neti an und wusste, nie würde dieser Mann sein Wort brechen.

Er bemerkte ihre Verwirrung, als sie fragte:

»Aber wie können die Menschen dann zwischen Gut und Böse unterscheiden, wenn sich eure Götter so übel aufführen?«

»Ich fürchte, ich verstehe dich nicht«, sagte er erstaunt. »Jeder Mensch weiß doch tief in seinem Herzen, was recht und unrecht ist. Wenn uns also die Furcht oder die Versuchung überkommt, benehmen wir uns wie Shukallituda oder Inanna, ganz gleich ob wir Götter oder Menschen sind.«

Eva musste zugeben, genauso hatte sie es sich vorgestellt.

Jetzt standen sie unterhalb des lang gestreckten Plateaus, auf dem der Turm und die großen Tempel erbaut waren. Massig und kraftvoll erhob sich der Turm zum Himmel, zeugte von der Macht zwischen Himmel und Erde. Riesig wie der Berg An war er, aber er war nicht von Gott erbaut – sondern entsprang menschlichen Träumen und Mühen. Lange suchte Eva nach Worten für ihr Empfinden, als sie davor stand und mit den Blicken den Schwindel erregenden Treppen hinauf zum Turmdach folgte, das beinahe im Himmel verschwand. Stärke und Macht, ja – aber die genügten nicht, um ihre innersten Gefühle wiederzugeben.

Schließlich fand sie die richtigen Worte.

Und trotzdem!, dachte sie. Der Turm spiegelt den sterblichen Menschen wider. Allem zum Trotz.

Dann gingen sie hinauf zum Tempelbezirk. Bek-Neti deutete auf die neu erbauten Heiligtümer, Ans Tempel zur Rechten, voller schimmernder Mosaike in den gewölbten Mauern, kraftvoll wie der Turm.

Zur Linken lag Inannas luftiges Gebäude in Weiß und Gold mit blumenverzierten, grünen Mosaiken, und schlanke Säulen trugen das gewölbte Dach, offen und geschlossen zugleich, bunt und doch schlicht.

Dazwischen erstreckte sich der niedrige Königspalast, ein menschliches Bindeglied zwischen Ans himmlischer Macht und Inannas lebenspendender Liebe.

»Das ist alles Kains Werk«, sagte Bek-Neti, und Evas Staunen war groß. Was hatte sie von dem Mann gewusst, der ihr ältester Sohn war, was hatte sie von seiner Begabung und seinem Bestreben gekannt, dem Unaussprechlichen Form zu verleihen?

Gleich darauf erreichten sie den Palastgarten. Unter der Tür wandte sich Eva um und nahm von den Menschen Abschied, die ihr durch die Stadt gefolgt waren. Dann schloss sich hinter ihr die Tür, und sie stand vor Natie, der Frau, die sie viele Jahre aus ihren Gedanken verscheucht hatte.

Kühl und hübsch sei sie, hatte man von Kains Frau gesagt. Aber das Bild stimmte nicht. Die junge Frau vor ihr hatte nichts Süßes an sich, ihre Züge waren eher fest und klug.

Vor allem aber war ihr Gesicht von Trauer geprägt, die größer war, als Eva sie jemals verspürt oder bei einem anderen gesehen hatte.

Kapitel 12

Das Kind hatte böse Bilder hinter den geschlossenen Augen. Erschrocken setzte es sich im Bett auf und starrte in die Dunkelheit hinaus.

Die Augen brannten, aber es kamen weder Tränen noch Schlaf.

Dennoch war sie müder, als sie es jemals vor dieser längsten und ereignisreichsten Reise ihres Lebens gewesen war.

Aber als ihr die Augen wieder zufielen, war Kain da, der Abel quälte. Sie erkannte beide wieder, Kain von den Begegnungen oben auf dem Berg, jünger jetzt und einfacher gekleidet. Und Abel, den braunhaarigen Jungen, den sie so häufig auf ihren Ausflügen zum Meer gesehen hatte. Sie war machtlos; ihre Schreie, doch aufzuhören, erreichten die beiden einfach nicht. Auch wusste sie ja, dass es bereits passiert war und nie mehr rückgängig gemacht werden konnte – das Unerklärliche, das auch in Zukunft die Menschheit quälen würde.

Heute hatte Norea in den Augen der Mutter die Trauer wieder gesehen, die dem Kind all die Jahre so wehgetan hatte. Auch die Sorge, die beim geringsten Anlass zu spüren war. Seit jenem Tag war sie deren ständige Begleiterin.

Jetzt hatte sie auch Natie ergriffen, man getraute sich kaum, ihr in die Augen zu schauen.

Das Kind saß im Bett und wippte vor und zurück, wollte jammern – wie das traurige, blauäugige Baby, das Natie auf dem Arm hatte – oder heulen wie die Hunde auf Nods Straßen. Aber sie durfte die Jungen nicht wecken, die nebenan im Kinderzimmer schliefen.

Sie hasste sie.

Den ganzen Nachmittag hatte die Mutter sie liebkost, hatte dabei gestrahlt wie die Sonne und geschnurrt wie die Katze daheim, vor Freude über diese einfältigen Kinder. Eingebildet waren sie auch noch, wegen ihrer schönen Spielsachen und ihrer komischen Kleidung. Hanok, der Älteste, sei ihr am ähnlichsten, hatten sie gesagt. Aber Norea wusste genau, das war nur äußerlich. Ansonsten glich er Seth. Wichtigtuerisch und selbstsicher wie der Bruder daheim, einer, der meinte, er wüsste alles.

Am meisten hasste sie Hanok, merkte sie. Eine Satansbrut war er, sagte sie im Stillen und genoss die Kraft dieses verbotenen Wortes. Das erleichterte sie etwas, und gleich darauf fielen ihr die Augen wieder zu. Sie schlief ein.

Um sofort schweißnass aufzuwachen. Kain, der Ungezügelte, quälte wieder seinen Bruder, und die Bosheit nahm die Welt in Besitz.

Jetzt stand sie auf, stand barfuß auf dem Steinboden und fror so, dass der nasse Schweiß auf der Haut brannte. Kain war es, dem sie glich – mit seinen bösen Gedanken und den merkwürdigen Reisen in eine Wirklichkeit, die andere nicht sahen. Deshalb hatte die Mutter um sie – und vor ihr – solche Angst.

»Mutter«, flüsterte sie. »Ich hab‘s nicht so gemeint. Ich könnte Hanok nicht quälen.«

»Was sagst du da, Kind, und warum stehst du hier im Nachthemd herum und frierst?«

»Mutter, Mutter, bleib bei mir.« Norea flüchtete in Evas Arme, und endlich konnte sie weinen.

»Warum bist du denn aufgestanden?«

»Ich wollte dich warm zudecken … vielleicht war ich auch ein bisschen traurig.«

»Du bist meine Einzige, nicht die anderen Kinder.«

Eva lächelte in die Dunkelheit und trug das große Kind durch die langen Gänge zu ihrem eigenen Schlafzimmer.

»Nein, die haben ihre eigene Mutter«, sagte sie und merkte,

wie Noreas Körper in ihren Armen schwer wie Blei wurde. Das Mädchen schlief, wachte aber wieder halb auf, als Eva es neben sich in das große Bett legte. Norea kuschelte sich an den Körper der Mutter, fühlte sich wieder geborgen.

»Ich bin nicht wie Kain«, murmelte sie.

»Nein, wieso auch?«, fragte die Mutter erstaunt. »Du bist ihm so wenig ähnlich, wie man es überhaupt nur sein kann.«

»Warum hast du immer solche Angst um mich?«, fragte das Kind noch, schlief aber sofort wieder ein. Deshalb gab ihr Eva auch keine Antwort.

Jetzt schliefen sie, tief und eng aneinander gekuschelt.

Eva wurde zeitig geweckt, sie wollte mit Hanok auf den Turm steigen, um das Feuer zu entzünden und damit dem Volk ein weiteres Zeichen zu geben, dass sie Natie und deren Haus unterstützte. Vorsichtig versuchte sie sich vom schlafenden Kind frei zu machen, aber das Mädchen wachte auf und nickte, als die Mutter ihm erklärte, was sie vorhatte.

Eva zog sich an, und währenddessen sagte Norca:

»Ich hab geträumt, dass ich Kain getroffen habe und ihn zu Natie mitgenommen habe, um sie zu trösten. Aber sie hat sich nicht gefreut. Sie ist nur wütend geworden und hat wie eine Verrückte geschrien und mit einem langen Messer auf ihn eingestochen.«

Dann schlief sie wieder ein, aber Eva stand neben dem Bett, aufrecht, als habe sie einen Stock verschluckt. Begnadetes Kind, dachte sie, ich danke Gott für deine Klarsicht.

Eigentlich hätte ich es selbst sehen müssen, ich, die wie keine andere weiß, dass Wut die Trauer zudeckt und verhindert, dass man vor Tränen zerfließt.

Sie stopfte die Bettdecke um das schlafende Kind und sah zufrieden, dass es nun schlief. Lautlos ging sie aus dem Zimmer und hatte keine Ahnung davon, dass Norea vor ihr schon die Schwindel erregende Treppe hinaufgelaufen und auf dem Turmdach einem Mann begegnet war. Er sah schön und gütig aus, hatte aber wie fast alle in Nod den gequälten, traurigen Gesichtsausdruck. Am merkwürdigsten waren jedoch seine Augen, sie waren leuchtend blau mit einem gelben Schimmer darin, wie das Flusswasser im Morgengrauen. Norea sah ihn lange an und wusste, sie würden Freunde werden.

Als sie das nächste Mal aufwachte, stand Lu-Sin mit dem Frühstück an ihrem Bett, und sie lächelten einander zu, froh, sich wieder zu sehen. Sie hatten sich von Anfang an geliebt.

Lu-Sin hatte die Nacht in ihrem eigenen Haus in der Stadt verbracht, und es gab viel zu erzählen. Es war leichter gewesen, nach Hause zu kommen, als sie angenommen hatte. Ja, sie mochte sogar Ast-Ans neue Frau, die mit den Jahren dicker geworden war.

»Sooo dick?«, fragte Norea und legte sich zwei Kissen auf den Bauch.

»Ja, so dick«, kicherte Lu-Sin.

»Aber die Nachbarn, was haben die gesagt? Du hast doch so Angst gehabt vor ihrem Gerede.«

Wieder lächelte Lu-Sin.

»Aber weißt du, wer seit gestern die Schönste in Nod ist?«, fragte sie. »Am allerschönsten?«

»Hm«. Norea hatte den Mund voll Essen. »Die Mutter.«

»Genau«, meinte Lu-Sin. »Und kommst du auch drauf, wer die Zweitschönste ist?«

»Bestimmt ich«, sagte das Kind.

Lu-Sin lachte jetzt so, dass sie sich auf die Bettkante plumpsen ließ. Aber dann fing sie sich wieder und nickte zustimmend.

»Und wer kommt danach?«

»Wer? Na du!«, gab das Kind zur Antwort und hatte endlich verstanden. Man hatte Lu-Sin mit großen Ehren empfangen, als sie jetzt, nach so vielen Jahren, in ihr Heimatland zurückgekehrt war.

Eva war mittlerweile zurückgekommen und erzählte von ihrem Ausflug und dem großen Feuer, das sie in dem Augenblick entzündet hatten, als die ersten Sonnenstrahlen die Flussniederungen erreichten. Dort oben waren sie einem jungen Mann begegnet, Ans Hohem Priester, einem engen Freund von Kain.

»Ich weiß«, sagte das Kind und holte vor Freude tief Luft. »Und er hat Augen gehabt, die waren so blau wie das Flusswasser, hast du sie gesehen, Mutter?«

Eva musste an die Schreckensbilder denken, die das Kind während der Nacht heimgesucht hatten, und fragte mit möglichst natürlicher Stimme:

»Aber woher weißt du das, Norea?«

»Ach, ich hab's nur geträumt.«

Dann hüpfte sie vor der Mutter her, die langen Gänge entlang bis zum Speisesaal, wo man sie schon erwartete. Dort erzählte Eva von Noreas düsterer Nacht und bat Lu-Sin, sich tagsüber um das Mädchen zu kümmern.

»Ich muss versuchen, mehr Zugang zu Natie zu finden«, sagte sie.

Lu-Sin hatte verstanden, Naties Gesichtsausdruck hatte auch sie beunruhigt.

Als sie in den Speisesaal gekommen waren, war Norea auf Bek-Netis Schoß geklettert, hatte die Arme um seinen Hals gelegt und ihm einen langen und feuchten Kuss auf den Mund gedrückt. Eva schämte sich für das Benehmen ihrer Tochter, musste aber einsehen, dass es Bek-Neti außerordentlich genoss, so umturtelt zu werden. Die Atmosphäre hätte kaum harmonischer sein können, wären da nicht Naties Augen gewesen. Zwar nahm sie sich zusammen, trug ruhig das Essen auf und lächelte sogar dem Kind zu. Aber es war ein flackerndes Lächeln, das sie mehr als alles andere erschreckte.

Norea schwatzte von ihrem Pferd, wollte wissen, wo es jetzt sei, warum es nicht in ihrer Nähe sein durfte. Verstand Bek-Neti nicht, dass es Sehnsucht nach ihr hatte, so ganz allein, wie es war, in einer fremden Stadt?

Aber Bek-Neti lachte sie aus, so schlimm gehe es dem Pferd ja nun auch nicht. Es stehe im königlichen Stall bei den anderen Pferden, ja, es freue sich bestimmt, dass es endlich Kameraden gefunden hatte.

Norea machte für einen Moment die Augen zu, dann nickte sie: »Du hast Recht, es freut sich, aber ein bisschen vermisst es mich.«

»Heute Nachmittag besuchen wir es«, sagte Bek-Neti. »Jetzt habe ich erst mal viel zu tun, du kannst ja mit den anderen Kindern in den Garten spielen gehen.«

Norea war klug genug, lieber den Mund zu halten, aber Eva wusste, was in ihr vorging. Sie dachte nicht daran, den Tag mit einfältigen Spielen zusammen mit diesen Milchgesichtern zu verplempern.

Und Eva gab Lu-Sin mit den Augen ein Zeichen.

Also machten Norea und Lu-Sin einen Streifzug an den zahlreichen Gebäuden vorbei zu Inannas Tempel und öffneten dabei eine Tür zu einem Zimmer. Dort lag in einem Bett eine alte Frau, deren Seele sich auf verwirrten Wanderungen befand.

Die kleine Königin, die mehr als ein halbes Jahrhundert ihr Reich mit sicherer Hand und klarem Geist regiert hatte, war an jenem Abend damals vor Kains totem Körper auf dem Turmdach zusammengebrochen. Sie hatte nicht den Mut gehabt, ihrem Leben wie er durch eigene Hand eine Ende zu setzen. Aber sie hatte noch Kraft genug, ihrem Schmerz eine Sperre vorzuschieben: Eine Ader war in ihrem Kopf geplatzt, und das Blut hatte einen Teil des Gehirns überschwemmt.

Jetzt lag sie da und blickte ihre engsten Verwandten an, die sie besuchten, und erkannte sie nicht wieder. Somit musste sie sich auch keine Sorgen mehr um sie machen. Ihre Ärzte und Priester kamen und gingen, ebenso ihre Freunde und Hofleute. Hin und wieder gelang es ihr, ein paar Worte mit ihnen zu wechseln, aber die hatten mit der Wirklichkeit der anderen nichts zu tun. Und das erschreckte sie sehr, all jene, die während vieler Jahre daran gewöhnt waren, sich auf die Kraft und Vernunft der Königin zu verlassen.

Und sie kamen immer seltener.

Zu ihren Priestern hatte sie von der bevorstehenden Ankunft eines Kindes gesprochen. Man hatte die kleinen Jungen zu ihr geführt, aber sie hatte sie nicht erkannt.

Gestern hatte Eva sie besucht, die Tochter ihrer Schwester, und auf sie hatte die alte Königin so viele Jahre gewartet.

Nur vage hatte Nin sie wiedererkannt, denn ihre Verwirrung war schlimmer geworden, und tiefe Sorge hatte sich in Evas schwarzen Augen gezeigt.

Die Greisin hatte sie verflucht und angeschrien und schließlich waren ihre Worte in unverständliches Gestammel übergegangen. Ihre Ärzte hatten es als Fortschritt angesehen, immerhin habe sie in ihrem Geist eine Art Verbindung zu Eva hergestellt, sagten sie.

Aber Eva war verbittert von ihr gegangen. Das letzte Glied zu ihrem eigenen, früheren Geschlecht war gerissen, nie würde ihr die Greisin von der Mutter erzählen können, die Nod gemeinsam mit dem Schamanen verlassen hatte.

Jetzt stand das Kind in der Tür, und Nin lächelte übers ganze Gesicht und sagte:

»Du bist also doch gekommen.«

»Natürlich«, gab Norea zur Antwort. »Du hast es doch gewusst.«

»Ich habe lange warten müssen.«

»Trotzdem habe ich mich beeilt. Weißt du, es war eine lange Reise.«

Nin nickte, und der Blick in ihren Augen war klar wie ein sonniger Wintertag, als sie sagte:

»Glaube nicht, dass ich undankbar bin.«

Lu-Sin war zögernd in der Tür stehen geblieben, sie verstand nicht, was hier vor sich ging. Aber die alte Hofdame, die am Bett der Königin wachte, erhob sich, verbeugte sich vor Lu-Sin und verschwand eilig nach draußen, um Ans Hohem Priester die Nachricht zu bringen, Nin führe ein vollkommen vernünftiges Gespräch mit diesem fremden Kind.

»Sicher verstehst du«, sagte Nin zu Norea, »dass ich es nicht gewagt habe, diese lange Reise ohne fremde Hilfe zu machen.«

»Ja«, erwiderte das Kind. »Aber jetzt bin ich hier, jetzt können wir zusammen reisen.«

»Wir müssen packen – Kleider und den Proviantbeutel.« Nins Stimme klang eifrig.

Aber das Kind lachte und sagte ganz einfach, wie es war:

»Nein, so was brauchen wir nicht für die Reise.«

Dann ergriff sie die Hand der Greisin, sah ihr fest in die Augen und sagte:

»Wir gehen jetzt am Fluss entlang bis zum Meer, komm einfach mit mir.«

Und Nins Gesicht strahlte vor Freude, als sie dem Kind folgte, über die Welt blickte und sah, wie herrlich sie war.

»Hier ist es schön«, sagte sie. »Weißt du, ich habe im Leben wenig Zeit gehabt, zu reisen.«

»Siehst du den Fluss?«, fragte Norea. »Und siehst du die Schiffe dort unten?«

»Ja.« Nin sah sie.

Aber noch bevor sie das Meer erreichten, wollte die Königin über den Fluss, und Norea stellte verwundert fest, dass die Reise zu den großen Laubwäldern in Eden ging. Sie sahen eine Frau dort unten zwischen den Bäumen umherwandern, mit einem Kind an der Hand.

»Diese verdammte Schlampe«, sagte Nin. »Stell dir vor, sie war so unverschämt und hat mich gestern noch besucht.«

Norea verstand sie nicht und fand, die Frau dort unter den Laubkronen sah eigentlich sehr hübsch aus. Sie musste lächeln, aber sie wollte weiter, sie wusste, Nin lief Gefahr, in ihrem Zorn stecken zu bleiben. Und sie sah, dass die Welt jenseits der Wälder immer heller wurde.

»Siehst du das Licht?«, fragte sie. »Siehst du, wie es dort drüben leuchtet? Komm!«

Nin folgte ihr, und da sahen beide plötzlich das Meer und die spielenden Kinder am Strand.

»Das sind meine Kinder«, rief die Königin. »Bei Sin, es sind meine eigenen Kinder!«

Jetzt wurde das Licht blendend weiß, und Norea zögerte, aber die Königin wollte weiter. Das Kind lief mit ihr mit, es wurde jetzt auch von dem Licht angezogen.

Aber dann nahm es sich zusammen, drückte fest die Hand der Greisin und sagte:

»Weiter kann ich nicht mitkommen. Den Rest des Weges musst du allein gehen.«

Nin zögerte, getraute sich nicht. Aber dann sah sie zu den Kindern am Strand und tauschte mit Norea einen Blick.

»Ich gehe jetzt«, sagte sie entschlossen. »Danke, dass du mich begleitet hast, ohne dich hätte ich nicht hierher gefunden.«

Sie verabschiedeten sich herzlich voneinander, und langsam ließ die Greisin die Hand des Kindes los.

Norea konnte jetzt aufstehen, sie war blass und müde. Sie lief geradewegs in die Arme des Mannes, der lange Zeit hinter ihr gestanden hatte, und begegnete den Augen, die die Farbe des Flusses hatten.

»Das letzte Stück geht sie allein, bald ist sie am Ziel und verlässt uns für immer«, sagte das Mädchen. »Halt mich fest, ich muss mich ein bisschen ausruhen. Ich bin jetzt so müde.«

Kapitel 13

Im großen Saal des Palastes warteten die Ratsherren und Priester des Reiches auf Natie und Bek-Neti. Sie waren zu der Versammlung hinzugerufen worden, um über die Zeremonien des königlichen Begräbnisses zu beraten.

Natie war jetzt Regentin, es war wichtig, dass sie die Zusammenkunft leitete und deutlich machte, dass sie das Entscheidungsrecht im Reich hatte und es auch anzuwenden gedachte. Bek-Neti blickte sie auffordernd an, musste aber den Blick abwenden. Er machte sich große Sorgen um sie; jetzt, wo die Gefahr eines Aufruhrs überstanden war, musste er sich mit dieser anderen Bedrohung auseinandersetzen.

Es bestand die Gefahr, dass Nods junge Königin den Verstand verlor.

»Ich kann nicht«, sagte sie.

Beim Klang ihrer Stimme wussten alle am Tisch, sie zu überreden wäre ihr unmöglich zuzumuten. Bedrückt erhob sich der Oberbefehlshaber und sah ein, dass es nun an ihm lag, den anderen zu sagen, wie es war: Die Regentin sei krank. Es würde zwar Gerüchten neue Nahrung geben, aber was sollte er anderes tun?

Die beiden Frauen blieben allein am Tisch sitzen, nachdem er mit Enki hinausgegangen war, und das Schweigen zwischen ihnen war undurchdringlich. Es ist beinahe nicht zu ertragen, dachte Eva, hielt aber den Mund. Dies war nicht die Stunde, das Schweigen mit einer freundlichen Unterhaltung aufzulockern. Die

Amme kam zurück, das Baby mit den himmelblauen Augen auf dem Arm, das ein bisschen quengelte, sich bei Eva aber schnell beruhigte und einschlief. Bereits gestern war ihr klar geworden, dass das Leben der Kleinen an einem seidenen Faden hing, dieses kraftlose Jammern schnitt Eva ins Herz, so hoffnungslos klang es. Das hier war nicht das Schreien eines Babys, das nach Leben verlangte.

Plötzlich sagte Natie, als habe sie Evas Gedanken gelesen:

»Viel Lebensfreude kann ich ihr nicht gerade geben. Und die Milch ist am selben Tag weggeblieben, an dem … Kain gestorben ist.«

Dann legte sich wieder das Schweigen über beide, aber es war nicht mehr so erdrückend. Natie hatte gespürt, dass Eva sie verstand.

»Die Kleine ähnelt meiner Mutter«, sagte sie. »Sie stammte von dem Volk aus den Bergen und hatte helle Haare und blaue Augen. Auch ihr fehlte die richtige Lebensfreude, und sie ist aus Trauer gestorben, als meine ältesten Brüder im Krieg fielen. Sie hat sich einfach hingelegt und dem Tod überlassen.«

Eva war jetzt seltsam aufgewühlt und fragte:

»Aber sie hatte doch dich und Enki. Und einen Mann wie Bek-Neti.«

Mit bitterem Lächeln antwortete Natie:

»Auch wir genügten ihr nicht zum Weiterleben.«

Eva holte tief Luft, ging dann mit dem schlafenden Kind hinaus und übergab es der Amme. Jetzt oder nie, dachte sie und hatte dabei heftiges Herzklopfen.

Doch als sie zurückkam, saßen die beiden Männer wieder am Tisch. Die Beratung war nur kurz gewesen, nun mussten die unterschiedlichen Zeremonien miteinander in Einklang gebracht werden. Morgen wollte man Natie den Plan zur Einwilligung vorgelegen.

Aber Natie hörte nicht zu.

So saßen sie da, und Eva blickte lange zu Enki, Naties Bruder und Bek-Netis Sohn. Sie sah, wie froh und voller Lebenskraft er einst gewesen sein musste, und dachte an Ast-Ans Beschreibung. Er war beim ganzen Volk wegen seines Mutes und seiner Jungenhaftigkeit beliebt gewesen, und man erzählte sich zahllose Abenteuer aus seinen und Kains gemeinsamen Jugendjahren.

Jetzt war diese Lebensfreude aus ihm gewichen, und Eva dachte daran, was seine Frau in der Villa unten am Fluss gesagt hatte: Enki-Bar verblutet.

Wieder spürte Eva den Zorn in sich hochsteigen, und ihre Wangen färbten sich rot. Sie schlug mit der Hand so kräftig auf den Tisch, dass alle zusammenzuckten, und sagte:

»Siebenmal soll Kain verflucht sein, dieser Rücksichtslose, der uns das hier angetan hat.«

Enki reagierte als Erster, er fuhr auf und rief:

»Niemand darf so von dem König sprechen! Am liebsten würde ich dir den Kopf abschlagen.«

»Dann schlag ihn mir doch ab«, gab Eva zurück. »Auf diese Weise wäre auch ich endlich weg.«

»Bei der barmherzigen Inanna«, sagte Bek-Neti, »denkt nach, bevor ihr redet.«

»Mir ist ganz gleich, welchen von deinen Göttern du anrufst«, erwiderte Eva. »Bereits seit heute Morgen will ich es sagen – und jetzt muss es endlich zur Sprache kommen. Kain hat gewissenlos und unmenschlich gehandelt.«

»Sein Schmerz war unerträglich«, wandte Bek-Neti ein. »Das weißt du.«

»Nicht unerträglicher als unser Schmerz und weit geringer als Naties«, sagte Eva. »Trotzdem müssen wir, bitteschön, das Recht haben weiterzuleben und müssen Verantwortung übernehmen. Kain hat sich davongemacht, feige wie ein Verräter.«

Jetzt war es so still im Raum, dass man trotz der geschlossenen Fenster den Wind in dem Baumkronen draußen hörte. Eva suchte Naties Blick und sagte schließlich:

»Sicher würdest du am liebsten genauso handeln, wie er. Aber du kannst es wegen der Kinder nicht. Wie schwer muss es für sie sein, groß zu werden und zu wissen, dass sie ihrem Vater nicht wert genug waren, für sie weiterzuleben.«

Nun hatte Natie wieder Farbe bekommen, die marmorgleiche Blässe war dem Leben, dem Blut gewichen – und heftigen Gefühlen. Denn plötzlich schrie sie:

»Ich hasse ihn! Jede Nacht träume ich, dass er zurückkommt, damit ich ihm das Messer in den Leib steche. Langsam töten werde ich ihn, erschlagen, auf ihm herumtreten, wie er auf mir herumgetreten ist. Ein Schwein war er, nein noch schlimmer, ein Wesen ohne Herz.«

Sie fand keine Worte mehr, griff nach der großen Schale aus kostbarem Vulkanglas, die auf dem Tisch stand, und warf sie auf die Steinplatten, sodass sie in tausend Scherben zersprang.

Bek-Neti versuchte auf sie zuzugehen, aber sie schlug wild um sich und steckte ihn mit ihrer Raserei an. Die aber richtete sich nun gegen Eva, und er schrie:

»Du scheinheilige Hexe, siehst du nicht, dass du die Frau verrückt machst?«

Aber Eva schüttelte ruhig den Kopf und sagte leise:

»Im Gegenteil, Bek-Neti.«

Er war so verblüfft, dass er sich wieder setzte und zugeben musste: Eva wusste, was sie tat.

Ich muss ihr vertrauen, dachte er und sagte leise:

»Verzeih mir.«

»Verzeih dir selbst«, entgegnete Eva, noch immer fast unhörbar. »Aber das kannst du erst, wenn du so mutig wie Natie reagierst und zu deiner Wut stehst.«

Still und leise begann Bek-Neti zu weinen, worüber sein Sohn zutiefst erschrak.

Aber Eva kümmerte sich nicht um die Männer, ihre ganze Aufmerksamkeit richtete sich wieder auf Natie. Die war noch immer grenzenlos entrüstet, Verwünschungen strömten aus ihrem Mund, doch weniger heftig jetzt, weniger hasserfüllt.

Dann kamen die Tränen, aber nicht stark und erlösend, sie kamen zögernd und vorsichtig. Langsam füllten sie ihre Augen.

Nur kleine Bäche sind es, dachte Eva, aber sie wusste, noch ehe der Tag vorüber war, würden sie zu einem reißenden Strom, würden Natie befreien und sie wieder zu sich selbst zurückführen. Beinahe scheu ging Eva auf die junge Frau zu und nahm sie in die Arme.

Das Weinen wurde heftiger.

Lange standen sie so da.

Enki bekam jetzt kaum noch Luft, er lief zum Fenster und riss es auf. Sie hörten das Vogelzwitschern, die Frühlingsboten sangen auch dieses Jahr in Nod von der Wiedergeburt der Erde.

»Wir alle müssen versuchen einzusehen, dass nichts von unserer Wut Kains Würde herabsetzt oder unsere Liebe zu ihm schmälert«, sagte Eva leise, wie zu sich selbst. »Wir gehen jetzt. Ich werde heute bei Natie bleiben.«

Nachdem die Frauen hinausgegangen waren, sammelte Enki die Scherben der zerschlagenen Schale vom Boden auf. Er wollte dabei seine Erregung und die Tränen verbergen. Widerstrebend und erstaunt merkte er, dass er vor Unmut weinte. Er schnitt sich in die Hand, und als das Blut aus der Wunde tropfte, formte sich in ihm ein unglaublicher Gedanke, ein Appell an den Toten:

Du magst einen Bruder erschlagen haben. Aber mich richtest du nicht zugrunde.

Auch nicht den Vater, dachte er weiter, stand auf und blickte Bek-Neti an. Er sah, dass er ebenfalls wieder Farbe bekommen hatte und in den Augen der alte Trotz war.

Im nächsten Moment wurde die Tür aufgerissen, und An-Nam kam hereingelaufen, die schlafende Norea auf seinen Armen.

»Entschuldigt, dass ich störe«, sagte er, »aber ich habe euch etwas zu sagen. Soeben hat uns die alte Königin verlassen.«

Weder Bek-Neti noch sein Sohn verstanden ihn.

»Nin ist tot«, erklärte An-Nam und setzte sich an den Tisch, müde von der Last in seinen Armen.

Beide, Vater und Sohn, waren erleichtert und schämten sich auch gleich deswegen, aber in ihrem Geist war jetzt wenig Platz für eine weitere traurige Nachricht. Unangemessen heftig stieß Bek-Neti hervor:

»Warum schleppst du Norea mit dir herum, sie ist doch krank!«

Doch dann erzählte ihnen An-Nam, was in Inannas Tempel vorgefallen war, während der Sturm durch den Speisesaal im Königspalast gefegt war. Verwundert blickten sie auf das schlafende Kind und dachten an dessen Mutter.

Starke Kräfte gingen in Nod um.

Jetzt waren auch Lu-Sin und alle Kinder zur Stelle. Norea wachte auf, suchte den Blick des Mannes mit den flussblauen Augen, sah darin, dass mit der alten Königin alles gut verlaufen war, und sie wurde wieder ein zehnjähriges Kind, frei von Verantwortung.

»Jetzt gehen wir das Pferd besuchen«, sagte sie.

Kapitel 14

Im Allerheiligsten des Inannatempels saß Eva und unterhielt sich mit der blinden Priesterin. Das Gespräch drehte sich um das Kind, und die Worte waren viel leichter zu verstehen, als Eva zu hoffen gewagt hatte.

Die Greisin sprach von den Tieren, die genau wie die Menschen ihre Sinne zum Überleben brauchten. Da sie kein menschliches Erinnerungsvermögen besitzen, müssten sie sich auf die Wirklichkeit verlassen, sagte sie. Ob Eva je darüber nachgedacht habe, woher die Zugvögel wissen, dass der Frühling in Nod eingezogen war? Dann erzählte sie von den Füchsen in den Gebirgen im Norden.

»Ich bin dort aufgewachsen«, sagte sie. »Und ich erinnere mich, wie wir eines Frühlings eine Füchsin beobachteten, die ihre Jungen in die Flussniederung brachte. Fest entschlossen packte sie ein Junges nach dem anderen im Nacken und schleppte es über die Steilhänge. Wir Menschen begriffen nichts und zogen keine Lehre daraus. Aber wenige Tage später kam ein Erdbeben, der Berg zerbarst, und Häuser und Menschen verschwanden im Abgrund.«

Eva taten Rücken und Beine weh, zu lange schon hatte sie auf den Bodenkissen sitzen müssen, wie es hier Sitte war.

Auch das kalte Licht, das durch die dunkelblaue Kuppel fiel, störte sie, ebenso der Rauch des nassen Holzes in der Feuerstelle.

Aber sie mochte die Greisin, hatte Respekt vor ihr.

»Fuchs und Vogel speichern keine Erfahrungen«, sagte die

Priesterin. »Sie können keine Welt auf dem Muster von Vergangenem aufbauen.«

»Die Menschen denken, und das schränkt sie ein. Meinst du das?«, fragte Eva.

»Nein, die Gedanken besitzen eine ungeheure Kraft, mit ihr können wir die Wirklichkeit steuern. Aber wir denken selten wirklich, meistens ordnen wir die Gedanken irgendwo ein.«

Eva dachte über Norea nach, die sich nicht weniger Gedanken machte als andere Kinder, aber nie irgendwelche Schlüsse aus ihnen zog.

»Genau so ist es«, sagte die Greisin. »Dein Kind sammelt kein Wissen, ihr Denken ist nach allen Seiten hin offen. Sie hat noch keine vorgefassten Meinungen und muss deshalb auch keine Schlüsse aus ihnen ziehen. Weil sie ohne Furcht aufgewachsen ist, braucht sie die so genannte Wirklichkeit nicht, auf der die Furchtsamen ihre Erfahrungen aufbauen.«

Die blinden Augen lächelten, als sie hinzufügte:

»Darauf kannst du stolz sein.«

Eva fragte sich, wie sie es bereits bei ihrer ersten Begegnung getan hatte, ob die Priesterin wirklich blind war?

»Ich habe mein Augenlicht geopfert, um sehend zu werden«, sagte die Greisin.

»Dann kannst du also auch Gedanken sehen?«, fragte Eva.

»Ja, manchmal auch Gedanken.«

Lange war es still, aber Eva fühlte kein Unbehagen dabei, sie hatte nichts zu verbergen.

»Wie ist sie, diese größere Wirklichkeit?«, fragte sie schließlich und kam sich plump und dumm vor.

»Es gibt viele Wirklichkeiten«, erwiderte die Greisin und lächelte auch diesmal. »Wir erschaffen sie aus unserer Vorstellung. Wie sieht deine Welt aus, deine Tagträume, wenn du phantasierst?«

Eva hatte keine Tagträume mehr, und ihre Phantasie war, wie sie immer gewesen ist – nüchtern und realistisch. Außerdem stimmte da etwas nicht in dem, was die Priesterin sagte.

»An etwas erinnere ich mich ganz genau aus jener Zeit, in der ich noch Tagträume hatte«, sagte sie, und ihre Stimme klang dabei reserviert. »Ich habe nie Begebenheiten gesehen, die irgendwo sonst auf der Welt stattfanden, und ich bin nie irgendwelchen Toten begegnet.«

»Aber Norea tut das auch nicht«, wandte die Priesterin ein.

Eva seufzte tief.

»Du ahnst ja nicht, wie inständig ich mir wünsche, du hättest Recht«, sagte sie und begann von Noreas Kindheit zu erzählen, von Abel, mit dem sie gespielt hatte, obwohl er bereits lange vor ihrer Geburt gestorben war, und berichtete von den Spielkameraden, die sie mit ihren Visionen und der Begegnung mit dem erstochenen Kain zutiefst erschreckt hatte. Dann unterbrach sie sich:

»Aber das weißt du ja alles. Ich langweile dich.«

»Lassen wir das mit den Toten mal für eine Weile«, sagte die Priesterin. »Ich möchte, dass du von Grund auf verstehst. Wenn wir tagträumen, geschieht das unabhängig von Raum und Zeit, darin stimmst du mit mir doch überein? Wenn du jetzt deine Augen schließt, kannst du dein Zuhause dort oben auf Ans Berg sehen.«

Eva machte die Augen zu und lächelte sehnsüchtig den Bildern hinter ihren Lidern zu – den Saatfeldern in der Sonne, Adam auf der Wanderung mit seinen Schafen und den prächtigen Kräuterbeeten, die von den ausladenden, fingergleichen Zweigen der Rizinusbäume wie mit riesigen Händen überschattet wurden.

Dann blickte sie zu der Greisin und nickte, ja, sie konnte sich ebenfalls unabhängig von Raum und Zeit fortbewegen. Aber sie war sich ganz sicher, dass nichts von dem, was sie gesehen hatte, in diesem Augenblick passiert war, sie hatte nur Erinnerungsbilder hervorgeholt.

»Wenn du beschlossen hast, dich zu erinnern und nicht zu sehen, dann geschieht es auch so«, sagte die Priesterin. »Ich habe dir ja schon gesagt, dass dich die Kraft der Gedanken steuert. Du bist überzeugt davon, nichts zu sehen, deshalb siehst du auch nichts. Norea ist vom Gegenteil überzeugt.«

»Du meinst, wir überlassen es dem Glauben?«

»Ja, und in deinem Fall ist es der Glaube an die Eingrenzung. Du hast dich entschieden, dass Zeit und Raum der Rahmen für die Wirklichkeit sind. Aber ich versichere dir, deine Gedanken und Träume sind keine Trugbilder, sie existieren tatsächlich. Deinem Bewusstsein ist es möglich, die Welt vor deinem inneren Auge zu entfalten. Diese Kraft, die in deinem Inneren wohnt, ist dazu da, dir die Schätze zu geben, die du begehrst. Fragt sich nur, was du zu verlangen wagst.«

Lange herrschte Schweigen, und Eva versuchte, das alles zu verstehen und daran zu glauben. Aber sie vermochte es nicht, sie wusste ja aus langer, schmerzvoller Erfahrung, dass der Mensch Opfer von Kräften sein kann, die viel stärker sind als seine eigenen.

»Die Fähigkeit, wie Norea zu sehen, ist äußerst ungewöhnlich, denn dieses Sehen verlangt, was die Zeit angeht, innere Freiheit«, sagte die Priesterin abschließend. »Dein Kind lebt stets voll und ganz im Augenblick und hat somit alle Kraft der Welt zur Verfügung. Verstehst du jetzt?«

Nein, Eva verstand nicht, aber sie ahnte, was gemeint war. Ihre Gedanken hatten lange in dieser Richtung gesucht, ohne einen gangbaren Weg zu finden.

Die Greisin nickte und fuhr fort:

»Versuche, diesen Augenblick festzuhalten, und denke an ihn, als wäre er das Einzige, was existiert. Vergangenes kann dich nicht einholen, und somit gibt es auch keine Schuld mehr. Der Augenblick ist absolut, wenn du ihn von der Vergangenheit trennst, die ihre Schatten auf die Zukunft wirft. Die Furcht, die dein Leben auszehrt, bezieht sich immer auf das, was geschehen ist und wieder geschehen kann. Aber es gibt weder Vergangenheit noch Zukunft, sie besitzen keine Wirklichkeit.

Indem Norea sich weigert, Erfahrungen zu sammeln, lebt sie

ganz im Jetzt«, sprach die Priesterin weiter. »Als sie zu der alten Königin ging, die sterben wollte, sich aber nicht getraute, begab sie sich in das Jetzt der alten Frau. In diesem Augenblick existierte für Norea nichts anderes, ihre Kraft wurde nicht von ängstlichen Gedanken zerrissen.«

»Alle Kinder besitzen diese Fähigkeit«, sagte Eva.

»Ja, und für gewöhnlich haben wir sie ihnen bereits genommen, ehe sie zu sprechen anfangen.«

Eva war jetzt angespannt, diese Gedanken hatte sie selbst schon gehabt, sie waren vielleicht die tiefste Erkenntnis, die sie von der Reise aus Eden vor vielen Jahren mitgebracht hatte. Es war jenes Wissen, das ihr eigenes Volk – die Wildmenschen in den großen Laubwäldern – besaß.

Doch die Greisin fuhr fort:

»In dem Jetzt ist alle Macht, sind alle Möglichkeiten enthalten. Aber wir sehen sie nicht, hören sie nicht und nehmen sie nicht wahr. Weil wir nie ganz dort sind, weil wir entweder im Gestern oder im Morgen leben.«

Eva lachte, das Gespräch tat ihr so gut, dass sie sogar die Schmerzen in den Beinen vergaß. Es war eine Gnade, endlich jemandem zu begegnen, der wie sie dachte, nur klarer.

Nun aber wollte die Priesterin das Unerklärliche ansprechen, das, was Eva nicht verstehen wollte.

»Die Toten sind Menschen, die ihren Körper den Göttern der Unterwelt überlassen haben, während ihr Bewusstsein weiterlebt, frei und ohne Grenzen. Sie sind nicht länger in ihren Gefühlen gefangen. Aber sie erinnern sich.

Kain hatte sich an den Wasserfall erinnert, an den Platz mit dem großen Frieden und der weiten Aussicht. Genau in dem Moment war Norea zufällig dort, und weil sie ganz sie selbst ist, konnte sie seine Gedanken wahrnehmen. Anschließend musste sie noch ihr Erlebnis deuten, und das tat sie mit einem Bild, seinem Bild, das er von sich hatte, als er die Grenze überschritt. Sie sah das, was er dachte, verstehst du?«

Jetzt war Eva nahe daran zu weinen, sie erinnerte sich an einen Morgen in Eden, als sie ihrer ersten kleinen Tochter wiederbegegnete, dem Kind, das dort in den Wäldern vor Hunger gestorben war. Und sie dachte zurück, wie sie zwischendurch Abel auftauchen sah, im Sonnenlicht, das durch die frisch ausgeschlagenen Laubkronen schimmerte, dort, wo einst ihr Zuhause war. Nach einer Weile fragte sie vorsichtig:

»Aber wohin gehen die Toten später?«

»Für sie gibt es kein Wohin und kein Später«, antwortete die Priesterin. »Sie sind im Hier und Jetzt, sie verkörpern die Ewigkeit.«

»Ich fürchte, ich verstehe dich nicht«, sagte Eva.

»Natürlich verstehst du«, erwiderte die Greisin. »Zwar nicht mit deinem Verstand, aber auf andere Weise.«

Eva hatte eigentlich die Priesterin aufgesucht, um sich mit ihr wegen des Kindes auseinander zu setzen. Norea war oft im Tempel gewesen, sie gehörte ganz offensichtlich dorthin.

Aber die Mutter wollte sie nicht verlieren.

»Sie ist noch zu jung, um von ihrer Mutter und ihrem Elternhaus getrennt zu werden«, bestätigte die Priesterin ihre Gedanken. »Wenn sie erwachsen ist, kann sie selbst entscheiden.«

Meine Sorge hätte ich mir ersparen können, dachte Eva, und die Priesterin lächelte.

»Erinnerst du dich noch, was ich am Anfang unserer Unterhaltung gesagt habe, als wir von den Tieren sprachen?«

»Ja.«

»Norea braucht ihre Tiere. Das Pferd ist für sie sehr wichtig.«

Eva nickte und dachte an die Katze, die sie damals gesund gepflegt hatte. Sie beide waren im Einklang miteinander gewesen.

»Ja«, sagte die Greisin. »Noreas Kraft wirkt sich auf die Tiere aus, und die wiederum können diese Kraft ohne Furcht annehmen. Die Tiere sind wichtige Gefährten des Kindes.«

Eva sah Noreas Einsamkeit vor sich, ihr besonderes Wesen, das sie von den Menschen trennte.

»Für jemanden, der sehen kann, ist sie ungewöhnlich begabt«, sagte die Priesterin trocken. »Du weißt bereits, dass Menschen wie Norea nie ein gewöhnliches Leben führen werden.«

Ja, das wusste sie, hatte es seit langem gewusst. Trotzdem tat es weh.

»Noreas Kraft nimmt jeden Tag zu, an dem sie sich als ganz gewöhnliches Kind sieht«, fuhr die Greisin fort. »Auch deshalb muss sie weg von Nod, das Gerücht von ihrer seltenen Begabung geht bereits im Land um. Die Geschichten von Nins Tod sind bereits in aller Munde, sie wachsen und treiben Blüten, genährt von den Hoffnungen des Volkes. Man darf Norea nicht drängen.«

Eva war jetzt erstaunt und unruhig.

»Was würde sonst passieren?«

»Wir könnten sie im Grenzland verlieren«, sagte die Greisin kurz.

»Was meinst du damit?«

Lange Zeit schwieg die Priesterin, und als sie wieder zu sprechen begann, war ihre Stimme sanft:

»Auch im Land jenseits der unbekannten Grenzen gibt es üble Phänomene.«

Böse Geister, Dämonen, falsche Götter, dachte Eva. An die glaube ich nicht.

»Gut so, dann gibt es sie auch nicht in Noreas Vorstellungswelt«, meinte die Greisin und lächelte wieder.

»Trotzdem möchte ich dich bitten, genau zuzuhören, wenn sie von ihren Träumen erzählt«, fuhr die Priesterin nach einer Weile fort. »In jedem Traum überschreitet sie die Grenzen der Zeit, jedoch klarer und mit weniger düsteren Bildern als wir anderen. Zuweilen können ihre Träume uns wichtige Auskunft über die Zukunft geben.«

Die Blinde sah, dass Eva unangenehm berührt war, konnte es aber nicht lassen, sie ein wenig zu provozieren.

»Auch deine Träume weisen in die Zukunft, das tun alle Träume. Aber weil wir es nicht wahrhaben wollen, gewinnen wir aus dem, was wir träumen, selten irgendeine Erkenntnis.«

Jetzt kamen die Tempeldiener und baten zum Tee, der draußen im Garten auf dem Tisch unter einem schattigen Baum auf sie wartete. Endlich konnte Eva Beine und Rücken strecken.

Während sie ihren Tee tranken, sprachen sie über die großen Begräbnisfeierlichkeiten, die am Tag zuvor stattgefunden hatten, über die zahlreichen Zeremonien, mit denen das Volk von Nod von seinen beiden Monarchen – der alten und dem jungen – Abschied genommen hatte.

»Ich habe gesehen, wie es dich ermüdete«, sagte die Blinde, und Eva musste lachen, hoffte nur, dass andere es nicht bemerkt hatten.

»Ich habe mein Bestes getan, meine Müdigkeit zu verbergen«, sagte sie. »Aber mir erschien das alles so endlos und unbegreiflich. All diese Mythen und eure Gesänge von Göttern, die ihr anscheinend doch nicht ganz ernst nehmt, sagen mir nichts. Ich verstehe sie nicht.«

Jetzt lachte auch die Greisin.

»Du verstehst es nicht, weil es nichts zu verstehen gibt«, sagte sie. »Mythen entstehen nicht aus dem menschlichen Verstand. Sie sind Offenbarungen des Göttlichen in uns und der Königsweg zur Quelle unseres Wesens.«

Kapitel 15

Die Heimreise ging in einer Sänfte vonstatten. Eva fand es lästig, sie schämte sich vor den Männern, die sie tragen mussten, und konnte ihnen kaum in die Augen schauen. Aber es war notwendig geworden, denn das Baby reiste mit.

Eva, die in der Gewissheit nach Nod gereist war, dort ein Kind zu verlieren, kehrte nun mit zweien zurück.

Sie hatte genügend Zeit nachzudenken, während die Sänfte über die Niederungen schaukelte, hatte Zeit, auf das zurückzublicken, was geschehen war. Natie war wieder Mensch geworden, das war der größte Gewinn der Reise. Als ihre Trauer endlich ein Ventil gefunden hatte, riss der gewaltige Tränenstrom auch alten Schmerz mit sich fort – die Trauer um den Tod der Mutter damals und die Erkenntnis, die sie daraus gezogen hatte. Von jener Stunde an war Natie nämlich überzeugt, sie sei es nicht wert, dass jemand ihretwegen leben wollte.

Eine Einsicht, in der Kain sie nachdrücklich bestätigt hatte.

Als die Tränen versiegt waren, hatten Eva und sie lange über den ewigen Irrtum der Frauen gesprochen, dass sie nämlich so häufig meinten, ihr Wert hinge vom anderen ab und man müsste ihn sich – stets aufopfernd – immer neu beweisen.

Diesen Anforderungen konnte man natürlich nie gerecht werden.

Es war unmöglich, ohne Unterlass ein liebevoller Mensch zu sein, um sich somit ein Recht auf das Leben zu sichern. Dieses Recht musste aus einem selbst geboren werden.

Nur Kinder sind abhängig von dem Wohl und Wehe der anderen, darin waren sich Eva und Natie einig und hatten verzweifelt das Kind mit den blauen Augen angesehen, das so wenig Lebenslust hatte.

In der Sänfte war es heiß, Eva rann der Schweiß von der Stirn und trübte den Blick, als sie die Ebene durchquerten. Aber das machte nichts, Eva blickte auf die Ereignisse während der letzten Tage im Palast zurück. Und noch immer wunderte sie sich über Natie, die am Morgen nach einer schlaflosen Nacht entschieden hatte, Eva solle das kleine Mädchen mitnehmen.

Es war eine große Versuchung gewesen, und Eva hatte sich ungeheuer gefreut. Noch ein Kind, und noch dazu ein so wundersames, wie das mit diesen blauen Augen. Aber Eva wusste, was die Aufgabe bedeutete: Die Kleine brauchte eine Mutter, die das Kind zu ihrem Lebensinhalt machte. Jemand musste tage- und nächtelang all seine Kraft aufbringen, die Kleine zum Leben zu überreden. Ob Eva die Kraft besaß? Sie hatte Adam, Norea und die Kranken zu versorgen. Und sie war nicht mehr jung.

Da hatte sie an Lu-Sin gedacht. Alles fügt sich nach Gottes Willen, würde Adam gesagt haben.

Lu-Sin sollte ihr Kind haben.

Sie selbst wollte die großmütterliche Verantwortung für das Kind übernehmen. Lu-Sins Freude war grenzenlos, als man ihr die Nachricht überbrachte. Jetzt saß sie in der Sänfte hinter der von Eva, im Arm die kleine Nanshe, und zum ersten Mal in ihrem Leben war sie völlig mit sich im Reinen. Der Ernst der Aufgabe verlieh ihr endlich das nötige Selbstvertrauen.

Lu-Sin war fest entschlossen: Sie würde dieses Kind aufziehen und ihm Lebensfreude schenken.

Ihre einzige Sorge galt der Amme, dem jungen Mädchen, das sie auf Ans Berg begleiten musste, obwohl deren Lebensfreude in der Stadt zu Hause war, bei den Soldaten, den Festen und sonstigen Vergnügungen.

Aber Eva machte sich darüber keine Sorgen. Ging alles gut, konnten sie dem Kind bald andere Nahrung geben und die fröhliche Amme nach Nod zurückschicken.

Eine Weile dachte Eva über den Besuch bei der blinden Priesterin nach und genoss es, die Unterhaltung nochmal im Geiste durchzugehen.

Dann verweilten ihre Gedanken bei dem Besuch in der großen Küche der Mondpriester oben auf dem Turmdach. Seitdem Kain deren Glauben an die heilende Kraft der Kräuter wieder gefestigt hatte, war viel altes und vergessenes Wissen in Nod zu neuem Leben erwacht. Genau wie Eva stellten sie Salben her, indem sie Samen und andere Pflanzenteile fein mahlten und mit Olivenöl übergossen. Neu war, dass man die Kraft der Kräuter – nicht wie Eva in Wasser, sondern in einer Art saurem Wein, dem so genannten Kushumma, freisetzte, den man durch Vergären von Holunderbeeren gewann. Neu war auch, das Holz des Feigenbaumes zu Kohle zu verbrennen, die man, gereinigt und zu Pulver zerkleinert, mit Salz und Zedernöl vermischte. Es war ein umständlicher Vorgang, aber die Priester hatten ihr versichert, die Salbe, die man in dicken Lagen auf offene Wunden strich und dort eintrocknen ließ, sei wirkungsvoller als alles andere.

Eva wollte es ausprobieren.

Es war eine lehrreiche Stunde dort auf dem Dach bei den Priestern gewesen, die großes Wissen besaßen. Trotzdem waren sie mit einer Meinungsverschiedenheit auseinander gegangen. Die gelehrten Männer sahen die Ursache von Krankheiten auf eine Weise, die Eva nicht akzeptieren konnte. Sie waren der Ansicht, alle Qualen, unter denen der Mensch litt, beruhten auf bösen Gedanken, auf unbekannten und gefährlichen Kräften der Natur. Deshalb reichten Medizin und Salben, Pflege und Fürsorge nicht aus. Man musste die Mächte beschwören. Für einen Moment vergaß Eva das Gebot der Höflichkeit und versicherte ihren Gastgebern, sie würde Kranke ohne Beschwörungen heilen.

Aber als sie die Verunsicherung der alten Männer sah, schämte sie sich.

Schließlich einigten sie sich, es gäbe verschiedene Möglichkeiten, den Mächten zu begegnen, die Krankheiten hervorriefen.

»Deine Kraft ist anscheinend so groß, dass du andere allein durch deine Anwesenheit in die Flucht schlägst«, meinte der älteste Sin-Priester.

Und Eva verkniff sich ihre Einwände.

Norea wurde nicht in der Sänfte getragen, sie durchquerte auf ihrem weißen Hengst die Ebene. In ihrer Begleitung war ein weiteres Pferd, eine braune Stute mit Augen, in denen Norea hätte ertrinken mögen. Natie hatte es ihr geschenkt. Auch Norea war noch ganz gefangen von den Erinnerungen an den Besuch in der Stadt, in der so viel passiert war; lauter wundervolle Dinge würde sie Seth erzählen. Das Begräbnis hatte sie am meisten beeindruckt, die Versinnbildlichung von An-Ki, der Vereinigung des Himmelsgottes mit der Erde. Die Verbindung zwischen beiden wurde von Lil aufrechterhalten, welches die Luft verkörperte, den Wind, aber auch den Atem – das, was sich ausdehnen und überall hingelangen konnte.

Im Lil hielten sich die Toten auf, das hatte Norea verstanden.

Einmal während der langen Zeremonie hatte sie Kain an Evas Seite wieder gesehen, bei einem erneuten Versuch, sich ihr mitzuteilen. Aber die Mutter hatte zu Lil keinen Zugang, Kain hätte es wissen müssen, dachte Norea.

Die alte Königin war nicht dort gewesen, sie war wohl mit ihren Kindern unten am Meer beschäftigt.

Am Anfang war das Wort, hatten die Priester gesagt. Das war wundervoll, Norea genoss es, sich diesen Satz immer wieder vorzusagen. Nicht, weil sie ihn ganz verstand. Der Himmelsgott hatte ein Wort ausgesprochen, und so war die Erde entstanden, mit allem, was sich auf ihr befand. Noch immer hatten die Götter keine andere Möglichkeit, mit den Menschen in Verbindung zu treten als durch das Wort, hatte man ihr gesagt.

Sie fand es merkwürdig, glaubte beinahe, dass es nicht für sie galt. Ich weiß genau, dass man mit den Göttern ohne Worte reden kann, dachte sie, während sie über die Ebene ritt, weit vor der übrigen Reiterschar und vor den Sänften. Lil flog durch ihr Haar und erfüllte sie mit Freude.

Dann wurde ihr mit einem Mal klar: Jetzt hatte sie ein Wort für das Unsagbare, ein Wort, das nicht einschränkte. Am Anfang war das Wort.

Nun hatte sie auch eine Heimat auf der Welt gefunden. In Nod war sie kein Sonderling gewesen. Sie war wie die anderen, hatte nur etwas mehr Wissen. Und damit war sie bedeutsamer.

Das gab ihr Sicherheit.

Die meiste Zeit dachte sie an den mit den flussblauen Augen. Er war der erste Mensch in ihrem Leben, der das gleiche Wissen wie sie besaß, der die Tiere verstand wie sie und mit ihnen eins wurde. Er würde dort in der Stadt auf sie warten.

Und wenn sie fünfzehn Jahre war, würde sie dorthin ziehen und im Tempel wohnen.

Noch sei sie zu klein, darin waren sich die Mutter und die alte Priesterin einig gewesen. Norea hatte es akzeptiert. Noch brauchte sie die Nähe der Mutter an den Abenden, wenn die Bilder hinter den geschlossenen Augen zu viel und zu übermächtig wurden.

Jetzt rief der Offizier, der die Reise geleitet hatte: »Da sind wir wieder!« Gestern noch hatte er sich mit Norea gezankt. Er hatte befürchtet, sie würde sich in den weiten Flussniederungen verirren, das war lächerlich, aber auch rührend.

Sie hatte beschlossen, gehorsam zu sein, und hatte ihr Pferd gezügelt. Norea brauchte nicht mehr zu trotzen, musste nichts mehr beweisen.

Lu-Sin saß in ihrer Sänfte und dachte nicht viel. Zuweilen wunderte sie sich nur zutiefst über sich selbst – sie hatte nicht gewusst, dass sie solcher Liebe fähig war.

Ansonsten berührten sie die vordergründigen Dinge nur am Rande dieser unverhofften Gemeinsamkeit zwischen ihr und dem Kind, die Nähe des Körpers, wenn die Kleine schlief, der Augenkontakt, wenn sie aufwachte. Das Kind schöpfte aus Lu-Sin seine Kraft, die jetzt so unermesslich war, dass sie die breite Flusssenke im Osten damit hätte füllen können.

Bei Anbruch der Dämmerung am zweiten Reisetag errang Lu-Sin ihren ersten Sieg: Als sie die Tränen in Evas Augen sah, wusste sie, dies hier war ungeheuer wichtig. Das Kind, das in ihren Armen schlief, schrie vor Hunger, als es aufwachte. Das kraftlose Wimmern war endlich durch einen Schrei gebrochen worden, der zu leben verlangte. Lu-Sin rüttelte die müde Amme aus dem Schlaf und dankte den Göttern ihrer Mutter für das fröhliche Glucksen an der Brust der Amme.

Am abendlichen Lagerfeuer erzählte sie Eva und Norea, die große Augen dabei machten, das Kind sei nach der Göttin der Gerechtigkeit und Barmherzigkeit genannt.

»Es gibt ein Lied von Nanshe«, sagte sie, und versuchte sich zu erinnern. Schließlich fiel ihr der Text wieder ein:

»Sie, welche die Waisen kennt,
sie, welche die Witwen kennt,
weiß von dem Leid der Menschheit,
sie, die Mutter der Waisen.
Nanshe, die Gerechtigkeit übt gegenüber den Armen,
sie, die Königin, nimmt die Flüchtenden auf
in ihrem Schoß und spendet Schutz den Schwachen …«

So begann das lange Lied, und Lu-Sin meinte, jetzt verstünde sicherlich jeder, dass ein Kind, welches den Namen dieser Göttin trug, nicht sterben würde.

Sie war sehr musikalisch und hatte eine schöne Singstimme, und die setzte sie nun im Kampf um das Kind ein. Ständig konnte man sie dort in der Sänfte singen hören. Die Träger und Soldaten, die nebenherritten, waren von dem Gesang und der unermüdlichen Liebe sehr beeindruckt.

Wie eine Muttergöttin wurde Lu-Sin mit ihrem Kind über die Niederungen getragen.

Das Mädchen war mager wie ein frisch geschlüpftes Vögelchen, nie hatte es trinken wollen, immer hatte es die Brust losgelassen und war schlafend aus dem Leben geflohen. Jetzt begann Lu-Sin für das Kleine auf ihrer Laute zu spielen, während es an der Brust der Amme lag. Jedes Mal, wenn das Baby aufgeben wollte, spielte Lu-Sin etwas lauter und beschleunigte den Takt der Melodie, die Töne tropften auffordernd und eindringlich in das Gemüt des Kindes. Die Lautenspielerin erfand ständig neue Melodien, die sich dem Rhythmus der Sauggeräusche und dem Schmatzen an der Brust anpaßten.

Hier in der Ebene geschah ein Wunder, vor den Augen der Reisenden …

Am Morgen des dritten Tages schickte der Offizier einen Mann mit der Nachricht zu den Leuten auf Ans Berg, dass die Frauen bald zu Hause ankommen würden. Ast-An bekam eine gesonderte Nachricht. Lu-Sin ließ ihn grüßen und ihm ausrichten, dass sie beide – er und sie – als Pflegeeltern des blauäugigen Mädchens auserwählt seien.

Sein Stolz war grenzenlos.

Dennoch konnten weder Lu-Sin noch Eva ahnen, welche Bedeutung das hellhaarige Kind für die beiden Männer auf dem Berg bekommen sollte, so, als würden Adam und Ast-An von der Kleinen neuen Lebensmut erhalten.

Auf Norea wartete eine traurige Nachricht. Ihre Katze war gestorben, schnell und unerwartet und bereits wenige Tage nach

Noreas Abreise. Das Mädchen weinte eine Weile heftig unter dem Baum, wo Adam die Katze begraben hatte. Am Abend sagte sie dann:

»Ich hätte es wissen müssen. Sie wollte schon vor vielen Jahren sterben. Aber ich hab sie ins Leben zurückgezwungen.«

Kapitel 16

Die Jahre vergingen, und Norea wuchs heran. Sie hatte sich gut gemacht, war auch einen Kopf größer geworden. Arme und Beine befanden sich nun im richtigen Verhältnis zum übrigen Körper, die Brust begann zu knospen, die Stimme war tiefer geworden.

Sie sah jetzt so aus wie jemand, der erst dann Gestalt annimmt, wenn man ihn eine Weile anschaut, der weder hässlich ist noch hübsch, aber an den man sich später nur schwer erinnern kann.

Eigentlich sah sie unscheinbar aus, ganz anders aber war es, wenn man sie lachen sah, wenn sie aufgeregt war oder sich ereiferte. Dann war sie schön wie eine Luftspiegelung und verzauberte ihre Zuhörer, für die es dann kaum ein hübscheres Mädchen als sie gab.

Eines Tages bekam sie ihre erste Monatsblutung, sah es als Zeichen, dass sie eine Frau wurde, und ging mit der Mutter zum Kahlen Berg, wie sie ihn nannten und es immer taten, wenn sie ungestört miteinander reden wollten. Beide setzten sich auf einen Felsen und sahen sich lange an, freudig und wehmütig.

Eva erzählte von der geheimnisvollen Höhlung in Noreas Körper, in der jetzt ihre Lebenskeime reiften.

»Auch die Lust wohnt dort«, sagte die Mutter und beschrieb sie als Sehnsucht nach dem Mann. So stark und zwingend sei sie, dass sie sich vom Schoß über den Körper ausbreitete und das Blut heiß und ungeduldig werden ließ.

Norea dachte an An-Nam; jene Hitze, von der Eva sprach, hatte sie bereits gespürt.

Mutter und Tochter waren nun einander sehr nah. Sie hatten mittlerweile ein Fleckchen Erde gefunden, auf dem sie sich begegneten. Norea beunruhigte ihre Mutter nicht mehr mit Erscheinungen und Träumen, sie hatte gelernt, über das zu schweigen, was man einander nicht miteilen konnte.

Das bedeutete auch Einsamkeit – und Verantwortung.

Aber gerade daran wuchs sie.

In der Stadt Nod wurden die Gerüchte, die sich um Norea rankten, immer stärker. Sie nährten sich aus einem alten Mythos von einem Kind, das dereinst als große Seherin aus einem Königsgeschlecht hervorgehen sollte. Wäre sie erst einmal Priesterin in Inannas Tempel, ginge das Reich Größe und Glanz entgegen, die Ernte würde sich vervielfachen, Kranke geheilt und böse Angriffe des Feindes von außen ohne Kampf abgewehrt werden.

Endlich kam der Tag, an dem Norea in die Stadt einritt und vom ganzen Volk wie eine Göttin begrüßt wurde. Sie war in diesem Frühjahr fünfzehn Jahre alt geworden, und die Freude darüber machte sie schön, wie der zarte Sonnenaufgang jenseits der dunklen Berge.

Ihr Haar fiel lose über die Schultern, voll und sehr dunkel, nur von einem Stirnband zurückgehalten. Ihr Kleid war bodenlang und einfach, sie trug keinen Schmuck, wie damals die Königsmutter, deren Besuch in der Stadt zu einer der beliebtesten Geschichten unter den Nodern geworden war.

Sie jubelten dem Mädchen zu und warfen ihm Blumen entgegen, Sträuße, die es geschickt in der Luft auffing und vor sich auf das Pferd legte. Norea zu Ehren waren bereits Lieder gedichtet worden, und die Menge sang sie nun entlang ihres Weges.

Sie würde ihnen und ihren Kindern Segen bringen, ebenso der

Saat auf den Feldern, sangen sie. Norea, die Gedanken lesen konnte, wurde durch die hohen Erwartungen nicht erschreckt und zweifelte auch nicht an ihren Fähigkeiten, die Träume des Volkes zu erfüllen.

Endlich, dachte sie.

Und lachte laut, als ihr einfiel, wie sehr ihre Mutter diesen Empfang abgelehnt hätte, ja, sie konnte Eva beinahe sagen hören:

»Sie leben ihre Lügengeschichten, auf der Flucht vor der Wirklichkeit.«

Norea kannte die Macht solcher Geschichten, aber auch ihre eigenen Kräfte. Jetzt würde sie sie ausprobieren, hier unter den Menschen, die waren wie sie.

Wie eine Göttin fühlte sie sich.

Auf der großen Treppe zum Plateau der Tempelanlagen wartete der junge König mit seiner Familie. Hanok hatte in diesem Frühjahr in Nod die Macht übernommen, zweimal sieben Jahre alt, wie das Gesetz es gebot, und Norea merkte wie bei ihrer früheren Begegnung mit ihm, dass er ihrem Bruder glich, ein wohlwollendes Herz hatte und mit beiden Beinen auf der Erde stand.

Lu-Sin hatte ihr gesagt, das Volk hoffe, Norea würde Hanok heiraten. Aber darin würde sie das Volk enttäuschen.

Ihr Blick suchte den mit den flussblauen Augen und entdeckte ihn im Hintergrund, vor Ans Priestern. Die beiden wussten, dass sie einander gehörten.

Ihr Herz jubelte.

Ausgesucht höflich beugte sie das Knie vor dem jungen König, und Hanok errötete, als er den Spott in ihrer Begrüßung bemerkte. Er fürchtete sich vor ihr, seit sie sich vor vielen Jahren zum ersten Mal begegnet waren. Zweimal durfte er den Sommer auf Ans Berg verbringen, Eva hatte ihn, von Natie ermuntert, eingeladen und wollte ihm wie einem ganz normalen Kind einen unbeschwerten Sommer schenken.

Er mochte diese Besuche sehr und hatte Norea bewundert, wenn sie vor ihm her durch die Wälder und über die Hügel dieser großartigen Landschaft ritt. Aber merkwürdig war sie und zum Fürchten mit ihren seltsamen Träumen, und auch, wenn sie sich mit den Toten unterhielt. Dann hätte er sich gewünscht, ihr Bruder wäre an ihrer Stelle mitgekommen. Die Freundschaft zwischen Hanok und Seth war so stark, dass sie sich in allen Lebenslagen unterstützen und gegenseitig Halt geben würden.

Auch Natie war an diesem Morgen voller Vorfreude und stolz auf die Verantwortung für dieses eigentümliche Kind, das man ihrer Obhut anvertraut hatte. Sie war selbst Priesterin in Inannas Tempel gewesen und wusste gut Bescheid über den alten Mythos um die königliche Priesterin, die – zum Segen des Landes – eines Tages kommen würde.

Aber sie dachte an Evas Worte, Norea sei trotz allem immer noch ein Kind wie alle anderen, vielleicht etwas verletzlicher und schutzloser.

Wie hübsch sie geworden ist, dachte Natie. Kaum mehr ein Kind, eher eine junge Frau, die noch wenig vom Frauenleben weiß.

Jetzt nahm sie Norea in die Arme, und sie selbst wurde von dieser wundersamen Schwägerin stürmisch und kindlich begrüßt.

Es bedeutete sehr viel, dass Norea vor dem versammelten Volk ihre Liebe zur Königswitwe bezeugte, der man sich noch immer reserviert gegenüber verhielt, sie zwar respektierte, aber nicht liebte.

Aber davon ahnte Norea nichts.

Dann war Bek-Neti an der Reihe. Eigentlich hätte sie in dessen Arme fliegen mögen, hätte sich gewünscht, er würde sie hochheben – wie damals, als sie noch klein war –, hinauf bis zur Sonne. Aber sein Blick bedeutete ihr, diese Freude musste noch aufgeschoben werden, und sie sah, dass er in den vergangenen Jahren ergraut war.

Norea empfand viel Zärtlichkeit für diesen alten Oberbefehlshaber.

Dann begrüßte sie die drei kleineren Brüder des Königs.

Nep-Ad-Ets Augen waren rund wie Teller und voll erschrockener Neugier. Er hatte gehört, was die Hofdamen einander zuflüsterten, als sie meinten, er schliefe im Schatten der hohen Salweiden im Palastgarten. Eine Hexe würde heute in Nod ankommen, und niemand wisse ganz sicher, wie sie ihre Kräfte einsetzte.

Sie hatten von weißer und schwarzer Magie geredet, und obwohl er nicht alles verstand, war ihm klar, dass die schwarze gefährlich war. Und schwarz war sie in der Tat, diese Schwester seines Vaters. Die Augen waren so dunkel, dass für Nep-Ad-Et alles in ihnen verschwand, so abgrundtief waren sie. Sein Herz klopfte vor Angst, und er versteckte sich hinter der Mutter und weigerte sich, Norea zu begrüßen.

Schließlich ging Norea auf die alte Priesterin zu, blickte ihr tief in die blinden Augen und fiel vor ihr auf die Knie.

Die Greisin legte ihre mageren Hände auf die Schultern des Mädchens und spürte die Kraft im Wesen der jungen Frau, diese beinahe grenzenlose Kraft. Nur müsste man sie, damit sie segensreich würde, noch formen. Sie spürte den Stolz, auf der Grenze zum Hochmut. Aber das erschreckte sie nicht, er war wohl ein Schutz für das Besondere in dem Mädchen, so verletzlich, wie es war.

Was Inannas Priesterin in Noreas Herz suchte – suchte und befürchtete –, war die Angst. Würde die Kraft der jungen Frau von den Dämonen der Angst in Besitz genommen, könnte das Leben aller hier im Königreich in Gefahr geraten.

Aber die Greisin fand keinerlei Angst, und sie lächelte erleichtert. Dankbar schickte sie der Königsmutter auf dem Berg ihren Segen dafür, dass es ihr geglückt war, dieses Kind zu einem furchtlosen Menschen großzuziehen.

Zwar konnte es Schuld empfinden, die ihr Herz fest im Griff hatte, wenn auch gut verborgen. Das wunderte die Greisin nicht, niemand entging der Qual, am allerwenigsten dieses Kind, das ja auch Enkelin des Schamanen war.

Die Blinde erinnerte sich noch sehr gut an ihn, an seine große Kraft und ständige Sorge. Er musste seine Schuldgefühle beschwören, indem er jede Alltagshandlung zu einem Ritual machte, das strengen Regeln unterworfen war.

Das Erbe hatte sich nach Meinung der Greisin über den Vater auf das Kind übertragen. Aber Norea konnte mit der Schuld umgehen, im Gegensatz zu ihrem Bruder, der sich nie von ihr befreit hatte. Dennoch war dessen Kraft groß genug gewesen, zum großen Segen für Nod und sein Volk zu werden.

Die Gedanken der Priesterin gingen wieder zu Eva, der Starken, auf Ans Berg. Ihr ältestes und jüngstes Kind hatte sie Nod geschenkt, stumm richtete die Greisin ihre Gebete zu Inanna, Nod möge sich um dieses Kind hier besser kümmern.

Norea hörte die Gedanken der Blinden, als sie vor ihr kniete und deren Hände auf ihren Schultern spürte. Sie begriff zwar nicht alles, ihr Schuldgefühl hatte sie begraben und verdrängt, aber ihren Stolz und Hochmut wollte sie sich bewahren.

Auf jeden Fall war dies hier ein großer Augenblick für das Mädchen, das sich immer schon mühelos verstecken und die Leute an der Nase herumführen konnte, ohne wirklich zu lügen. Jetzt aber würde sie zur Wahrheit gezwungen werden.

Dann verbeugte sie sich zum Abschied vor der Königsfamilie und folgte der Greisin ins Tempelinnere. Man hatte Nins großen Raum für sie hergerichtet, er lag genau an der Stelle, wo der Tempel an den Palast anschloss, womit ihre Stellung als Priesterin und Mitglied der königlichen Familie verdeutlicht wurde.

Lange stand Norea in der Tür und sah sich in dem hübschen Raum um, mit seinen Möbeln aus poliertem Walnussholz, den großen Spiegeln und einem Bett mit weichen Kissen. Sie dachte an Nin zurück, an die Königin, der sie einst von diesem Raum aus zur Reise in das Land am Meer verholfen hatte, wo ihre toten Kinder auf sie warteten.

Sie lächelte bei der Erinnerung, es gab ihr Kraft.

Sogar ein eigenes Badezimmer hatte sie. Wie damals, als sie als Kind hier war, genoss sie auch jetzt das fließende Wasser, füllte die Wanne und nahm ein Bad.

Sie fand, sie habe einen schönen Körper, strich sich liebevoll über die festen Brüste und dachte dabei an An-Nam.

Doch jetzt hatte sie es eilig. Sie zog ihr blaues Kleid an, das nach Meinung von Lu-Sin während des Lehrjahres getragen werden musste, um es gegen ein flammendrotes einzutauschen, wenn sie den Rang einer ausgebildeten Priesterin erlangt hatte.

Für einen Moment war sie ganz von ihrem Spiegelbild gefangen und genoss es ausgiebig.

Schließlich legte sie ihr Stirnband um, richtete ihre langen Locken und machte sich auf die Suche nach An-Nam. Sie fand ihn dort, wo er ihrer Meinung nach sein musste, in einer Ecke des abgelegenen Tempelgartens bei Ans Haus.

Er hatte ihre Botschaft gespürt und ihren Augen gehorcht.

Lange sahen sie einander an, in ungetrübter, reinster Freude.

Hier blühte ein zarter Keuschheitsbaum in blaulila Wolken und verbreitete seinen Duft über das Wiedersehen der beiden.

Vergebens.

Als An-Nams Blick aus seinen blauen Augen über ihren Körper glitt, passierte etwas Wunderbares mit Norea. Ihre Brustwarzen wurden steif, und vom Herzen her strömte eine herrliche Süße durch ihre Lenden und ihren Schoß.

»Ich bin hergekommen, um mich mit dir zu vermählen«, sagte sie. »Ich hoffe, du hast nichts dagegen.«

Kapitel 17

An-Nam war schon als Kind ausgesprochen klug gewesen – und etwas unzugänglich, meinte manch einer.

Was nicht ganz stimmte.

Er hielt einfach Abstand, war schon früh seiner eigenen Wege gegangen und hatte lieber zugesehen.

Ein Beobachter lernt viel aus der Torheit anderer und über die Pein, die der erdulden muss, der die Herrschaft über sich verliert. Dieses Wissen war von großem Nutzen für seine Arbeit als Priester.

Leicht hätte er zu einem gefühlskalten Menschen werden können, wäre da nicht die Verbindung zu Gott gewesen. So lange er zurückdenken konnte, begann er jeden Tag mit Meditation, jenem geheimen Wissen der An-Priester, das den Menschen zur Quelle seines Wesens führt.

Dabei lernte man Gottes Willen kennen, wie An-Nam es ausdrückte. Er war sich absolut sicher, dass sich Gott der Vernunft des Menschen bediente und dessen Neigung, sich im Chaos zu verlieren, bedauerte.

An-Nam schöpfte diese Sicherheit aus seinem tiefsten Inneren, dort, wo auch bei ihm die Liebe wohnte. Seiner Liebe fehlte die Glut, aber sie war voller Verantwortung und Fürsorge. Oft fand sie ein Ventil im Humor; An-Nam besaß eine verschmitzte Fröhlichkeit und war bekannt für seine fixe Zunge.

Auch sein Vater war einst Ans Hoher Priester in Nod gewesen.

Aber als unter Nins Regierung die Mondpriester die Macht übernahmen, hatte er seinen Tempel und sein Amt verlassen und war zu dem Volk in den Bergen gezogen.

Dort hatte er das einfache Leben eines Bauern gelebt.

Äußerlich betrachtet hatte An-Nam eine ganz ähnliche Kindheit wie Norea gehabt.

Darüber hinaus aber gab es wenig Übereinstimmung. Dort oben in den Bergen war der Vater einer Frau begegnet, deren Herz er begehrte, einem Mädchen aus der Familie des Bergvolkes mit blondem Haar und blauen Augen. Aber ihrer Liebe war auf Erden kein langes Leben vergönnt, die Frau starb bei der Geburt ihres Sohnes.

Deshalb hatte An-Nam auch nie seine Mutter gekannt, hatte nie die Leben spendende und auch zuweilen schwierige Nähe erfahren. Über diesen Verlust war er manchmal traurig.

Aber er sah auch, dass ihm vieles, was den Menschen verwirrte, erspart geblieben war.

Tief in seinem Herzen gab es einen Platz, den er vor allen geheim hielt, außer vor seiner Mutter. Er wusste, Kain hatte davon geahnt.

Der hatte an diese Tür geklopft, war jedoch nicht hereingelassen worden; An-Nam hatte sein Herz auch nicht während ihrer zahlreichen Gespräche über die Schwermut öffnen können, die das Leben des jungen Königs prägte. Hinterher, nachdem Kain durch eigene Hand gestorben war, hatte An-Nam den düsteren Gedanken zugelassen, er hätte vielleicht tatsächlich helfen können, wenn er mutig genug gewesen wäre, Kain durch mehr als bloße Vernunft und klare Gedanken beizustehen.

Für An-Nam, der den gequälten König wie einen Bruder liebte, war es eine schwere Zeit gewesen.

In der Nacht, als Kain starb, hatte er zum ersten Mal diesen Herzkrampf gespürt, an dem er früh sterben sollte. Nach einem harten Schlag in seiner Brust war das Herz stehen geblieben, und Dunkelheit hatte ihn umgeben.

Er kannte den Verlauf bereits, der Vater war an der gleichen Krankheit gestorben und hatte oft gesagt, das schwache Herz sei ein Erbe der Familie. Er hatte gehofft, der Sohn würde den kräftigen Blutkreislauf aus der Familie der Mutter erben, wie die blauen Augen und das blonde Haar.

Aber es war anders gekommen, das wusste An-Nam, als er aus der Bewusstlosigkeit erwachte und das Stechen in der Brust spürte. Etwas dort drinnen war zersprungen und konnte nicht mehr geheilt werden.

Sein Leben würde kurz sein, wie das des Vaters und Großvaters.

Aber er nahm sich zusammen und sagte sich, niemand hätte Kain helfen können. Und es gelang ihm, das zögerliche Herz zu beruhigen, und es fand wieder zu seinem Rhythmus.

So stand es um ihn, als das Kind in sein Leben kam, Kains kleine Schwester, die zu einer größeren Gefahr für seine innere Ruhe werden sollte als jemals ihr Bruder. Bereits als er hinter ihr an Nins Totenbett saß, hatte er es gewusst, hatte ihre Kraft gespürt und begriffen, niemals würde sich das von der Vernunft steuern lassen. Dann, als das Mädchen in seine Arme sank und dort einschlief, hatte er große Zärtlichkeit für sie empfunden, eine Nähe, der er immer ausgewichen war, auch, weil sie das Leben bedrohen konnte.

Trotzdem war es ein Moment grenzenloser Freude gewesen, als er dort saß, das schlafende Kind in seinen Armen, und die alte Frau ruhig und voller Hoffnung die Grenze überschreiten sah.

Schließlich hatte Norea zu seinem großen Kummer – aber auch zu seiner großen Erleichterung – Nod verlassen.

Er brauchte Zeit nachzudenken und zu begreifen, wer sie war und was sie dort bei der Toten bewirkt hatte.

Ganz war er nie dahinter gekommen, aber er bekam Hilfe von Inannas alter Priesterin. Gemeinsam konnten sie sich ein Bild von den unterschiedlichen Wirklichkeiten machen, zu denen das Kind jeweils Zugang hatte, wenn es die Grenze überschritt.

»Voraussetzung ist die Zeitlosigkeit«, sagte die Greisin. »Das Kind von Ans Berg lebte außerhalb der Zeit.«

Aus eigener Erfahrung wusste An-Nam, welche Kraft eine tiefe Meditation in sich barg, die sich jenseits der Zeit erstreckte. Aber er konnte sich nicht vorstellen, wie es für jemanden ist, der sich ständig darin aufhielt. Die Greisin hatte über seine Anstrengungen gelächelt und gemeint, er würde Norea von allen vielleicht am wenigsten verstehen.

Das hatte ihn beunruhigt.

»Norea selbst ist nicht ängstlich, sie denkt wenig nach und wägt nicht ab«, sagte die Greisin. Aber sie gab An-Nam darin Recht, dass das Kind keinerlei Begrenzung des Menschenlebens anerkannte.

»Sie lebt unter Bedingungen, von denen wir nichts wissen«, sagte die Greisin.

»Das macht sie sicher verletzlich«, entgegnete An-Nam.

»Ja, ich glaube nicht, dass ihr Besuch auf Erden lange dauern wird.«

Diese Worte machten An-Nam traurig. Erst viel später dachte er, hier gibt es eine weitere Verbindung, eine Ähnlichkeit zwischen dem Kind und mir.

Er wusste, dass das Band ohne seinen Willen geknüpft worden war, hatte er doch ihre Gedanken im Wind gehört, ihren starken Willen in den Gebeten gespürt und hatte Norea in seinen nächtlichen Träumen flüchtig wahrgenommen, in denen sie oft versucht hatte, ihn zu erreichen.

Fünf Jahre lang hatte er sie herbeigesehnt und sich vor dem Tag gefürchtet, an dem sie nach Nod zurückkehren würde. Jetzt stand sie vor ihm und sagte geradeheraus, was sie vorhatte.

Er war ungeheuer froh und hatte gleichzeitig schreckliche Angst – innerhalb kürzester Zeit befand er sich selbst in jenem Chaos, das er so oft und erstaunt bei anderen wahrgenommen hatte.

Wie ein Narr, der sich ziert, stammelte er etwas von Bedenkzeit und kam sich dabei unglaublich lächerlich vor.

Die sonderbaren Worte, die da aus seinem Mund sprudelten,

sprachen von Altersunterschied, er sei ja doppelt so alt wie sie. Und ob sie das bedacht hätte? Vom Rangunterschied war die Rede und davon, dass das Königshaus nicht gerade freudig auf eine Ehe mit einem Priester reagieren würde. Ob ihr überhaupt klar wäre, dass sie königlicher Abstammung sei, was Verantwortung und Verpflichtung mit sich brächte?

Ihre schwarzen Augen durchschauten seine Verwirrung und bemerkten den Schrecken, den er nicht zugeben wollte. Erstaunt sagte sie:

»Aber du willst mich doch haben!«

Und ob er das wollte, die Freude stieg in ihm hoch, und Worte, von denen er bisher nichts geahnt hatte, strömten aus seinem Herzen. Sie sprachen von Liebe, ja, wie unendlich lieb sie ihm sei.

Erst, als auch diese Worte ausgesprochen waren, begriff An-Nam, was geschehen war. Er hatte die Tür zu dem geheimen Raum in seinem Herzen geöffnet, und herein strömten Wärme und Leben.

Es tat weh. Fünfunddreißig Jahre lang war der Raum sorgfältig verschlossen gewesen, drinnen war alles voller Schmutz und Staub und Spinnweben. Ein Großreinemachen würde er nicht überleben, so glaubte er. Aber in diesem Moment war es unwichtig; wie das Mädchen so wusste auch er, dass nur dieser Augenblick existierte und sonst nichts.

Er schämte sich auch nicht, als die Tränen kamen.

Und Norea meinte, nie etwas Schöneres gesehen zu haben als diese tränennassen, blauen Augen.

»Du mein Flussäugiger«, sagte sie im Stillen und wusste, dass sie taktlos gewesen war, sie war ihm zu nahe getreten und zu schnell vorgegangen.

Laut sagte sie: »Ich habe noch nicht genügend Verstand. Es gibt noch so vieles, was ich lernen muss.«

Da lachte er.

Aber Norea spürte die alte Trauer, die weit in die Kindheit zurückreichte, die sie immer dann überfallen hatte, wenn sie merkte, dass die Mutter ihre Gedanken nicht verstand. Menschen waren wie fremdes Gebiet, dessen Grenze man nicht ungebeten überschritt, sonst schadete man dem anderen nur und würde ihm wehtun. Alle waren sie Fremde, sogar dieser Mann, den sie liebte und den sie so gut wie ihr eigenes Herz zu kennen glaubte.

Fremdem Gebiet musste man sich mit Respekt nähern.

Jetzt weinte Norea über ihre Unvernunft und ihre große Einsamkeit. Und natürlich deutete er es falsch, wusste nichts von ihren Gefühlen, als er wahrheitsgetreu sagte, wie es um ihn stand:

»Du musst mir verzeihen, aber ich bin es nicht gewohnt, einen Menschen so nahe bei mir zu haben. Auch ich muss noch viel lernen.«

Sie verstand es wie eine Einladung und gelobte sich, achtsam die Wege seiner inneren Landschaft zu betreten, nicht gewaltsam nach verborgenen Schätzen zu suchen, oder Berge zu versetzen und neue Pfade zu trampeln. Norea machte in diesem Moment einen Schritt auf das zwischenmenschliche Leben zu, das Gesetzen unterworfen war.

Sie saßen auf der Bank unter dem Keuschheitsbaum, der nicht mehr vergebens blühte.

Vielleicht entsprang ihr gemeinsamer Entschluss ja der Kraft des Baumes. Denn sie entschieden sich zu warten; sie wollten die Verlobung bis zum Ende ihres Lehrjahres noch geheim halten, erst dann würden sie heiraten.

Kapitel 18

Die Klugheit der Schlange, den Weitblick des Adlers, die Schläue des Fuchses und den Mut des Löwen sollte Norea erlangen.

Hilfsmittel waren die Träume.

Bereits in der siebenten Nacht im Tempel begegnete sie dem Löwen. Am Morgen konnte sie der Greisin berichten, wie er durchs hohe Gras in der Flussniederung gestrichen war, ihre Witterung aufgenommen hatte und ihr nachgeschlichen war, um sich für einen Sprung zu sammeln.

»Und was hast du gemacht?«

»Natürlich bin ich verschwunden«, erwiderte Norea mit ihrer gewohnten Selbstverständlichkeit.

Aber die Blinde schüttelte den Kopf, so würde Norea nie den Mut der großen Katze erlangen. Das nächste Mal sollte sie den Löwen erwarten, ihn töten und sein Herz essen.

Norea mochte diese Vorstellung nicht. Aber sie kannte keine Furcht. In letzter Minute konnte sie ja noch immer in eine andere Wirklichkeit entfliehen, wie sonst auch, wenn ihr etwas Unangenehmes begegnete.

Bereits während des Mittagsschlafs tauchte sie wieder in ihren Traum ein, befand sich in der Flusssenke, dort, wo die großen Wildkatzen jagen, und hörte erneut den schleichenden Gang hinter sich. Sie drehte sich um, wie man sie es gelehrt hatte, aber als sie sah, wie riesig das Raubtier war, erschrak sie.

Mit gebieterischem Blick verwandelte sie das gewaltige Tier mit den scharfen Reißzähnen und der wehenden Mähne in ein junges Kätzchen, einen niedlichen Spielkameraden, wie das aus ihrer Kindheit. Jetzt würde sie es mit bloßen Händen streicheln, so überlegte sie.

Aber sie nahm es gleich auf ihren Schoß und liebkoste es, wie sie es mit der Katze zu Hause getan hatte. Und als sich der geschmeidige Tierkörper zärtlich in ihren Schoß schmiegte, wurden ihre Brustwarzen steif, und die Lust schoss in ihre Lenden.

Sie ließ die Katze wieder frei, zurück ins hohe Gras.

Als sie aufwachte, lag sie lange da und spürte die Hitze in ihrem Körper, das Herz schlug heftig, und das Blut siedete in ihren Adern. Der Körper erinnerte sich und wusste, die gleiche Lust hatte die Katze damals, in ihrer Kindheit in ihr ausgelöst, oben auf dem Wohnplatz. Diese Lust war das eigentliche Bindeglied in der geheimnisvollen Gemeinschaft zwischen ihnen beiden gewesen. Sie strich sich über den Schoß, sanft und weich wie bei der Katze, und überlegte, wie es sich wohl anfühlte, wenn es die Lust dort in der unbekannten Höhle nicht mehr gäbe.

Zu der Priesterin sagte sie nichts von diesem anderen Traum, beide kamen überein, Norea sollte dem Löwen in Zukunft ausweichen und die Begegnung mit den anderen Tieren suchen.

Zwei Nächte brauchte sie, um mit dem Adler fliegen zu lernen, sich seiner Geschwindigkeit anzupassen, um ihn schließlich auf der Flucht einzufangen. Nun flogen sie gemeinsam, landeten auf dem Berg zu Hause, dort, wo das Bilsenkraut wuchs, und sie zerschlug den Kopf des Adlers an einer messerscharfen Felskante, entnahm ihm die Augen und aß sie.

Am nächsten Morgen wurde sie gelobt, und so ganz nebenbei fiel die Frage:

»Hat dich der Tod des Adlers unangenehm berührt?«

Erstaunt sah sie die Priesterin an. Die Greisin wusste ganz genau, dass es eine enge Verbindung zwischen ihr und dem großen Vogel gab. Im Augenblick des Todes war das Verstehen zwischen ihnen vollkommen gewesen, hatten sie ihre Trauer und ihr grenzenloses Vertrauen miteinander geteilt. Sie wusste ganz sicher, dass der Adler ihr sein Leben und seinen scharfen Blick stolz und freiwillig geschenkt hatte.

Es vergingen ein paar Tage, bis Norea dieses Geschenk begriff, und noch ein paar weitere Tage, bis sie es umsetzen konnte. Als sie am ersten Abend während des Gebets vor Inanna die Menschen hinter sich stehen sah, ohne sich umzudrehen, nahm sie es als lustigen Zufall hin. Als es aber am darauf folgenden Tag wieder passierte, dachte sie vergnügt:

Ich habe jetzt offenbar Augen im Hinterkopf.

Erst am siebenten Tag wusste sie, dass diese neuen Augen, die es eigentlich nicht gab, hinter die Dinge sehen konnten.

Die schönste Priesterin in Inannas Tempel war Pad-Li. Ihre Brüste waren größer und verlockender als die der Göttin selbst, und ihr Gang war wie der einer Katze, geschmeidig, verheißungsvoll und herausfordernd. Sie wurde von vielen bewundert, aber von niemandem gemocht.

Norea hasste sie. In Pad-Lis Nähe wurde Norea stets daran erinnert, wie mager – ja, beinahe kantig – sie war, wie klein und wenig verlockend ihre Brüste waren. Außerdem gehörte Pad-Li zu den Auserwählten, Inannas Liebeskünste zu erlernen, worum sie beneidet wurde. Norea verabscheute diese Gruppe von kichernden, leidenschaftlichen Huren.

Neidisch war Norea geworden, als sie erfuhr, dass sie nicht an den Unterweisungen teilnehmen durfte. Sie stritt sich mit der Blinden, ließ ihre Wut an Natie aus und hasste ihre Mutter, die sie hinter diesem Beschluss vermutete. Nicht einmal ihr Hochmut half ihr da, sie hörte den Versicherungen der alten Priesterin kaum zu, ihre Stärke liege woanders, und ihre Aufgabe in Nod sei viel wichtiger als die der jungen Liebespriesterinnen.

Schließlich hatte An-Nam sie so weit gebracht, den Beschluss anzunehmen. Er wollte seiner Frau selbst die nötigen Liebeskünste beibringen, sagte er.

Norea konnte sich vor Begehren kaum zurückhalten, als sie ihn hörte. Erst etwas später bemerkte sie die Zärtlichkeit in seinen Worten.

Sie waren voller Fürsorge.

Zwischen Liebe und Liebeskünsten sei ein Unterschied, erklärte er ihr.

Dieser Gedanke half Norea eine wenig auf dem weiteren Weg. Aber leicht war es nicht zu ertragen, dieses Brennen im Körper und die ständigen Heimlichkeiten der kichernden Liebespriesterinnen, die die Luft in den großen Tempelhallen aufheizten.

Eines Morgens, eine Woche nach dem Tod des Adlers, richtete sie ihre neuen Augen – die es nicht gab, die aber weit blicken konnten – auf Pad-Li. Und im selben Moment begriff sie, dass sich ihr Blickfeld erweitert hatte und sie das gesamte Leben eines Menschen überschaute. Sie konnte vom Moment der Geburt an alles sehen – Furcht, Trauer, Freude und Stolz.

Es war so erstaunlich, dass Norea die Gebete vergaß, sie die Verbindung zu Inanna verlor und deren Gesicht erlosch.

Pad-Lis Vater war Offizier in Bek-Netis Armee und hatte sich einen Sohn und Soldaten erhofft, als seine Frau nach vielen Jahren ein Kind gebar. Norea sah, wie er das kleine Mädchen mit Abscheu entgegennahm – es war Pad-Li – und wie seine Enttäuschung auf den Körper und Geist des Kindes übergriff. Und sie sah, wie seine kühle Zurückhaltung die Mutter vom Kind trennte.

Mit einem Jahr war Pad-Li beinahe unsichtbar. Dann wurde endlich der ersehnte Sohn geboren. Norea konnte das Loch in Pad-Lis Herzen sehen, wie es sich mit Wut, Enttäuschung und schließlich mit Hochmut füllte. Aber am größten war der Hass.

Nur ein Mensch hatte Zugang zu ihm, vermochte das gequälte Herz mit etwas Wärme zu füllen. Es war der Vater, der sie von Anfang an abgelehnt hatte und sie selten und nur pflichtschuldig besuchte. Das Mädchen betete ihn an, es leugnete dessen wahres Wesen, um wenigstens Kraft zum Überleben zu haben.

Pad-Li freundete sich mit niemandem an, hatte es nie vermocht.

Sie besaß ihre Schönheit und wurde bewundert.

Das war aber auch alles.

Norea litt sehr unter ihrer seherischen Fähigkeit, wollte sich vor dem Blick verschließen, wusste aber nicht, wie. Und sie lief durch die Tempelgänge zu ihrem Zimmer und weinte.

Sie fürchtete sich, wollte heim zu dem Berg und den Feldern. Zurück in die Geborgenheit und zur Mutter.

»Mutter«, flüsterte sie. »Komm und hol mich.«

Ihr Gedanke war so stark, dass sie meinte, die Mutter müsste sie hören, müsste ihr antworten. Aber Eva spürte ihre Sehnsucht nicht, Norea wusste, ihr fehlte jene Feinfühligkeit.

Sie weinte so laut, dass sie nicht hörte, wie die Priesterin an die Tür klopfte, und erschrak, als die Blinde plötzlich auf der Bettkante saß.

Aber Norea fasste sich wieder und erzählte, was sie bei Pad-Li gesehen hatte.

Die Greisin wurde unendlich froh.

»Du hast einen riesigen Adler eingefangen und eine große Gabe erlangt«, sagte sie.

»Aber ich will sie nicht haben!«, rief Norea. »Ich will über meine Gefühle selbst bestimmen, hörst du? Ich will böse sein und Leute auch verachten können.«

»Die Gabe des Durchschauens macht den Menschen reich«, erwiderte die Priesterin.

»Ich möchte niemandem auf den Grund des Herzens schauen. Warum muss ich etwas über Unglück und Unschuld wissen, wie soll ich damit umgehen?«

Sie ergriff die Hände der Greisin und versuchte zu erklären, wie bedrückt sie sich fühlte, wie sich das Mitgefühl in ihrem Gemüt festklebte, sie zu weich und kraftlos machte, um Ja und Nein zu sagen, um Grenzen zu ziehen und Wut empfinden zu können.

»Ich kann ohne meine Wut nicht leben«, sagte sie so gefasst wie irgend möglich. Da lächelte die Blinde, und Norea geriet so außer sich, dass ihre Augen Funken sprühten.

»Du brauchst noch nicht zu befürchten, dass du deine Wut verlierst«, meinte die Priesterin daraufhin und lachte nun laut. Schließlich musste Norea ebenfalls lächeln.

Aber bei aller Erregtheit hatte sie doch genau hingehört.

»Noch nicht?«, sagte sie, und ihr Blick war misstrauisch.

»Also soll ich mir meine Wut allmählich abgewöhnen, meinst du?«

»Wut besitzt kein Anrecht«, sagte die Greisin kurz.

Jetzt dachte Norea gründlich nach und konnte ruhig und mit Überzeugung erwidern:

»Das stimmt nicht. Ich wäre schon lange tot, hätte ich nicht meine Mutter dafür gehasst, dass sie mich einengen wollte, und meinen Vater dafür, dass er mir die Schuld gegeben hat. Ganz zu schweigen von meinem vortrefflichen Bruder, der immer Recht hatte und der mich kaputt gemacht hätte, wäre da nicht meine Riesenwut gewesen. Ich konnte es ertragen, weil ich mich getraute, sie zu hassen, verstehst du?«

Aber die Priesterin war wenig beeindruckt von der langen Rede.

»Du hast sie immer geliebt und wirst es immer tun«, sagte sie kurz. »Deine Wut hat die Trauer überdeckt, die sich einstellte, weil du die deinen nicht erreichen konntest.«

»Jetzt sagst du es selbst. Wenn man nicht hassen kann, wird das Leben zur Trauer.«

»Unter der Trauer sitzt die Liebe, und du weißt ebenso gut wie ich, dass sie die einzige Wirklichkeit ist.«

Die Stimme der Priesterin war noch immer kurz angebunden.

Aber Norea wollte von dieser Wirklichkeit nichts wissen.

»Ich empfinde überhaupt keine Liebe für Pad-Li, obwohl ich gesehen habe, warum sie so geworden ist, wie sie ist«, sagte sie. »Sie ist immer noch ein widerliches Luder.«

»Deine Augen ändern also nichts daran. Und worüber bist du so aufgebracht?«

Wieder schwang in der Stimme ein Lächeln mit, und Norea wurde noch einmal unglaublich wütend. Aber die Stimmung ließ nach, als ihr die Greisin übers Haar strich. Sie ließ sich trösten und brauchte sich nicht mehr zu verteidigen.

»Pad-Li ist schon nicht mehr ganz so abscheulich«, sagte sie nach einer Weile und bekam dafür ein fröhliches Lächeln geschenkt.

»Heute Nacht wirst du versuchen, den Fuchs zu fangen«, sagte die Greisin. »Er wird dir ein Gegengift geben.«

Aber Norea hörte schon nicht mehr zu, sie war mit einem anderen, viel wichtigeren Gedanken beschäftigt.

»Wie verschließt man sich vor dem Blick des Adlers?«

»Betrachte das, was du sehen willst, einfach mit deinem gewöhnlichen Blick«, sagte die Priesterin. Und da verlor Norea endlich ihre Angst. So einfach war das also.

Aber dann sagte die Greisin etwas, von dem das Mädchen tief berührt und ernst wurde:

»Benütze deine normalen Augen, die dir die fertigen Bilder eines Menschen geben. Diese Bilder befreien uns von der ständigen Verantwortung, die wir haben, wenn wir einander wirklich sehen.«

Dann ging sie davon.

Aber die Worte wirkten noch nach, sie kannte sie aus ihrer Kindheit. Genauso hatte Norea jahrelang über diese Wirklichkeiten gedacht, die fertigen Bilder. Sie hatte jeden verachtet, der lediglich eine Bestätigung dessen haben wollte, was er gesehen hatte.

Lange blieb sie auf dem Bett sitzen, blickte zurück und erinnerte sich. Es war ein schwieriges Unterfangen und machte sie nicht gerade froh. Ihr saß ein großer Kloß im Hals, als sie noch einmal mit Eva zu sprechen versuchte:

»Mutter, du hast mich nie wirklich gesehen, und ich habe dich deswegen verachtet. Du hast dich entschieden, deinen Blick einzugrenzen. Aber jetzt habe ich begriffen, dass du immer die Menschen als solche gesehen hast. Deshalb kannst du sie auch heilen.«

Als sie das Zimmer verließ, um verspätet zum Frühstück zu gehen, traf sie Pad-Li auf dem Flur zum Esssaal. Jetzt erkannte Norea auch die Angst hinter dem einschmeichelnden Lächeln.

Wärme erfüllte sie, und sie nahm das hübsche Mädchen in die Arme und flüsterte ihm ins Ohr:

»Ich hab dich gern.«

Norea erwartete keine Antwort. Pad-Li erstarrte, als habe sie sich verletzt. Ihre Maske hatte einen Riss bekommen, und sie fürchtete sich jetzt.

Ich versteh so vieles noch nicht, dachte Norea.

An diesem Abend betrachtete sie An-Nam mit den Augen des Adlers. Sie erkannte in ihm das einsame Kind und sah den Raum in seinem Herzen, der für die tote Mutter bereitstand.

In diesem Raum war jetzt noch ein anderer.

Sie selbst.

Sie war traurig darüber und gleichzeitig froh.

Kapitel 19

Mehr als doppelt so groß wie eine weltliche Frau war Inannas Statue, von Künstlern aus Nod in Holz geschnitzt und mit Gold überzogen.

Aber die goldene Göttin hatte ein unschönes Gesicht.

Bereits bei ihrem Tempelbesuch als Kind hatte Norea sich gewundert, warum man der Göttin die Gesichtszüge eines Frosches gegeben hatte, wohingegen ihr Körper vollendet und die Haltung leidenschaftlich und stolz war.

Jetzt erfuhr sie, das Antlitz der Göttin sei eine Maske, hinter der sie ihr wahres Gesicht verstecke, das ihre Seele widerspiegelte. Die geistigen Kräfte, die der körperlichen Liebe innewohnten, mussten dem unvollkommenen Menschen verborgen bleiben. Nur die besonders Begnadeten durften die wahren Züge hin und wieder einmal sehen, aber blitzschnell, sodass der Glückliche sich nie sicher sein konnte, sie wirklich gesehen zu haben.

Niemand sollte sich an das Aussehen des heiligen Antlitzes erinnern. Jahrhundertelang hatten die jeweiligen Priesterinnen des Tempels um die Gunst gebeten, diese Augen sehen zu dürfen. Der Sage nach strahlten sie Liebe und Wahrheit aus, und wer sie gesehen hatte, würde lebenslanges Liebesglück erfahren.

Als Norea diese Legende hörte, sammelte sie all ihre Kraft im Gebet vor der Statue. Und das Wunder geschah.

Die Froschmaske der Göttin fiel ab, und ein Gesicht blickte auf sie herab, das Eva und An-Nam seltsam ähnlich sah.

Besonders merkwürdig war jedoch, dass außer Norea auch die

anderen es sahen, die neben ihr beteten. Ihre Kraft reichte also für sie alle.

Die Kunde dieses Wunders lief durch das ganze Land, flog von Mund zu Mund.

Und Frauen aus allen Teilen des Landes – Frauen von Bauern, von Hirten und Soldaten zogen mit Opfergaben zu dem Tempel.

Die Gottesdienste waren für die Frauen des ganzen Landes offen, und jeden Tag reihten sich weitere in die Schlange ein, um teilzunehmen. Vielen offenbarte sich das Wunder und sie kehrten nun bereichert – und liebevoller – zu ihren Männern in der Ebene und in den Bergen zurück.

Die Blinde freute sich. Das Kind von Ans Berg brachte Segen, das Wunder war ein Zeichen dafür, dass Inanna die Gebete ihrer alten getreuen Dienerin erhört und Norea unter ihren göttlichen Schutz genommen hatte.

Aber das Ereignis förderte nicht gerade Noreas Gemeinschaft mit den anderen – im Gegenteil, der Abstand wurde größer, ein Vakuum entstand um sie herum.

Sie selbst verstand nicht, weshalb man sie fürchtete, hatte es nie verstanden. Aber das Gefühl, Außenseiterin zu sein, war alt und ihr so vertraut, dass es nicht weiter wehtat. Ohne viel darüber nachzudenken, hatte Norea akzeptiert, auch hier keine gleichaltrigen Freundinnen zu finden und nie eine unter vielen zu werden. Sie unternahm lange Ritte mit Enki-Bar und dessen Soldaten. Ihr Mittagessen nahm sie am Tisch des Königs ein, und jeden Tag wuchs die Freundschaft zwischen Natie und ihr. Die Königswitwe liebte Norea wegen ihres besonderen Wesens und ihrer Ähnlichkeit mit dem Bruder.

Das Mädchen wiederum genoss Enki-Bars Bewunderung und freute sich über das mit Schrecken vermischte Entzücken des Neffen.

Am meisten bedeutete ihr jedoch An-Nam und die große heimliche Liebe zwischen ihnen, die jeden Tag mit Blicken, die sie sich zuwarfen, bekräftigt wurde, und im Lächeln, das sie miteinander verband. Manchmal trafen sie sich verstohlen unter dem Keuschheitsbaum, erst ein einziges Mal hatte er sie geküsst.

Danach hatte sie gemerkt, dass sie ihn mit ihrer heftigen Erwiderung erschreckt hatte, und besann sich darauf, was der Blick des Adlers sie über sein scheues Herz gelehrt hatte.

Sie musste behutsam vorgehen.

Sie erzählte ihm von der Adlerjagd, und seine Freude war groß. Nichts habe er während seines Lebens als Priester mehr herbeigesehnt als gerade diese Fähigkeit, sagte er. Sie hätte ihm ungeheuer helfen können.

Aber den Adler hatte er nie eingefangen. Und er fügte hinzu:

»Wäre es mir geglückt, hätte ich Kain helfen können.«

»Das glaube ich nicht«, meinte Norea, erstaunt, dass ihn das Vergangene noch immer quälte. »Kain hatte doch seine Mutter, die alles von ihm wusste.«

»Aber sie war nicht zur Stelle«, sagte An-Nam. »Außerdem hatte er sich auch an ihr schuldig gemacht, er hatte ihr mit dem Brudermord doch am meisten Leid zugefügt.«

Norea dachte lange nach, spürte den alten Schmerz über den Mord an dem Bruder, den niemand hatte verhindern können.

»Trotzdem glaube ich, Kain wollte sterben«, sagte sie schließlich, »und dieser Wunsch war in ihm so stark, dass ihn niemand hätte aufhalten können.«

Sie erzählte An-Nam von der Begegnung mit dem Löwen, den sie nicht zu töten vermochte.

»Nicht aus Angst«, sagte sie. »Es ist, als wollte ich ihm nicht wehtun.«

Sie wusste, dass sie log, aber warum, war ihr nicht klar.

Ihr Unbehagen schwand, als An-Nam sagte, er habe vor langer Zeit seinen Löwen besiegt und dessen Herz gegessen.

Norea musste lachen:

»Was für eine Kraft wir beide zusammen haben, du und ich!«

An diesem Abend beschloss Norea, endlich den Fuchs zu fangen, sein Herz auszusaugen und der schlauen Gedanken teilhaftig zu werden. Und als der Traum kam, war sie wieder in der großen Flussniederung im Süden, wo die Löwen jagten.

Diesmal verlief die Begegnung zwischen ihr und dem Löwen friedlich, er sammelte sich nicht zum Sprung und griff auch nicht an. Stattdessen standen sie lange voreinander und sahen sich an, und sie entdeckte, dass seine Augen blau waren, mit weißen Flecken darin und voller Lust. Er schlug ihr einen Ritt durch die Ebene vor.

Also ritt sie auf dem geschmeidigen Tier, fegte wie der Wind durch das hohe Gras und spürte die Spannung der Jagd. Ihre Brustwarzen wurden hart, und der weiche Tierkörper pochte rhythmisch gegen ihren Schoß. Als die Wollust ihren Höhepunkt erreichte, wachte sie auf, schweißnass und selig vor Freude. Endlich hatte sie das Geheimnis der inneren Höhle kennen gelernt, hatte die wollüstigen Kontraktionen erlebt, die die Erregtheit des Körpers wieder beruhigten.

Aber die Erleichterung war nur vorübergehend. Beim Morgengebet vor Inanna, während die Göttin ihr Antlitz vor Norea offenbarte, ergriff sie erneut die Lust. Die Göttin lächelte, errötend begriff Norea, dass sie alles von ihrem nächtlichen Ritt auf dem Rücken des Löwen wusste.

Sie sagte nichts von dieser Begegnung, weder zu der Priesterin noch zu An-Nam.

In der nächsten Nacht machte sie sich fest entschlossen auf die Jagd nach dem Fuchs. Es sei von allen der einfachste Auftrag, hatte die Priesterin gesagt, und Norea war nicht sonderlich erstaunt darüber. Den Fuchs kannte sie von den Streifzügen auf dem Berg der Kindheit, er war weder etwas Besonderes noch gefährlich.

Als sie in den Traum eintauchte, befand sie sich wiederum an dem Steilhang, wo das Bilsenkraut wuchs und wo die Freundschaft mit dem weißen Hengst begonnen hatte. Sie nahm es als gutes Zeichen.

Nur einen Steinwurf von ihr entfernt saß der Fuchs, aus dessen listigen Augen der Schalk blitzte. Aber das sah sie nicht, sah nur den langen Schwanz, an ihm würde sie ihn leicht ergreifen können.

Ich halte ihn damit fest und schleudere seinen Kopf gegen den Felsen, dachte sie und näherte sich ihm vorsichtig. Er ließ sie fast ganz an sich herankommen, dann verschwand er wie ein roter Pfeil durch das Gestrüpp des Abhangs.

Sie lief so schnell hinterher, dass das Herz vor Anstrengung beinahe zersprang, sie fiel hin und schlug sich die Knie auf, sie saß im Dornengestrüpp fest und riss sich Wangen und Arme blutig.

Manchmal war sie ihm so nah, dass sie die buschigen Schwanzhaare zwischen ihren Fingern spürte. Aber sie bekam ihn nicht zu fassen. Schließlich meinte sie ihn über sie lachen zu hören und wurde so wütend, dass sie aufwachte.

Schwitzend und außer sich und noch immer mit klopfendem Herzen nach der Verfolgungsjagd ging sie ins Badezimmer, um sich zu waschen und das Nachthemd zu wechseln.

Dann lag sie lange wach und dachte nach.

Sie war fest entschlossen.

Schließlich fiel ihr ein, sie hatte ja alle Macht in ihren eigenen Träumen.

Sie konnte fliegen.

Den Rest der Nacht flog sie über die Felsen und das Gestrüpp, durch die Wälder und entlang der Berghänge. Aber jedes Mal, wenn sie auf den Fuchs traf, war er schon wieder verschwunden, saß einen Steinwurf entfernt von dem Platz, auf dem sie sich niederließ, und lachte sie aus. Es war kein Zweifel mehr, der Fuchs hielt sie zum Narren.

Als sie am anderen Morgen der Priesterin den Traum erzählte, bekam sie den Rat, den Fuchs kraft der Gedanken aufzuhalten.

Sie sollte den Blick des Fuchses einfangen und ihm befehlen, stehen zu bleiben.

Nacht für Nacht versuchte sie es. Norea besaß einen starken Willen und war halsstarrig wie der Sandsturm im Dürresommer in den Niederungen. Aber sie fing einfach nicht den Blick des Fuchses ein, und dessen höhnisches Lachen verfolgte sie nun auch am Tage. Ununterbrochen hörte sie es, bei den Gebeten und während der Mahlzeiten.

Sie bekam dunkle Ringe unter den Augen, schrak bei unerwarteten Geräuschen zusammen und war dem Weinen nahe. Sie war jetzt müde, so grenzenlos müde. Es gab kein Ausruhen mehr, sie begann die Nächte und die Jagden zu fürchten, während derer sie verhöhnt wurde.

Nach dem Morgengebet am siebenten Tag bat An-Nam, bei der Begegnung zwischen Norea und der Priesterin dabei sein zu dürfen. Es war ungewöhnlich, ja, beinahe unpassend. Die Verantwortung für die jungen Mädchen im Tempel lag allein bei Inannas Priesterin, so, wie An-Nam sie für die jungen Männer in Ans Haus innehatte.

Die Blinde ließ sich nicht anmerken, ob es ihr unangenehm war. Vielleicht entschuldigte sie es damit, Noreas Erziehung sei eine Angelegenheit von großer, allgemeiner Wichtigkeit, vielleicht war sie auch nur erleichtert, die Verantwortung zu teilen. Fest stand, dass sie schon seit langem seine Liebe zu dem ungewöhnlichen Mädchen bemerkt hatte, möglicherweise dachte sie, diese Liebe gäbe ihm das Recht, dabei zu sein.

Hinterher war sie dankbar dafür. Was An-Nam zu sagen hatte, leuchtete ihr sofort ein. Sie verstand nicht, warum sie nicht schon selbst darauf gekommen war.

An-Nam hatte während der Meditation in der Dämmerung erfahren, dass die Götter nicht bereit waren, Norea die Schläue des Fuchses zu übertragen. Sie war reinen Herzens und so sollte es bleiben.

Die seherische Gabe des Adlers hatte gerade sie dringend nötig, und sie hatte sie in reichem Maße erhalten. Jeder wusste, sie war die kostbarste Kraft und am schwierigsten zu erlangen, und dass sie ihr so leicht und schnell zuteil wurde, sollte man als Zeichen sehen. Das war mehr als genug; Norea würde nur verwirrt werden von der Fähigkeit des Fuchses, die kleinen, schlauen und berechnenden Gedanken der Menschen zu lesen. Auch sollte sie frei von Misstrauen sein. Die Einsamkeit während ihres Heranwachsens und ihre Besonderheit genügten, es sollte nicht noch mehr Abstand zwischen ihr und den anderen Menschen hergestellt werden.

Deshalb war ihr der Fuchs entwichen.

Norea weinte erleichtert, als sie die Greisin ernst und zustimmend nicken sah. Diese Nacht schlief sie tief und traumlos, zog neue Kraft aus der erlösenden Bewusstlosigkeit.

In den folgenden Monaten lernte Norea mit dem Blick des Adlers umzugehen – ohne traurig zu werden. Dank der seherischen Gabe sah sie die Not der Menschen, und wie die Last des Lebens sie schon früh und unerbittlich gebeugt hatte.

Sie schaute in Naties Leben zurück, sah die Mutter, die ihr Mädchen mit einer Liebe angebetet hatte, die weder Druck noch Widerstand ertrug. Das Kind lernte früh, so süß und lieb zu sein, wie es das zerbrechliche Glück der Mutter verlangte.

Dann starb sie, und Natie blieb mit der Gewissheit zurück, dass ihre Anstrengungen vergebens gewesen waren. Sie taugte zu nichts.

Norea erzählte An-Nam von Naties Leben und weinte vor Mitleid. Aber er wandte ein, Natie habe viel aus dieser schweren Zeit gelernt, und meinte, irgendwo auf Naties Weg müsste Norea auch den Vater sehen können, den klugen Bek-Neti mit seinem feinen Gespür dafür, was das Herz der Menschen bewegte.

Norea lächelte zwischen den Tränen, ja, sie hatte Bek-Neti gesehen, der trotz der eigenen Trauer die Intelligenz und Würde seiner Kinder förderte. Dennoch verstand Norea nicht, weshalb das Leben gegen manche so grausam und die Lebensumstände oft so hart waren.

Sie erzählte von ihrer Kameradin, der sprühenden und beliebten Ki-El, dem Liebling aller im Inannatempel. Sie hatte den Bauch der Mutter mit einer Zwillingsschwester geteilt, deren Geist verdunkelt war. Als sie vier Jahre alt war, hatte der Vater beschlossen, die Schwester bei den wilden Tieren auszusetzen, sie sollte dem Ruf der Familie nicht länger schaden und Ki-El nicht im Wege stehen.

Also ließ man sie verschwinden.

»Nun begleitet die kleine Schwester Ki-Els Leben wie ein Schatten und verfolgt ihre Zwillingsschwester mit ewigen Schuldgefühlen. Und dieser Schatten ist so stark, dass er Ki-El eines Tages verschlucken wird«, sagte Norea.

»Glaubst du, du könntest mit ihr darüber reden?«, fragte An-Nam.

Norea schüttelte den Kopf, sie hatte nicht genug Worte oder Wissen, in eine derartige Verzweiflung einzudringen.

Und An-Nam fragte weiter, ob sie nicht daran gedacht habe, dass das Böse stets weiterziehen muss?

»Es hat kein festes Zuhause im Leben«, sagte er.

Norea verstand ihn nicht, sie meinte, das Leiden habe sich nun mal als ständiger Begleiter in jedem Menschenherzen niedergelassen.

»Aber du sagst ja selbst, meistens sind es nur die Schatten des Bösen, die zurückbleiben«, wandte An-Nam ein.

»Weniger die Schatten, sondern die Kraft«, sagte Norea. »Hin und wieder glaube ich, es sind die Schatten, die das Leben beherrschen.«

»Wir sind es selbst, die ihnen die Kraft dazu verleihen«, erklärte er. »Die einzige Möglichkeit, mit dem Bösen fertigzuwerden, besteht darin, es einzufangen, es zum Stehenbleiben zu zwingen, sodass es im Leben Wurzeln schlägt.

Wenn das Böse nicht entfliehen kann, wird es offensichtlich, verliert sein Schattendasein und wird zur Erinnerung und zu Bildern. Die wiederum können wir durchschauen und verzeihen.«

Sie hätte ihm ja gern gelaubt, vermochte es aber nicht.

Wie konnte man bloß den Mut aufbringen, dem Bösen einen festen Platz im Leben einzuräumen? Jedenfalls nicht, so lange man noch fliehen konnte, hinaus in die weite Natur.

»Vielleicht solltest du doch deinen Löwen erlegen«, meinte An-Nam.

Am nächsten Tag ging er zur Priesterin und erzählte ihr von Ki-Els Kindheit. Die nickte wie immer, ja, sie habe es auch schon gesehen, wenn auch nicht so klar.

Sie hatte bisher nicht gewusst, wie die Zwillingsschwester zu Tode gekommen war.

»Die Götter verteilen ihre Gaben nach Gesetzen, die wir nie verstehen werden«, sagte sie. »Ki-El hat alles bekommen, ihre Schwester nichts. Da bleibt es nicht aus, dass sie im Schatten der Schuld lebt.«

Aber das wollte An-Nam nicht akzeptieren.

Schließlich bekam er die Erlaubnis, mit dem Mädchen zu reden.

Vom Tempel aus waren die beiden – der Priester und das junge Mädchen – unter den hohen Bäumen im Garten zu sehen, in ein Gespräch vertieft, das beinahe den ganzen Tag andauerte.

Norea hatte Herzklopfen.

Eine vollkommen veränderte Ki-El kehrte am Abend in Inannas Haus zurück, erschreckend blass und mit vor Verzweiflung schwarzen Augen. Aber während des Abendgebets richtete Norea ihren besonderen Blick auf sie und merkte, der tiefe Schatten hatte sich in ein deutliches Bild verwandelt. Es war lebendig und zeigte ein Gesicht, das Gesicht einer Vierjährigen. Der Schmerz war grenzenlos und blau wie das Meer, aber die Schuld war zur Trauer geworden. Langsam würde Ki-El verstehen und geheilt werden.

Als Norea am nächsten Morgen betend vor Inanna kniete, merkte sie zum ersten Mal in ihrem Leben, dass der Ring der großen Einsamkeit um sie durchbrochen war. Den Menschen wirklich zu sehen, war das Gleiche wie das zu sehen, was man mit ihm gemeinsam hatte; einen anderen zu verstehen war wie ein Wiedererkennen.

Sie blickte auf die einsamen Stunden in ihrer Kindheit zurück, auf die Schmerzen, schuldig und ausgegrenzt zu sein, und wusste, dass auch sie gelitten und das Leiden verdrängt hatte und ihm ausgewichen war.

Immer wieder sagte sie sich: Erkenne dich selbst, dann erkennst du den anderen.

Sie wollte sich und der Göttin versprechen, das, was sie eben gelernt hatte, nie zu vergessen. Nie würde ein anderer Mensch je wieder unbekanntes Land für Norea sein.

Als sie An-Nam von ihrer neuen Erkenntnis erzählte, sagte er:

»Im Grunde sind wir alle eins.«

Aber Norea verstand ihn nicht, und noch erstaunter war sie, als er fortfuhr:

»Zu wissen heißt in Liebe zu leben.«

»Tust du das?«, fragte Norea.

»Nein«, gab er zu. »Ich habe noch einen langen Weg vor mir.«

In dieser Nacht kam die Schlange zu Norea. Sie hatte nicht mit ihr gerechnet und brauchte also auch nicht auf die Jagd nach ihr zu gehen. Sie lag ganz einfach auf ihrer Bettdecke, lang, eingeringelt und schön anzusehen.

Es war die Schlange der Kindheit, die sie einst in ihrem Korb eingefangen hatte. Jetzt waren beide erwachsen und wussten, sie waren sich immer nahe gewesen.

Und die Schlange sagte zu ihr:

»Jeder kennt das Verborgene, das, was sich hinter den Worten versteckt. Du weißt, dass du es weißt, du hast dieses Wissen, das unterscheidet dich von den anderen. Nie hast du es geleugnet, deshalb war ich immer an deiner Seite, bereit, dir von der Frucht der Erkenntnis zu geben.«

Gleich darauf verwandelte sich die Schlange in den roten Apfel der Kindheit, und Norea aß ihn. Sie kannte den Geschmack gut.

Als sie am anderen Morgen der Greisin ihren Traum erzählte, sah sie erstaunt die Freudentränen in den Augen der Blinden. Das Glück der Priesterin war so groß, dass sie es mit An-Nam teilen musste. Er kam dazu und strahlte vor Freude.

Die Stimmung im Zimmer war nun so vertrauensvoll, dass Norea auch von dem Löwen erzählte, von der Begegnung mit der Raubkatze in der Flussniederung. Aber sie verschwieg die prickelnde Lust und das Wonnegefühl bei den heftigen Kontraktionen im Schoß.

Die Priesterin war unendlich stolz.

»Meine Kleine«, sagte sie. »Das genügt. Wer erst einmal Spielkamerad des Löwen ist, braucht ihn nicht zu töten, du bist bereits seinesgleichen.«

Aber An-Nam sah nachdenklich aus.

Und als sie sich trennten, gab Norea insgeheim zu, etwas Wesentliches verschwiegen zu haben, sie hatte nicht ganz die Wahrheit gesagt. Es tat weh unter dem Herzen, dort, wo der Schrecken wohnt.

Aber sie schob ihn von sich, wovor sollte sie sich fürchten? Sie würde eben aufhören mit ihren wollüstigen Träumen vom Löwenritt, so einfach war es.

Ab sofort begegnete Norea nie wieder dem Löwen bei seinen wilden nächtlichen Spielen. Und erneut machte sich die Begierde in ihrem Körper breit.

Kapitel 20

Er kam aus dem Land am Meer, dort, wo die großen Flüsse ihre Lehmbänke im Delta auftürmten. Seinen Vater hatte er nie gekannt und an seine Mutter hatte er nur eine blasse Erinnerung. Nur manchmal wurde sie dunkel in ihm geweckt, wenn im Frühjahr die Seevögel über den Himmel zogen. Genau genommen hatte er keinerlei Vorleben. Er war ein Mann, der im Augenblick lebte. Und der Augenblick hatte ihm nie sonderlich viel bedeutet.

So lange er lebte, war er hungrig gewesen.

Dennoch unterschied er sich von dem grauen Gesindel, das auf dem Lehm der Flussbänke herumsaß. Er war einen Kopf größer als die meisten anderen und – wie der Turm in Nod – massig und von grober Statur.

Man nannte ihn den Riesen.

Früh schon hatte er begriffen, dass sein riesiger Körper die einzige Verbindung zum Leben war. Er jagte den Menschen Schrecken ein, und somit bekam er das, was er zum Überleben brauchte. Es gab nur wenige Bauern, die nicht freiwillig bereit waren, ihm einen Kohlkopf oder ein Brot zu geben, und noch weniger Fischer, die ihm einen Teil ihres Fangs verweigerten.

Nicht selten packte ihn der Zorn – man sah darin die eingesperrte Wut des Flussgottes –, weil die Menschen mit ihren Gemüsefeldern in dem fruchtbaren Delta die Mündung zum Meer eingedämmt hatten. Dann schlug er wie von Sinnen um sich, Menschen und Häuser kamen unter seinen Fäusten zu Schaden. Am schlimmsten aber erging es dem Schankwirt auf der Flussinsel, wo er aufgewachsen war. Unzählige Male hatte der Riese dessen Tische und Bänke in seiner rasenden Wut schon zertrümmert. Eine alte Frau hatte dem Wirt schließlich geraten, Samen des Johannisbrotbaums ins Bier zu mischen, dann würde der Riese einschlafen.

Seit langem schon redete man davon, sich seiner zu entledigen.

Das könnte doch nicht so schwer sein, hatte man sich gesagt, wenn man einfach seinen bewusstlosen Körper abends aus der Schenke trug und ihn in den Lehm am Ufer warf. Dort wäre er dem Fluss schutzlos ausgeliefert wie ein Kind. Außerdem hatten die Flussleute ohne ihn schon genug Kummer.

Aber man zog die Entscheidung hinaus.

Man wusste ja nicht, wohin sich die Wut des Flussgottes wenden würde, wenn es den Riesen nicht mehr gab.

Auch ahnte niemand, wie der Grobian plötzlich auf den Gedanken gekommen war, mit einem von Ad-Da-Meds Booten nach Nod zu fahren. Aber eines Tages verschaffte er sich gewaltsam Zugang zu dem Schleppkahn, auf dem der gelbe Lehm geladen war, den Nods Priester benötigten, um ihm Salze zu entziehen. Die Ruderer des Kahns fluchten leise vor sich hin, die Last sei schon ohne den Riesen schwer genug. Aber offen wagten sie ihren Protest nicht zu äußern.

Es war später Abend, als der Kahn am Kai in Nod vertäut wurde und der Riese an Land in Richtung Stadt ging. Eine merkwürdige Unruhe überfiel ihn, als er, massig und klobig wie der Lehm zu Hause, durch die große Stadt streifte und sich die zahlreichen Häuser und das Menschengewimmel ansah. Das ganze Durcheinander war für seine Augen zu verwirrend, fand er und wurde immer ängstlicher.

Von seiner Furcht war es zur Raserei nur ein kleiner Schritt. Trotzdem trieb ihn die Neugier weiter durch die Stadt, und überall merkte er, dass ihm die Menschen auswichen, erschreckt von seiner Größe und seinem sonderbaren Blick.

Ihre Furcht verstärkte die seine noch.

Etwas in dieser unbegreiflichen Welt beunruhigte ihn zusätzlich. Es waren die zahlreichen Frauen, die hier wie Göttinnen aussahen, angemalt und gehüllt in durchsichtige, herausfordernde Kleider. Sie kamen gerade aus dem Tempel, wo sie den Göttern geopfert hatten, und sahen mit leerem Blick durch ihn hindurch. Das kränkte ihn. Aber vor allem erregte es ihn.

Bald hatte er den großen Tempelvorhof und den Turm erreicht.

Niemand würde später erklären können, wie er zu dieser Tageszeit den Weg direkt in den großen Saal des Inannatempels gefunden hatte. Er musste sich durch verschlossene Portale und an den Wachtposten vorbei hineingeschlichen haben.

Norea lag vor der hohen und goldüberzogenen Statue der Göttin auf den Knien, und das Gebet des Mädchens war durchdrungen von der Süße aus ihrem Schoß und den Lenden. Die anmutige Raubkatze und das innige Gebet verschmolzen in der Begegnung mit der Göttin der Liebe.

Und wie immer hatte sie das Glück, Inanna aus sich heraus leuchten zu sehen, die groben Gesichtszüge verschwanden, und die Göttin war nun von überirdischer Schönheit.

Unschuldig wie das Kind, das sie noch war, schwang Norea die schmalen Hüften in rhythmischer Anbetung. Nie, nicht einmal vor sich selbst, hätte sie zugegeben, dass sie auf An-Nam wartete, der an diesem Abend, wie an allen anderen, seinen Tag damit beschließen würde, die Wünsche des Himmelsgottes für eine gute Nacht an die Liebesgöttinnen weiterzugeben.

Jetzt hörte Norea seine Schritte und beschleunigte beim Beten den wiegenden Rhythmus, wobei sie ihren Lockruf zu An-Nam schickte. So hatte sie es schon einmal bei dem Wildpferd im Kindheitsland getan.

Und der Riese, der wie die Tiere die Botschaft des Körpers aufnehmen konnte, deutete sie ganz richtig.

Im nächsten Moment war er auf ihr, seine riesige Hand umklammerte ihre Gurgel und schlug ihren Kopf auf den Boden. Ihr Kleid ging entzwei, aber sie bekam ihren Hals frei und konnte schreien, während sein großes Glied in sie eindrang und ihren Schoß aufriss.

Sie musste sich von ihm befreien, und es gelang ihr dank ihrer besonderen Gabe, über die Grenze gehen zu können. Sie verließ ihren Körper – aber nicht wie sonst, ruhig und vorsichtig, um in die andere vertraute Wirklichkeit überzuwechseln. Nein, diesmal sprang sie und landete im Leeren. Unbekanntes Land umgab sie.

Auf dem Boden blieb ihr verletzter Körper zurück. Vielleicht hatte die Leblosigkeit sie gerettet, denn der Riese ließ sie los, verblüfft und erschrocken.

Im selben Augenblick durchbohrte ihn das Schwert des wachhabenden Offiziers, und das Blut des Riesen vermischte sich, mit dem ihren, als er fiel.

Hier am Boden fand An-Nam sie, und er betete in äußerster Not zum großen Himmelsgott, während er wie im Nebel die Meldung des Offiziers vernahm: »Es wurde bereits nach dem Sin-Priester gerufen und um Medizin und Verbandszeug gebeten, eine Nachricht erging auch an Bek-Neti und Natie.« Der Offizier war weiß vor Schreck, er überlegte wohl auch, wer für das unerhörte Vorkommnis an diesem Abend in Inannas Tempel zur Verantwortung gezogen werden würde.

Gemeinsam hoben sie den toten Riesen von dem Mädchen weg, und unendlich erleichtert spürte An-Nam ihr Herz schlagen, zwar schwach, aber voller Lebenswillen. Norea würde überleben.

Der alte Heilpriester, der vom Turmdach herbeigekommen war, arbeitete ruhig und sachkundig und säuberte die Wunde mit schmerzstillendem Wein. Die Verletzung würde wieder ganz verheilen, meinte er tröstend, sie sei nicht größer, als normalerweise bei einer Entbindung.

Schlimmer sah es mit dem Hals aus, der jetzt anschwoll und

blaugrün wurde. Aber Norea konnte atmen, und als der Priester ihr vorsichtig einen Löffel mit Baldrian einflößte, schluckte sie es auch hinunter.

Bek-Neti verhörte kurz den Offizier, der nicht von seinem Posten an der Tempeltür gewichen war und dessen acht Soldaten sich alle auf ihren Wachposten befunden hatten.

Unsichtbar wie das Böse hatte sich der Riese hereingeschlichen.

Niemand wusste, wer er war.

Nachdem man Norea in ihr Zimmer getragen hatte, in dem die Blinde und An-Nam über sie wachen wollten, sammelte Bek-Neti seine Gedanken und fasste einen Entschluss. Es würde keine Gerichtsverhandlung abgehalten werden, die Leiche des Übeltäters sollte im Schatten der Dunkelheit aus der Stadt gebracht und in den Fluss geworfen werden. Der Vorfall durfte keinesfalls an die Öffentlichkeit dringen. In dem stillen Tempel versammelte er die königlichen Wachen und ließ sie feierlich den Treueeid wiederholen, den jeder Soldat, der im Dienste des Hofes stand, schon einmal hatte ablegen müssen. Es war ein langes Gelöbnis, dessen kurzer Inhalt lautete, dass jedes Ausplaudern mit einem raschen Tod bestraft würde, ohne vorherigen Richterbeschluss und ohne Verurteilung.

Was in dieser Nacht im Tempel passiert war, müsste unbedingt geheim gehalten werden.

Dann dachte Bek-Neti in stummer Verzweiflung an Eva. Natie, die an seiner Seite im Tempelsaal stand, war in Gedanken schon lange bei der Königsmutter. Die Verantwortung für Evas Tochter lag ja bei ihr.

»Man muss eine Nachricht zu Ans Berg schicken«, sagte sie.

Aber Bek-Neti zögerte, er schlug vor:

»Wir können damit warten, bis Norea wieder zu Bewusstsein gekommen ist. Sie soll selbst entscheiden, ob sie will, dass ihre Mutter davon erfährt.«

Feige spürte Natie, wie erleichtert sie über diesen Beschluss war, es könnte ja sein, dass Norea ihre Mutter schonen wollte. Aber dann sah sie ein, es wäre nur ein kurzzeitiger Aufschub. Es war ja offensichtlich, dass das schlimm zugerichtete Kind seine Mutter bei sich haben wollte.

Erst am nächsten Morgen wurden sich alle über das volle Ausmaß des furchtbaren Geschehens klar. Norea wachte aus ihrer Bewusstlosigkeit nicht mehr auf. Es war, als wolle sie nicht mehr in ihren Körper zurückkehren.

Kapitel 21

Im siebenten Himmel, wo Yaldabaoth herrschte, der seine Mutter vergessen hatte und folglich annahm, er sei Gott, traf Norea auf den großen Dämon, dessen Name *Furcht* war. Er war schrecklich anzusehen, und aus seinem dritten Auge rann das Gift, das den Menschen lähmte.

Nun solle sie in seine Dienste treten, sagte er.

Sie hatte Kraft genug, sich ihm zu widersetzen, und schrie ihr Nein so laut, dass alle himmlischen Herrscher erzitterten.

Aber das Gift rann weiter aus dem dritten Auge der *Furcht* und tropfte in ihr Herz, und es siedete darin, als habe jemand ein Feuer entfacht.

Dennoch gelang es ihr, zu entfliehen.

Da rief er hinter ihr her:

»Komm zurück! Deine Mutter, die große Eva, ist schon hier!«

Norea blieb stehen.

Seine Stimme klang süß wie Honig, als er ihr versicherte, die Mutter sei freiwillig gekommen, sie habe sich seiner Macht unterworfen, und die Nachricht verbreite sich nun über die ganze Erde.

»Komm, dann kannst du sie sehen«, lockte er.

Aber die Lüge war zu plump, Norea war sich ganz sicher, nie würde die Mutter in den Dienst der *Furcht* treten.

»Du lügst!«, schrie sie.

An-Nam, der bei ihrem Körper in Nods Tempel wachte, schöpfte Hoffnung bei dem Schrei, der lebendig und stark war. Er hielt sie in seinen Armen und sprach ermunternd in ihr Ohr.

»Bete«, sagte er. »Bete zu den guten Kräften um Hilfe.«

Norea versuchte es, konnte aber keine Worte formen, und als sie in neue Schrecken abtauchte, gab er ihr Baldrian. Das Mädchen schlief ein paar Stunden und wachte auf dem eisigen Nordgipfel des Berges wieder auf, wo sie auf die *Bitternis* traf. Sie erschien in Gestalt einer alten Frau, deren einzige Freude das Unglück der Menschheit war und die ihre ganze Lust aus der Vergewaltigung in Nod gezogen hatte.

Sie zwang Norea, das alles noch einmal zu durchleben, wieder und wieder musste sie die gewaltsame Handlung über sich ergehen lassen, während sich die *Bitternis* vor Wollust wand. Und das Mädchen auf dem Bett in Nod schrie vor Ekel und Scham und riss sich so sehr an den Haaren, dass sie beinahe kahl wurde. Man versuchte, sie daran zu hindern, doch ihre Verzweiflung wurde dadurch nur noch schlimmer. Nur An-Nam vermochte zu ihr durchzudringen, und wieder forderte er sie eindringlich auf:

»Bete. Rufe den Gott deines Vaters an.«

Sie tat es, konnte sich endlich aus dem Griff der *Bitternis* befreien und näherte sich dem Erhabenen, der einst Adams Sünde gesehen, ihn verbannt und aus dem Paradies vertrieben hatte. Sein Name war *Schuld*. Deren Macht war größer als die der *Bitternis*, ja beinahe größer noch als die der *Furcht*, und zahllose Menschen auf Erden dienten ihr. Sie sah, wie sie die Menschheit mit ihrer Rede verführte und sie mit deren Gabe lockte. Diese Gabe war die rührselige Erleichterung, immer dann, wenn sich der Mensch zu seiner Schuld bekannte, was an ihr zwar nichts änderte, doch die Erleichterung duftete wie die Apfelblüten um den Altar des Vaters zu Hause auf dem Berg.

Norea ließ sich davon anlocken.

Aber dann dachte sie an Kain zurück, und mutig setzte sie sich auch gegen die *Schuld* zur Wehr.

Dann war sie wieder auf der Erde. Sie entspannte sich, und ihr Atem wurde ruhiger. Die Luft war frisch, voller Sauerstoff und gesättigt von dem Duft hoher Bäume. Sie sank in die Kissen ihres Bettes zurück, da merkte sie, dass sie durch die großen Laubwälder von Eden wanderte, von denen ihr die Mutter so viel erzählt hatte.

Norea jubelte wie ein Kind, schon immer hatte sie sich dorthin gesehnt. Das Licht schimmerte durch die mächtigen Laubkronen und war so weiß und voller Frieden, wie es ihr die Mutter geschildert hatte.

Aber dann erreichte sie die Lichtung, wo der Satan kopulierte.

Er glich dem Riesen im Tempel, und die Geilheit in seinen Augen steigerte sich zum Wahnsinn, als er sie entdeckte. Wieder schrie sie und zerriss sich die Kleider, als sie zwischen den Bäumen hindurchlief.

An-Nam versuchte erneut, sie vor sich selbst zu schützen, und hielt ihre Hände fest. Und wieder erschrak sie dadurch nur noch mehr.

Aber plötzlich war Kain, ihr Bruder, zur Stelle. Er stieß sein Messer in das Herz des Satans, zog es heraus und stieß noch einmal zu, diesmal in den Bauch des riesenhaften Mannes.

Sie hatte ihre helle Freude an der Untat und rief begeistert: »Gut! Gut so!«

Aber Kain löste sich zwischen den Baumstämmen auf und hörte sie nicht, auch nicht ihren verzweifelten Ruf: »Bleib bei mir!«

An-Nam hielt sie fest, während sie auf den Waldrand zulief, und endlich fand sie Ruhe unter einem Baum und schlief eine Weile. Als sie aufwachte, sah sie, es war der größte Baum, den sie je gesehen hatte, und seine Zweige ragten bis in den Himmel.

Es war ein Apfelbaum, und er bog sich unter den Früchten, den roten Äpfeln der Schlange, die süß und frisch schmeckten wie in der Kindheit.

Aber als sie auf den gewaltigen Stamm zuging, bemerkte sie die vertrauten, schleichenden Schritte hinter sich.

Der Löwe war es, der zärtliche Spielkamerad ihrer Träume, der sie nun wieder zu einem lustvollen Ritt einlud. In den Träumen waren seine Augen blau wie die An-Nams gewesen, und er hatte freundlich gelächelt. Jetzt war sein Blick gelb und blitzte vor Bosheit, und sein Grinsen war das des Riesen, des ungeheuren Mannes, der im Tempel über sie hergefallen war. Blitzartig erkannte sie den Zusammenhang, und wieder tauchte die *Schuld* neben ihr auf, bereit, sich ihrer zu bemächtigen. Der Vater war auch da, deutlich sah sie Adams traurige Augen, wie er mit seinen Schafen im Schatten der *Schuld* daherkam, und sie schrie:

»Niemals!«

Der Trotz machte sie stark. Als sie sich zu dem Löwen umwandte, wurde ihr klar, nun würde der lang aufgeschobene Kampf stattfinden. Der Löwe bemerkte ihre Absicht und sammelte sich zum Sprung. Norea dachte an den Tod und hieß ihn willkommen. Aber als die Wildkatze lossprang, hatte das Mädchen auf einmal ein Messer in der Hand und rammte es direkt in sein Herz.

Ruhig, als habe sie nie etwas anderes getan, schnitt sie seinen Brustkorb auf, holte das Herz heraus und aß es. Es war zäh und schmeckte schlecht, aber sie konnte es mit Mühe bis auf den letzten Bissen hinunterschlucken. Als sie sich daraufhin übergab, warf sie sich hin, um auch noch das Erbrochene in sich aufzunehmen.

An-Nam sah seine Liebste auf dem Boden herumkriechen und ihr eigenes Erbrochenes auflecken, und er war so grenzenlos verzweifelt, dass er es kaum ertragen konnte. Wieder rief er nach der Blinden, und gemeinsam zwangen sie Norea zurück ins Bett, worauf sie ihr einige Löffel Baldrian einflößten.

Dann endlich schlief sie.

Aber sie wachte mitten in der Nacht im vierten Himmel auf, wo der *Hohn* angesiedelt war. Das laute Gelächter des *Hohns* war nicht so schwer zu ertragen, ihm konnte sie widerstehen. Größere Qualen erwarteten sie bei dessen Bruder, dem *Hochmut*, der die Schwäche ihres Herzens kannte und sie in einem großen Netz einfing.

Und wieder schrie Norea: »So helft mir doch!«

Aber An-Nam konnte ihr nicht helfen, und erneut fiel sie aus dem Bett und warf sich auf den Mosaikboden, schlug sich den Kopf blutig und gelobte feierlich, nie mehr würde sie sich über andere erheben.

Wenn sie nur aus dem Netz entkäme.

Jetzt hielt An-Nam sie fest und rief ihr ins Ohr: »Wehre dich!« Da erinnerte sie sich an das Herz des Löwen, das sich nun in ihrem Körper befand, und im selben Moment bekam sie ihr – noch immer blutiges – Messer zu fassen. Mit ihm vermochte sie das Netz zu zerschneiden und sich zu befreien. Und noch ehe An-Nam sie ins Bett gehoben hatte, schlief sie bereits.

Sieben Tage und sieben Nächte durchwanderte Norea die Himmel der Dämonen, ohne das Licht wahrzunehmen. Aber das Herz des Löwen gab ihr Kraft durchzuhalten, und ihre Ausbrüche wurden schwächer.

Die Freunde, die an ihrem Bett wachten, bekamen von der blinden Priesterin seelischen Beistand; sie hatte schon viele Menschen gesehen, die vom Dämon besessen waren. Beruhigend sagte sie, die Schatten in Noreas Geist würden weichen, und am siebenten Tag würde Norea in ihren Körper zurückkehren und zu allen, die auf sie warteten.

Kapitel 22

Am Morgen des siebenten Tages führte man Norea vor den großen Altar in Ans Tempel, und sämtliche Priester Nods versammelten sich um sie herum im Gebet.

Inannas blinde Priesterin hatte ihnen am Abend zuvor geraten, in der Nacht gut zu schlafen. Sie sollten mit klarem Geist und reinem Herzen aufwachen, das würde ihnen große Kraft verleihen.

Auch jetzt, in der Stunde der Fürbitte, sprach sie zu ihnen und erklärte, Norea könnte eine Offenbarung erfahren, wenn sie in ihren Körper zurückkehrte. Die Gottheit würde mittels der jungen Frau möglicherweise sprechen wollen, meinte die Greisin. Deshalb müssten sie bereit sein, jedes ihrer Worte im Geiste zu bewahren.

So geschah es, dass Noreas Gespräch mit Eleleth der Nachwelt überliefert wurde. Viele Jahrhunderte hindurch wurden die Worte jedes Jahr von den Hohen Priestern mündlich wiederholt, und sie waren dafür verantwortlich, dass nichts hinzugefügt, geändert oder weggelassen wurde. Später schenkten die Götter den Menschen die Schreibkunst, und Noreas Offenbarungen wurden in den alten Ländern in Tontafeln geritzt, um sie an die Weisen in alle Winkel der Welt weiterzugeben. Nur den Auserwählten waren die Erkenntnisse vorbehalten, und dieses geheime und sorgsam gehütete Wissen um die äußersten Dinge wurde der Menschheit jahrtausendelang bewahrt.

Von alledem wusste Norea nichts, als sie am Altar in Ans Tempel aufwachte und die vielstimmigen Gebete und An-Nams Worte hörte.

Und sie weinte wie ein Kind, als sie wiederholte, was ihr der Flussäugige vorsagte:

»Du, der du heißt *Ich bin, der Ich bin*, befreie mich von den Gesetzlosen und blicke voll Gnade auf mich.«

Da stieg der große Engel vom Himmel herab und stand an ihrer Seite, und sein Gewand glich dem Schnee, und er leuchtete so hell, dass es die Menschen nur schwer ertragen konnten. Er sprach:

»Warum beweinst du Gott, als wäre er tot? Und doch weißt du in deinem Herzen, dass er dich ansieht.«

Norea setzte sich jetzt auf, in ihr Gesicht kamen Leben und Farbe, und ihr Blick war klar, als sie fragte:

»Wer bist du?«

Und er antwortete:

»Ich bin Eleleth, der große Engel, der vor dem Angesicht des heiligen Geistes steht. Mein Wohnplatz ist der achte Himmel, wo die Große Mutter herrscht und wo das Licht dem Schatten keinen Raum lässt. Man nennt mich auch die *Weisheit*, denn ich besitze den Schlüssel zu den Herzen der Menschen, ich vermag sie zu öffnen, sodass sie die *Wahrheit* empfangen können.«

Und Norea fragte: »Welches ist die *Wahrheit*?«

Der Engel lächelte sie an und seine Augen leuchteten vergnügt, als er antwortete:

»Du kennst sie und weißt, sie lautet: Du bist ein Kind Gottes, die Gesetzlosen haben keine Macht über dich.«

Dankbar beugte Norea ihren Kopf. Der Engel besaß das gleiche Wissen wie sie und ihre Mutter, die diese Botschaft schon immer vermittelt hatte. Doch dann erinnerte sich Norea an ihre Wanderungen durch das Reich der Schatten und durch die Himmel der Dämonen und fragte:

»Aber wer sind sie, die Gesetzlosen? Und wer hat sie geschaffen?«

Seine Antwort kam ohne Zögern und war unmissverständlich:

»Die Menschen haben sie geschaffen.«

Als er ihr Erstaunen sah, sprach er zu ihr von dem großen Gott, dessen Name *Ich bin, der Ich bin* lautete, und wie er zur Freude seines eigenen Herzens die Seelen der Menschen erschaffen hatte. Und Gott verlieh den Menschen Kraft und machte sie zu seinen Gefährten.

»Um die rechte Weisheit zu erlangen, musste der Mensch freilich auf Erden seinen Dienst tun«, sagte Eleleth. »Er musste zu Materie werden, um kraft seines eigenen Wesens den schmerzhaften Widerstand zu erfahren. Gott wollte ihm helfen, er machte die Welt schön und erfüllte den Körper mit Lust und Freude.

Aber der Körper war der Zeit unterworfen, dem Wachsen und Vergehen, und als der Mensch den Tod des Körpers sah, ergriff ihn große Furcht. Er vergaß, wer er war. Er verwechselte seine ewige Seele mit dem vergänglichen Körper«, erklärte Eleleth.

»Aus dem Wissen um den Tod des Körpers gebar er die *Furcht*.

Und die *Furcht* wurde zu einer großen Macht im Geist des Menschen. Sie war androgyn, trieb jedoch Unzucht mit sich selbst und gebar sieben Söhne und sieben Töchter.

Die Namen der Söhne lauten: *Zorn*, *Schuld*, *Gram*, *Stolz*, *Verlangen*, *Unrecht* und *Täuschung*.

Und die Namen der Töchter lauten: *Trauer*, *List*, *Verbitterung*, *Hochmut*, *Wehklagen*, *Neid* und *Hohn*.

Niemand von ihnen war der Liebe oder der Gemeinschaft fähig, deshalb waren sie zur Zweigeschlechtlichkeit verurteilt. Alle lernten jedoch von ihrem Vater, Unzucht mit sich selbst zu treiben, und alle gebaren sie sieben Kinder, sodass zusammen neunundvierzig männliche und neunundvierzig weibliche Dämonen in den Himmeln herrschen, die über den Menschen Macht besitzen.«

»Dann gibt es sie also wirklich?«, fragte Norea.

»Sie besitzen die gleiche Wirklichkeit wie alles, was die Menschen geschaffen haben, die Häuser und Tempel, die Mythen und Gesänge, die Kriege und all die anderen Taten.«

Norea bemühte sich zu verstehen.

»Aber ist nicht dennoch vieles von dem gut, das der Mensch an Worten und Taten, aus Ton und Holz geschaffen hat?«, fragte sie weiter. »Schuf der Mensch nicht auch in den Himmeln etwas Gutes?«

»Gewiss tat er das«, entgegnete Eleleth. »Die Liebe des Menschen gebar das *Vertrauen*, und das *Vertrauen* gebar sieben Söhne und sieben Töchter. Die Namen der Söhne lauten: *Mut*, *Freigebigkeit*, *Frohsinn*, *Wissen*, *Phantasie*, *Treue* und *Erfindungsgabe*.

Und die Töchter heißen: *Wahrheit*, *Friede*, *Segen*, *Freude*, *Schönheit*, *Weisheit* und *Aufopferung*.

Diese gebaren wiederum Kinder, und ihre Fruchtbarkeit ist umso größer, weil sie alle an der Liebe teilhaben. Es gibt von ihnen weit mehr als neunundvierzig männliche und neunundvierzig weibliche Wesen.«

»Aber weshalb übernehmen sie dann nicht die Herrschaft?«, fragte Norea. »Weshalb vernichten sie nicht die Gesetzlosen und deren Nachkommen?«

»Wie ich dir bereits gesagt habe, wurden die guten wie die bösen Kräfte vom Menschen erschaffen«, erwiderte der Engel. »Deshalb erhalten sie ihre ganze Macht von ihm. Er erschafft sie jeden Moment seines Lebens neu, gibt ihnen mit jedem Gedanken und mit jeder Handlung Nahrung und Kraft. Jeder Mensch kann für sich entscheiden, sich der Macht der Gesetzlosen über sein Leben zu entziehen.«

»Aber der Mensch weiß nicht, dass er diese Macht besitzt«, wandte Norea ein.

»Nein. Und solange er es nicht weiß, kann er seiner Verantwortung an der großen Schöpfung nicht nachkommen«, antwortete der Engel und fuhr fort:

»Jede aktive Handlung eines Menschen entsteht aus dem Bild heraus, das er von sich hat; dein Werk auf Erden spiegelt den Wert wider, den du dir selbst beimisst. Deine erste Pflicht ist es daher, das Bild deiner selbst nicht als wertlos anzusehen. Friede ist dem gegeben, der die Wahrheit erkennt, dass er der mächtige und teure Sohn Gottes ist.«

Noreas Wangen glühten, als sie voll trotziger Verzweiflung rief:

»Aber warum greift Gott dann nicht ein und hilft seinen Kindern, wenn er deren Leiden sieht?«

»Würde Gott seine Allmacht ausüben, wäre es mit seiner Schöpfung vorbei«, sagte Eleleth, und mit entschiedener Stimme, die jeden Zweifel ausschloss, fuhr er fort:

»In seiner Schöpfung hat Gott seiner eigenen Macht Grenzen gesetzt, und zwar mittels der ewigen Gebote, die die Welt zusammenhalten. Er schied das Wasser von der Erde und die Erde vom Himmel und hat euch Verstand, Freiheit und Kraft gegeben, sein Werk fortzusetzen. Ihr seid seine Mitspieler bei der Schöpfung, aber das Spiel hat vorgegebene Regeln.

Gott hat unendlich Zeit, er wartet, bis ihr euch entschieden habt zwischen dem, was ihr wirklich seid, und dem, was ihr zu sein glaubt. Gelingt es dem Menschen endlich, sich für die Macht zu entscheiden und seine Verantwortung zu übernehmen, setzt sich die Schöpfung in unfassbarer Herrlichkeit fort.«

Später wurde unter Nods Priestern viel darüber gesprochen, wie der Engel sie verlassen hätte. Einige meinten, er sei nach den letzten Worten vom Licht der Tempelkuppel emporgehoben worden, andere behaupteten, sie hätten ihn, von großen Schwingen getragen, durch das Dach fliegen sehen.

Norea konnte den Streit nicht schlichten, sie schlief den tiefen Schlaf junger Menschen, sie schlief ihrer Gesundheit entgegen.

Kapitel 23

In der folgenden Zeit sah Norea alle Dinge viel deutlicher. Sie lebten und leuchteten und zogen ihre Aufmerksamkeit auf sich. Sie sah, als würde sie zum ersten Mal wirklich sehen, und das machte sie unendlich froh.

Ihre Welt war noch einmal geboren worden.

An-Nam brachte ihr die ersten Anemonen des Frühlings, und sie betrachtete lange die schwarzen Blütenstände, die sich tief in ihrem Geist mit der leuchtendblauen Unendlichkeit der Kronblätter vereinten.

Seit ihrer Kindheit hatte sie nicht mehr mit solchem Staunen alles um sich herum wahrgenommen. Es war, als erfasse sie den Sinn der Dinge neu und als könne sie ein vergessenes Erbe in Besitz nehmen.

Der Frühling in Nod war kalt, es regnete heftig, und der Duft von nasser Erde und sprießendem Gras drang in ihr Zimmer und in ihr Wesen.

Nie zuvor hatte sie so viele Töne wahrgenommen. Frühmorgens hörte sie, wie die Knospen der Bäume sich aus ihrer Umhüllung entfalteten. Zuweilen wachte sie zu mitternächtlicher Stunde auf und hörte in dem herabströmenden Regen das Herz der Nacht schlagen, dessen Ton den Weltraum erfüllte. Und sie dachte zurück an die tanzenden Sterne in ihrer Kindheit, und an Lu-Sins Lautenspiel.

Sie sehne sich nach Musik, sagte sie zu Natie, und man schickte den besten Lautenspieler zu ihr ins Zimmer. Dann lag sie da und ließ sich noch einmal von den Tönen über die Grenze in jene Wirklichkeit entführen, in der alles reine Freude und Harmonie ist.

Aber Norea war auch traurig, was sich zur Verzweiflung steigerte, wenn sie sich im Spiegel betrachtete und das ausgezehrte Gesicht sah, wo sich die Haut über den Wangen spannte und sich tiefe Falten um die Augen bildeten. Es war das Gesicht einer alten Frau, das ihr im Spiegel begegnete. Es glich dem ihrer Mutter, aber es war älter, als Eva jemals gewesen war.

Am meisten Kummer bereiteten ihr die Haare, die langen Locken, die sie sich beim Kampf mit den Gesetzlosen ausgerissen hatte. Sie empfand Abscheu über die kahlen Stellen auf dem Kopf, Scham und Selbstekel quälten sie.

Aber Natie tröstete sie, Norea sei noch jung, und die Haare würden bald nachwachsen und die Runzeln verschwinden.

Der beste Frisör am Hofe schnitt sie ihr kurz, und der tüchtigste Koch sparte keine Mühe, sich immer neue, leckere Gerichte für sie auszudenken, die sie mit Freuden aß.

Die Bemühungen wurden belohnt. Als die kurz geschnittenen Haare wieder wuchsen, waren sie lockiger und kräftiger als zuvor. Die milde Sahne, das knackige Gemüse und die frischen Früchte, der leckere Fisch und die weißen Lammkoteletts gaben ihr wieder Fülle und neue Schönheit.

Bald spiegelte sich nur noch in den Augen die Wehmut einer alten Frau.

Eines Nachts, als Natie bei Norea wachte, weinte das Mädchen im Schlaf nach ihrer Mutter und jammerte wie ein kleines Kind. Natie spürte den kalten Schatten der Schuld, weckte das schlafende Mädchen und sagte ihr, Bek-Neti würde, wenn Norea es wünsche, augenblicklich zum Wohnplatz reiten und die Mutter holen.

»Warum Bek-Neti?«, fragte Norea erstaunt.

»Was im Tempel passiert ist, ist ein Geheimnis unter ganz wenigen, und er wünscht nicht, dass es sich verbreitet«, erklärte Natie.

Sie sagte ihr weiter, sie selbst hätte Eva sofort nach dem Unglücksfall benachrichtigen wollen, aber Bek-Neti fand, Norea solle selbst entscheiden, ob sie wünsche, dass die Mutter von dem Geschehnis erfuhr.

Norea sah Natie lange an und verstand selbst nicht, warum es wie ein fester Entschluss klang, als sie schließlich sagte:

»Ich bin Bek-Neti dankbar. Die Mutter braucht von all dem nichts zu wissen.«

Einen Unglücksfall hatte man es genannt, was Norea passiert war, und Bek-Neti und sein Haus sahen es auch so. Nur An-Nam und die alte Priesterin wussten, in Gottes Schöpfung gab es keine Unglücksfälle, und sie suchten nach einer anderen Erklärung.

Irgendwo war ihrer beider Unterweisung fehlgelaufen.

Ein Kind mit seltenen Kräften war zu ihnen gesandt worden. Es hatte ein Untier in Menschengestalt an sich gezogen, aber warum? An-Nam wollte wissen, wer der Mann war, und konnte Bek-Neti auch bald dazu bewegen, Nachforschungen anzustellen. Der vereidigte Offizier, der an jenem schicksalsschweren Abend Wache gehalten hatte, wurde losgeschickt, vorsichtig Erkundigungen einzuziehen.

Er fand auch bald den Kahnführer, der den Vergewaltiger nach Nod gebracht hatte. Warum der Mann unbedingt auf dem Kahn mitkommen wollte, wusste er nicht. Niemand in seinem Heimatland hatte die Kraft, gegen den Riesen anzugehen, der für seine Wutausbrüche berüchtigt war.

Seine Leiche war mit dem Strom zum Delta zurückgeschwemmt worden und hatte sich eines Nachts in einem Fischernetz verfangen; da waren die Leute unendlich erleichtert gewesen. Sie glaubten, der Flussgott selbst habe in berechtigter Wut das Schwert in das Herz des Riesen gestoßen.

Die Frage, warum er nach Nod und in den Tempel zu Norea gekommen war, konnte nicht geklärt werden.

Nur An-Nam ahnte, welchen geheimnisvollen Signalen der Schwachsinnige dort im tiefsten Inneren seines Körpers gehorcht hatte. Und wieder tat An-Nam das Herz weh, als er die Wahrheit zu ahnen begann.

Er selbst und sein schicksalsschwerer Entschluss, die Hochzeit ein Jahr hinauszuschieben, hatten die schreckliche Handlung ausgelöst.

Seine verdammte Angst war letzten Endes schuld.

Er hatte jenes Mädchen gebeten zu warten, von dem die alte Priesterin gesagt hatte, es kenne keine Zeit.

Sie hatte dem Vorschlag zugestimmt und wollte warten, aber ihr Körper hatte es nicht vermocht. Der Geist, der den Körper steuern sollte, wusste nichts von Zeit und konnte dem Körper nicht die entsprechende Botschaft weitergeben. Jetzt sah er all die Signale des vergangenen Jahres, die heißen Blicke und den hungrigen Kuss. Und er dachte an ihre schwingenden Hüften während der Abendgebete vor Inanna, die lockende Botschaft, die nicht der Göttin galt, sondern ihm.

Er erinnerte sich an ihr geheimnisvolles und sinnliches Lächeln, als sie von dem Traum um die nächtlichen Spiele mit dem Löwen unten in der Flussniederung erzählte. Er war unruhig geworden, hatte es aber nicht wahrhaben wollen.

Er wusste ja aus langer Erfahrung, wie stark die Sinnlichkeit in einem jungen Körper war; um es zu begreifen, hätte er nur einen Moment nachzudenken brauchen. Aber er hatte die Augen verschlossen und Norea dem Verrückten aus dem Deltaland ausgeliefert.

Er ging zu der Greisin, halb in der Hoffnung, sie würde seine Erklärungen nicht annehmen. Aber sie sah – wie er –, was mit Norea passiert war, und verfluchte – wie er – ihre eigene Blindheit.

Dennoch versuchte sie ihn zu trösten:

Norea lebe ja, durch ihre schweren Stunden auf Erden habe sie die Willkür des Lebens zu verstehen gelernt. Vielleicht musste es zu einer so gewaltsamen Handlung kommen, damit sie ihre eigenen Grenzen erfuhr.

Auch solle An-Nam die Offenbarung nicht vergessen, die mitzuerleben Norea ihnen ermöglicht hatte, als sie in ihren Körper zurückkehrte. Die Kraft der Offenbarung sei so groß, dass sie der Menschheit bis in alle Zukunft Heil bringen werde.

Aber für An-Nam bedeutete das alles nichts, da seine Liebste, und auch er, in der tiefsten Wurzel ihrer Freude verletzt worden waren.

Am nächsten Tag bat er, zum König, zu Bek-Neti und Natie vorgelassen zu werden. Ohne viel Worte brachte er seine Bitte vor, die er schon vor einem Jahr hätte äußern sollen, und hielt um Noreas Hand an.

Er erstaunte sie. Nur Natie freute sich, hatte sie doch lange schon Noreas Liebe zu An-Nam bemerkt. Bek-Neti dagegen sah bekümmert aus, er hatte schlimme Erinnerungen an die Priesterherrschaft in Nod, und ein Hoher Priester – vermählt mit einer Prinzessin von heiligem Geblüt – bedeutete große Macht, ganz gleich, wie An-Nam sich dazu stellte.

Hanok entschied letztendlich: das Königshaus habe nicht das Recht, über Noreas Hand zu verfügen, man müsse die Bitte ihren Eltern vortragen. Und wenn Adam und Eva der Vermählung zustimmten, dürfe das Königshaus nichts dagegen einwenden.

Norea hatte nun das Bett verlassen, An-Nam traf sie unter dem Keuschheitsbaum, der wieder blühte. Als er ihr von dem Gespräch mit der königlichen Familie erzählte, weinte sie so heftig, dass er kaum hörte, was sie ihm sagen wollte.

»Jetzt ist es zu spät. Siehst du denn nicht, mein Liebster, dass es zu spät ist?«

Aber An-Nam reagierte äußerst heftig und richtete ihre eigenen Worte gegen sie:

»Du weißt so gut wie ich, dass wir zusammengehören, und nichts kann daran etwas ändern.«

Lange saß sie schweigend da und hörte allmählich zu weinen auf. Schließlich sagte sie:

»Dann müssen wir wie Bruder und Schwester zusammenleben. Ich weiß jetzt, dass meine geheime Höhle nie mehr die Freude des pulsierenden Blutes darin erleben wird. Kein Mann, sollst du wissen, kommt mehr dort hinein.«

An-Nams Körper schmerzte, als ihm für einen Moment klar wurde, was er verloren hatte. Aber er beugte sich der Entscheidung und erkannte, das war der Preis für seine Feigheit. Bisher hatte sie ihn allein bezahlen müssen.

Jetzt würden sie ihn teilen.

Und sie sagte:

»Glaubst du, du kannst unter dieser Bedingung mit mir leben?«

Er nickte ernst, und die Bienen summten in den violetten Blüten des Keuschheitsbaumes, als er ihr versprach, er würde an ihrer Seite wie ein Freund und Bruder leben.

Kapitel 24

Der Frühling war nun auch auf Ans Berg eingezogen. Eva schweifte auf den Feldern umher, wie sie es immer tat, und suchte nach den ersten Heilkräutern. Auch in diesem Frühjahr hatte sie ein Kind bei sich, ein kleines Mädchen. Aber es war ein ganz anderes Kind, es flog nicht vor ihr her, sondern ging ruhig an ihrer Seite, und eine kleine Hand hielt sich an Evas fest.

Vorsichtig und prüfend, klug und wissbegierig war Nanshe. Ihre Wirklichkeit war nicht grenzenlos, im Gegenteil – sie eroberte sich ein Stückchen Erde nach dem anderen, untersuchte es gründlich, und erst, wenn sie sich dort heimisch fühlte, verschob sie ganz vorsichtig die Grenze ein bisschen weiter.

Zuweilen meinte Eva, das Kind zöge diese etwas zu eng, aber sie musste lachen, als sie die Freude des Mädchens sah, wenn es wieder ein Stück Wirklichkeit zu der seinen gemacht hatte.

Kein Kind ist wirklich so, wie ich es gern gehabt hätte, dachte sie, nicht einmal dieses wohlerzogene und liebenswerte Kind, das neben all seinen anderen Vorzügen auch noch wie ein Engel aussah.

Sie schämte sich etwas, strich über die hellen Locken und dachte wie schon so oft, dieses Haar mit der Farbe von reifem Weizen und so weich wie Wollgras ist ein Wunder.

Jetzt blickte Nanshe sie erwartungsvoll an, sie hatte gefragt, was die Hummeln in den Blüten der Anemonen suchten, aber Eva vermied es sie anzusehen, während sie nur mit Mühe ihre Antwort fand. Der Blick dieser meerblauen Augen verzauberte sie immer von neuem.

Trotzdem sehnte sie sich ab und zu nach einem unbequemen, schwarzhaarigen Wesen mit seinen heftigen Ausbrüchen und einer Phantasie, die die Wirklichkeit zum Zuhören zwang.

Aber Norea war jetzt erwachsen, bald eine fertig ausgebildete Priesterin in Nod. Das Leben ging weiter, so war es nun einmal.

Eva und Nanshe machten auf einer Lichtung Rast und ließen sich auf einem großen Stein nieder, dort, wo Norea einst die Aloe gefunden hatte. Sie war nie wieder nachgewachsen, beschämt musste sich Eva eingestehen, dass sie den Bestand damals zu rigoros abgeerntet hatte.

Sie waren jetzt weit weg von zu Hause, und Nanshe hielt sich dicht bei Eva. Die holte den Lehmkrug mit dem kühlen Saft hervor und gab dem Kind zu trinken, und erneut dachte sie, wie wenig sich die beiden Kinder doch glichen.

Zum Teil konnte sie es sich erklären. Norea war mit Freuden und voller Lebenskraft zur Welt gekommen und hatte ihrer Mutter als reifer Frau einen neuen Sinn im Leben gegeben. Nanshe war geboren worden, als die Schrecken des Krieges das Herz ihrer Mutter quälten, sie war erst eine Woche alt, da hatte sich ihr Vater das Leben genommen, und die Mutter hatte jede Zuversicht und Freude verloren. Trauer prägte ihre Ankunft auf Erden und hatte sie zu einem so zaghaften Wesen werden lassen. Lu-Sins Liebe hatte sie gezwungen weiterzuleben, aber sie hatte es nie bedingungslos getan. Jedes neue Stück Leben, das sich ihr eröffnete, untersuchte Nanshe erst einmal genau und prüfte es lange, ehe sie es annahm.

Die Unterschiede zwischen den beiden Kindern waren so groß, dass sich Eva fragte, wie das wohl zu erklären sei. Warum wird das eine Kind mit einer Kraft geboren, die dunkel und stark ist wie die der Nacht, während das andere hell ist und zögernd wie die Sonne an einem diesigen Tag?

Man kann nicht alles verstehen, sagte sich Eva widerstrebend wie so manches Mal und dachte, Nanshe war ja erst ein paar Wochen alt gewesen, als sie unter Lu-Sins Obhut kam.

Das Kind kannte nur Ans Berg, dort, wo es so viel Liebe erfuhr. Nie hatte Eva ein Kind mit größerer Fürsorge aufwachsen sehen. Sie musste bei dem Gedanken lächeln, wie sehr Ast-An, Adam und Seth das Mädchen anbeteten.

Und Nanshe nahm es so selbstverständlich hin wie eine Prinzessin. Und eine Prinzessin war sie ja.

Wieder gingen Evas Gedanken zu Lu-Sin – ihr verdankte Nanshe einen großen Teil ihrer Entwicklung. Sie hatte Kraft genug gehabt, schon früh das Risiko einer allzu überströmenden Liebe zu erkennen, sie hielt respektvollen Abstand und gab sich ein wenig kühl.

»Sollen wir jetzt heimgehen?«, fragte Eva und sah, wie das Kind dabei strahlte.

Nanshe fühlte sich hier oben so weit ab von aller Welt und hielt sich beinahe krampfhaft an der Hand der Großmutter fest. Sie lockerte den Griff ein wenig, als die Äcker durch das Dunkel des Waldes schimmerten. Erst, als sie die Wohnhäuser erblickte, getraute sie sich, die Hand loszulassen und vorauszueilen.

Aber da hörte sie auf einmal das Klappern von Pferdehufen vor sich, und Nanshe machte kehrt und rannte in Evas Arme, die zuerst gar nicht begriff, was sie so erschreckt hatte.

Dann hörte auch sie die Pferde und sah die Reiter auf dem Weg zum Wasserfall auftauchen. Es war Sin-Pada, der nach Ast-An jetzt als Bote fungierte und das Verbindungsglied zwischen Nod und Ans Berg war.

Er kam überraschend, niemand erwartete ihn zum jetzigen Mondumlauf. Evas Herz setzte für einen Moment aus, doch dann sah sie das Gesicht des Mannes und sein breites Lächeln.

Sin-Pada kam also nicht mit schlechten Nachrichten.

Als er von seinem Pferd stieg und sich vor ihr und dem königlichen Kind verbeugte, bestätigte er dies, indem er sagte, diesmal habe er große Neuigkeiten, große, und soweit er wusste, auch frohe.

Mehr wolle er nicht sagen, bevor nicht alle versammelt wären, jedenfalls nicht, bevor auch Adam dazugekommen war.

Ärgerlich warf Eva den Kopf zurück, lächelte dann aber über seine offensichtliche Freude an der Geheimnistuerei.

»Ich kann mich ja zügeln«, sagte sie, »aber ich glaube, dir fällt es schwerer, du siehst aus, als wärst du kurz davor zu platzen.«

Sin-Pada lachte jetzt laut, und während Eva ihn sein Pferd auf die Weide führen sah, dachte sie, wie sehr sie mittlerweile diesen knabenhaften Noder mochte, der jedes Mal seine Nachricht vorbrachte, als führte er ein siegesreiches Heer an.

Wenige Stunden später, nachdem Sin-Pada und seine Männer ein Willkommensmahl erhalten hatten und sie alle vor dem größten Wohnhaus versammelt waren, verkündete er:

»Diesmal komme ich als der Bote des obersten Priesters. An-Nam, Ans Hoher Priester in Nod, hält um die Hand eurer Tochter an.«

Sin-Pada gönnte sich eine lange Pause, um das allgemeine Erstaunen so recht zu genießen, ehe er eine Spur weniger feierlich fortfuhr:

»Die große Priesterin Norea bittet mich euch mitzuteilen, sie habe bereits ihr Herz An-Nam geschenkt und sie wünsche, die Trauung solle von ihrem Vater in seinem Tempel vollzogen werden.«

Lu-Sin blickte zu dem kleinen Altar unter dem großen Apfelbaum und musste, bei allem Ernst, etwas schmunzeln. Ast-An sah feierlich und gerührt aus, aber Seth nahm Nanshe in die Arme und wirbelte sie herum.

»Hier wird bald Hochzeit gefeiert!«, jubelte er.

Eva saß ganz still auf ihrem Stuhl und merkte, wie glücklich sie die Nachricht machte. Die Freude breitete sich vom Herzen bis zu den Zehen aus und stieg dann hinauf in Gesicht und Augen, die sich mit Tränen füllten.

Sie hatte sich bereits von der ersten Stunde an zu An-Nam hingezogen gefühlt, als sie ihm an jenem Morgen auf dem Dach des

Turmes begegnet war, wo sie Hanok beim Entzünden des Feuers geholfen hatte. Er war ein weiser Mann voll schlichter Wärme, wahrhaft bis ins Herz. Niemand konnte besser der grenzenlosen Tochter zur Seite stehen als dieser Mann.

Ohne es zu merken, faltete Eva dankbar die Hände.

»Es ist Gottes Wille«, sagte sie zu Adam, dem Einzigen, der einen gewissen Zweifel hegte. Er missbilligte die Anbetung der Mondgötter in Nod.

Aber Eva hörte seine Gedanken und sagte, noch ehe er den Mund aufmachen konnte:

»An-Nam ist Priester deines Gottes. Und weil ich ihn kenne, weiß ich, dass du ihn lieben wirst wie einen Sohn.«

Und nun lächelte Adam ebenfalls.

Jetzt rissen sie Sin-Pada mit ihren Fragen aus seiner Feierlichkeit. Wann würde das Brautpaar kommen? Welche Gäste aus Nod begleiteten sie? War Norea schon zur Priesterin geweiht worden? Wie lange gedachte das Brautpaar auf dem Berg zu bleiben?

Sin-Pada beantwortete bereitwillig alle Fragen. Das Brautpaar und die Hochzeitsgäste würden in zwei Wochen von Nod aufbrechen, sie würden in achtzehn Tagen bei Neumond hier ankommen. Allerdings nur unter der Voraussetzung, dass die Antwort positiv ausfalle und Sin-Pada mit seinen Leuten bereits morgen mit dem Bescheid zurückkehren könnte.

Der König selbst wollte zu Ehren Noreas die Hochzeit ausrichten und dabei auch seinen Freund Seth wieder sehen, den er grüßen ließ. Die Königin ihrerseits hatte gesagt, keine Macht der Welt könne sie an der Teilnahme hindern. Und Natie würde von ihren jüngsten Kindern begleitet werden. Der zweite Sohn müsse jedoch zu Hause bleiben, um das Feuer auf dem Turmdach zu entzünden. Auch Bek-Neti könne nicht mitkommen, er müsse sich um die Belange im Reich kümmern. Aber sein Sohn Enki-Bar und dessen Frau hätten vor, zur Hochzeit anzureisen.

Die Leute auf dem Wohnplatz waren ein bisschen beunruhigt, aber sie verstanden, dass man ihnen eine große Ehre erwies.

Sin-Pada fuhr in seinem Bericht fort. Norea sei in Inannas Tempel zur Priesterin geweiht worden, an welcher Zeremonie alle Noder teilgenommen hätten, die auf den Beinen stehen konnten. Nach kurzer Krankheit habe sie eine Offenbarung erfahren, welche ihren Ruhm über die ganze Welt verbreitete. Ein Engel habe sich ihr gezeigt, sagte Sin-Pada stolz, als habe er selbst den himmlischen Besuch bekommen. Der Engel habe Norea große Wahrheiten verkündet, die von den Priestern auf ewige Zeiten bewahrt werden sollten.

Wie lange Norea und An-Nam auf dem Berg bleiben würden, wisse er nicht.

Offenbarung, Engel – die Worte flogen über ihre Köpfe hinweg und fanden keinen fruchtbaren Boden. Nicht einmal bei Adam, er hatte für die magischen Praktiken im Tempel von Nod wenig übrig. Evas Gedanken eilten für einen Moment zu der Begegnung mit dem Engel Gabriel bei ihrer Wanderung vor vielen Jahren, blieben jedoch an einer ganz anderen Stelle in Sin-Padas Erzählung hängen:

»Norea ist krank gewesen? War es etwas Ernstes? Was für eine Krankheit hatte sie?«

Aber der sonst so redselige Sin-Pada wusste nicht viel über die Krankheit zu sagen. Nach dem, was er gehört hatte, lag die Priesterin eine Woche lang mit Fieber im Bett, sie war dünner geworden und hatte einen Teil ihrer Haare verloren. Gerüchten in Nod zufolge hatte sie schlimme Fieberträume gehabt. Und zum Zeitpunkt der Offenbarung setzte auch ihre Genesung ein.

»Als ich sie vor vier Tagen getroffen habe, war sie bei guter Gesundheit. Sie war schöner als je zuvor, hatte rote Wangen und kurze Haare.«

Eva wusste, das Fieber stieg aus den Sümpfen vom gegenüberliegenden Flussufer auf, obwohl man dort eine neue Stadt gebaut und die Gegend entwässert hatte.

Damit gab sie sich zufrieden.

In rastlosem Eifer und voller Freude bereitete man nun die Hochzeit auf dem Berg vor. Die Gästehäuser wurden gesäubert und neu eingerichtet, weitere Betten wurden geschreinert, frische Bezüge mit Wollgras gefüllt.

Eva und Lu-Sin gingen ihre Vorräte durch und fanden, es sei genügend da. Eva war froh, dass sie mit dem alten Wein – einem Trank für die Götter – so knauserig gewesen war. Er stammte aus jenem sonnenreichen Herbst vor vier Jahren. Frisches Bier musste man noch brauen, das war ganz klar. Und aus dem See musste, eine Woche bevor die Gäste kamen, Fisch zum Räuchern gefangen werden. Das Hauptgericht bei dem großen Fest aber sollte ein am Spieß gebratener Hirsch sein.

Seth machte sich auf zur Jagd.

Die ersten zarten Sprossen von jungem Gemüse waren schon in dem großen Gemüsegarten zu sehen.

Es wurde gewaschen und gefegt, geputzt und geschreinert.

Am Ufer des Sees wurde der lange Bootssteg zu einem großen Bretterboden am Ufer entlang erweitert, dort sollte die Hochzeitstafel gedeckt werden, wenn das Wetter es zuließ.

Lu-Sin zählte Essschalen und Löffel; aus den geheimen Verstecken kamen die schönen Teller, die Kain einst geschickt hatte, ebenso die Becher aus vulkanischem Glas und die fein bemalten großen Schüsseln. Die Teller aus Hämatit reichten nicht für alle, aber sie waren denen ganz ähnlich, die Lu-Sin aus Nod mitgebracht hatte. Den Unterschied würde man kaum bemerken.

Auf dem Webrahmen in der großen Webstube war noch ein hauchfeines langes Tuch eingespannt, an dem man den ganzen Winter über gearbeitet hatte, und seine Länge maß nun einen halben Steinwurf.

»Jetzt weiß ich, warum ich es nicht abschneiden ließ«, sagte Lu-Sin, zufrieden.

Und Eva musste lachen.

Aber auf Lu-Sins Stirn zeigte sich eine Falte über der Nase bis hinauf zur Stirn, die an den folgenden Tagen immer tiefer wurde. Manchmal, wenn sie sich unbeobachtet fühlte, glättete sie sich für einen Moment, dann stieg ihr die Sorge in die Augen, die sich vor Hilflosigkeit ganz dunkel färbten. Sie erklärte Ast-An, der sah, dass nicht alles so lief, wie es sollte, sie habe Kopfweh von all den Hochzeitsvorbereitungen.

Aber Eva konnte sie nichts vormachen. Sie hatte Lu-Sins Angst bemerkt, Natie würde ihre Tochter nach Nod zurücknehmen.

Das Leben war gütig zu ihr gewesen, seit sie die Obhut über das Kind bekommen hatte, überreichlich hatten sich ihre Wünsche während der vergangenen Jahre erfüllt. Aber auch Glück kann manchmal schwer zu ertragen sein, wenn man es gar nicht verdient hat.

Trotzdem legte es sich wie ein Sonnenstrahl über ihr Leben, nicht einmal Lu-Sin konnte es leugnen. Auch musste sie zugeben, dass sich Nanshe zu einem ungewöhnlich anhänglichen und klugen Kind entwickelte, das sich im Innersten geborgen fühlte. Die ungewöhnliche Schönheit des Mädchens erfreute alle außer Lu-Sin, die manchmal dachte, es sei ein Zeichen dafür, dass es nicht ihr Kind war, sondern in eine andere Welt gehörte.

Zwischen ihr und dem Kind bestand dennoch eine uneingeschränkte Gemeinschaft, erfüllt von Vertrauen, Musik und Liedern, Phantasiegeschichten und Märchen.

Eva hörte nie auf, über Lu-Sin zu staunen, die es verstand, dem Kind ein fruchtbarer Nährboden zu sein, ihm aber auch Grenzen zu setzen – ohne sein Wachstum zu hemmen.

»Du bist eine bessere Mutter, als ich es je war«, hatte sie einmal gesagt. Und als Lu-Sin protestieren wollte, ereiferte sie sich:

»Du musst doch zugeben, dass du genauso viel Spaß hast wie Nanshe – ihr spielt und singt, tanzt und musiziert miteinander. Ich sehe jetzt, man muss selbst wie ein Kind sein, wenn man richtig mit ihm umgehen will. Und das geht nur, wenn man seine Neugier und Freude aus der eigenen Kindheit behalten hat.«

Ihre Stimme klang traurig, als sie fortfuhr:

»Ich musste sie immer vortäuschen. Mein kindliches Gemüt habe ich verloren, als ich von Edens Wäldern aufgebrochen bin.«

Lu-Sin dachte lange über diese Worte nach. Von diesem Tag an schämte sie sich nicht mehr, dass sie und das Kind so viel Spaß miteinander hatten.

Zu Lu-Sins Glück trug auch Ast-Ans Scheidung von seiner Nebenfrau in Nod bei und dass er schließlich auf Ans Berg gezogen war. Die Bedingungen für die junge Frau waren gut gewesen, sie durfte das Haus in der Stadt behalten und war bald eine neue Ehe mit einem Offizier aus Bek-Netis Armee eingegangen. Die Scheidung war mit Ehren und ohne Verbitterung vollzogen worden. Lu-Sin ließ ihr eigenes Erbgut auf den Berg bringen, vom übrigen Hausrat hatte sie sich getrennt.

Ast-Ans Umzug war auch deshalb ein Segen, weil man seine Arbeitskraft hier oben dringend brauchte; schrittweise, ohne dass man es vorausgeplant hatte, war immer mehr Verantwortung für den großen Hof von Adam auf Ast-An übergegangen.

Beide, Adam und Eva, waren jetzt alt.

Niemand sagte es laut, aber allen war klar, Seth hätte das alles nie allein schaffen können. Lu-Sin und Ast-An waren äußerst wichtig hier oben. Sie verstanden sich gut, wie sie es immer getan hatten. Manchmal zankte sich Lu-Sin mit Ast-An wegen seiner beinahe schwärmerischen Liebe zu der kleinen Nanshe.

»Deine Liebe ist schon beinahe abgöttisch«, sagte sie zuweilen, wenn sie schlecht gelaunt war. »Du schadest dem Kind.«

Aber Ast-An lachte sie aus und meinte, Nanshe sähe nicht gerade aus, als würde sie Schaden erleiden. Und da konnte auch Lu-Sin ein Lächeln nicht verbergen.

Lu-Sins Leben war jetzt so lange gut verlaufen, dass sie meinte, der Dämon in ihrem Inneren habe sich beruhigt. Immer seltener streckte er seinen hässlichen Kopf heraus und hämmerte ihr ein, sie sei ihr Glück nicht wert. Ja, sie hatte ihn beinahe vergessen und dachte mitunter, sicherlich war er dort drinnen mangels Nahrung gestorben.

Aber er war nicht tot, das merkte sie, als Sin-Pada verkündete, Natie würde zu Besuch auf Ans Berg kommen. Jetzt tobte er in ihr – sie träumte nachts schlecht, und am Tage war sie beunruhigt.

Nanshe hatte die Schilderung ihrer Geburt in Nod viele Male mitangehört und konnte die Geschichte der armen kleinen Prinzessin bereits selbst erzählen, die so schwach war, dass man sie hier auf den Berg gebracht hatte, wo die Luft so gut war. Hier hatte Lu-Sin ihr das Leben gerettet.

Das hatte Eva gesagt.

Aber Nanshes Leben war voller Märchen und Sagen, und anscheinend war diese Geschichte, die sie schon als kleines Kind oft gehört hatte, für sie genauso wahr oder unwahr wie all die anderen.

Eva machte sich nicht verrückt, obwohl sie Lu-Sins Sorge spürte und die Ursache dafür verstand. Lu-Sin hingegen deutete ihr Schweigen so, dass auch Eva befürchtete, das Kind sollte ihnen weggenommen werden.

Naties Recht konnte man nun einmal nicht anzweifeln.

Aber als der Tag des großen Brotbackens herankam, brach Eva beim Backofen unten am See ihr Schweigen. Sie habe lange nachgedacht, meinte sie, und sei zu dem Schluss gekommen, Natie würde keinen Anspruch auf das Kind erheben.

»Ich glaube, Natie will nur das Beste für das Kind.«

Das tat gut zu hören und hellte Lu-Sins Gemüt auf. Aber sie glaubte nicht so recht daran.

»Sie ist und bleibt die Mutter des Kindes«, sagte sie.

»Das kann man auch anzweifeln«, meinte Eva barsch, aber dann schwieg sie lange und dachte darüber nach, wie unwiderstehlich liebenswert das Kind war.

Schließlich beendete sie das Gespräch und sagte hart, wenngleich schweren Herzens:

»Wenn Natie das Kind zurückhaben will, bekommt sie Streit mit mir. Und ich glaube, daran liegt ihr nichts.«

Jetzt lächelte Lu-Sin, ja, sie lachte fast vor Erleichterung. Niemand fing freiwillig Streit mit der Königsmutter an. Und Natie schuldete Eva Dank für so manches.

Als der Duft des frisch gebackenen Brotes über das Seeufer zog, waren die beiden Frauen zu dem Schluss gekommen, Natie würde sicherlich mit sich reden lassen. Sie hatte ja bereits vier Kinder.

Erst am Abend, als Lu-Sin einschlafen wollte, streckte der Dämon erneut seinen Kopf hervor und sagte:

»Aber Natie hat daheim keine Tochter.«

Kapitel 25

Viel gäbe es von der Hochzeit auf Ans Berg zu berichten, davon, wie die Gäste durch die blumengeschmückte Ehrenpforte ritten, die gerade noch fertig geworden war, und wie der Wohnplatz sie mit seinem wohltuenden Frieden empfing. Lange könnte man von Evas Freude erzählen, als sie Norea und An-Nam begrüßte, und von Adams Worten, die direkt aus dem Herzen kamen, als er beide unter dem großen Apfelbaum traute.

Ausgiebig könnte man all das gute Essen auf dem großen Tisch schildern, der am See gedeckt worden war.

Und dazu das wundervolle Wetter; die Sonne strahlte, und ein erfrischender Wind wehte vom See her.

Noch lange sollte man von dem Hochzeitsfest reden, sowohl in Nod als auch bei dem Hirtenvolk in den Flussniederungen.

Denn man hatte auch den Häuptling des großen umherziehenden Stammes am Fuß des Berges eingeladen und ihn unter die Ehrengäste des Hofes von Nod plaziert.

Es war ein großer Tag im Leben des alten Emer gewesen.

Er war in Begleitung seiner Sänger gekommen, und sie hatten ein langes Gedicht über die Hochzeit verfasst. Dann hatte man ein Lied daraus gemacht, das man später in den Ebenen sang.

Aber das wichtigste Ereignis jener Woche auf dem Berg kam weder in dem Lied vor noch in den Erzählungen.

Es spielte sich heimlich ab, und zwar bei der Begegnung zweier Menschen.

Eva hatte Norea wiedergetroffen, ihr Kind, das nun erwachsen war. Zwei Frauen sahen sich in gegenseitigem Respekt an. Es war ein großer Augenblick gewesen.

Schon beim ersten Blick auf Norea wusste Eva, dass mit ihr etwas Ernstes geschehen war. Das grenzenlose Kind war an der Scheidelinie angekommen, hatte sie akzeptiert und war erwachsen geworden. Eva sah es, und es stimmte sie traurig, dennoch hatte sie gerade darauf so lange gewartet.

Fragend blickte sie zu An-Nam, aber seine Augen ließen sie wissen: Norea sollte selbst entscheiden, was sie ihrer Mutter erzählen wollte. Eva hatte kein Anrecht mehr auf ihre Geheimnisse. Und sie konnte sich damit abfinden, selbst wenn es schmerzte.

So ist nun einmal das Leben, sagte sie sich. Erwachsen zu werden tut weh – den Kindern und auch den Müttern, die daneben stehen und zusehen müssen.

Aber bereits am ersten Tag, als der kühle Nachmittagswind einsetzte und die Schatten länger wurden, zogen sich die beiden zurück und liefen durch den Wald zum Kahlen Berg, wo Norea einst dem Wiesel begegnet war. Lange saßen sie dort und blickten einander an.

Eva sah auf den Grund von Noreas dunklen Augen und fand dort das Wissen um die Grenzen des Lebens, sah den Schmerz. Und noch etwas: Eva suchte lange und ernsthaft danach, wollte es eigentlich nicht sehen. Doch schließlich musste sie erkennen, in Noreas Augen lag Demut.

Das tat weh, es tat ungeheuer weh.

Norea blickte die Mutter an, lange sah sie in dieses Gesicht, das ihr so viel Geborgenheit gegeben hatte, und stellte fest, es war mit den Jahren nur noch schöner geworden. Und beide mussten all ihre Kräfte aufwenden, um nicht zu weinen.

Als sich Evas Augen dennoch mit Tränen füllten, sah Norea weg, tat nun genau das, was sie eigentlich nicht hatte tun wollen –

sie betrachtete Eva mit den Augen der Schlange. Sie ging zurück in dem Leben dieses besonderen Menschen, sah die große Einsamkeit, die Kraft und die Liebe. Eigensinn fand sie und Trauer, Schmerzen, die furchtlos ertragen, und Streit, der ausgetragen worden war, ohne den anderen zu verletzen.

Aber auch große Freude; erstaunt sah Norea, dass der Grundtenor im Leben der Mutter – trotz allem – Freude war.

Eva wusste nicht, was im Geist des Mädchens vor sich ging, dennoch merkte sie, dass etwas Seltsames geschah.

Sie hat mich verstanden und mir vergeben, dachte sie.

Dann ließen beide den Tränen ihren Lauf, und Norea spürte eine fast unwiderstehliche Sehnsucht, sich der Mutter anzuvertrauen, sich in ihre Arme zu schmiegen und getröstet zu werden mit der Versicherung, ihr könne nichts Gefährliches zustoßen.

Aber sie nahm sich zusammen, die Mutter sollte von der Vergewaltigung nichts erfahren. Sie hatte im Leben genug gelitten.

Schließlich stellte Eva dennoch die Frage, geradeheraus und mit großem Ernst, wie sie es immer tat:

»Was ist mit dir passiert?«

»Das, was du immer befürchtet hast, Mutter. Ich habe meinen Verstand verloren.«

»Wieso weißt du, dass ich davor Angst hatte?«, fragte Eva in der Absicht, Norea ein wenig Aufschub zu geben, Zeit, sich zu verteidigen und sich auf ihre Kraft zu besinnen.

Doch die wich der Frage aus und erzählte stattdessen von ihrer Reise in die unterschiedlichen Himmel, in denen die Gesetzlosen herrschten, von der Begegnung mit der *Furcht*, die sie mit dem Versprechen gelockt hatte, die Mutter sei bei ihr. Sie berichtete von der *Schuld* und dem *Hochmut*, von der Wanderung durch Eden und von Satan.

Eva war weiß geworden wie ein Laken, dennoch wollte sie weiter zuhören. Alles sollte heraus aus Norea, ans helle Tageslicht, wie damals, als sie noch ein Kind war und sich geborgen fühlte.

Und es half tatsächlich, Norea wurde freier, auch ihre Haltung. Sie wurde mutiger, und die Demut in ihren dunklen Augen schwand. Schließlich konnte sie sogar von der *Lust* in Gestalt des Löwen sprechen, wie er sie beinahe zu Tode erschreckt hatte. Und auch von der Freude, An-Nams Frau zu sein.

»Ich liebe ihn von ganzer Seele und mit allen Sinnen«, sagte sie. »Trotzdem müssen wir wie Bruder und Schwester zusammenleben.«

Eva atmete schwer – das konnte niemals gut gehen.

Aber Norea fuhr fort und erzählte, wie sie sich die Haare ausgerissen und die Stirn auf den Fußboden ihres Zimmers blutig geschlagen hatte.

»An-Nam wachte Tag und Nacht bei mir«, sagte sie. »Wäre er nicht gewesen, hätte ich mich zu Tode gequält.«

Sie wollte nicht mehr weiterreden, wollte die Mutter schonen, konnte es aber nicht.

Schließlich war sie in ihrem Bericht bei den Gebeten der Priester am siebenten Tag in Ans Tempel angekommen. Und sie erzählte von dem Engel, der zu ihr gekommen war und von allem, was er ihr verkündet hatte.

Eva nickte zu jedem Wort, das der Engel gesagt hatte, und dankte Gott aus tiefem Herzen. Dass der Engel erschienen war, musste ein Zeichen dafür sein, dass ihre Tochter den Verstand behalten durfte, dachte sie. Seine Macht würde ihr die Kraft geben, der Verwirrung zu widerstehen.

Lange saßen sie schweigend da. Durch die Bäume des Waldes strich der Abendwind und verbreitete den Duft der Thymiansträucher zu ihren Füßen. Abschließend erzählte Eva von ihrer einstigen Begegnung mit dem Engel Gabriel und der Kraft, die sie daraus gewonnen hatte.

»Seit jener Zeit ist es, als wäre er immer an meiner Seite«, sagte sie. »So wird es jetzt auch für dich sein.«

Norea dachte an Evas frohes Wesen, das sie vorhin noch so überrascht hatte. Aber sie weinte noch immer, und Eva hielt sie im Arm, während ihre Gedanken über Noreas Kopf hinwegbrausten.

Es war bereits dunkel, als die beiden, Hand in Hand wie früher, nach Hause gingen.

Norea ging zu An-Nam und sagte:

»Ich habe ihr alles erzählt, nur nicht von dem Unglück.«

Er nickte.

Auch Eva suchte an diesem Abend An-Nam auf und wollte ihm danken.

Aber er sagte beinahe kurz angebunden:

»Du brauchst mir für nichts zu danken. Norea gehört jetzt zu mir, ich habe die Verantwortung für sie.«

Dabei lächelte er, als wollte er etwas überdecken. Eva sah nicht die Trauer in dem Lächeln, verwundert merkte sie, dass die Worte sie getröstet und befreit hatten. Und sie dachte:

Auch einer Mutter sind Grenzen gesetzt.

Kapitel 26

Natie traf das Kind wieder, das sie vor sechs Jahren weggegeben hatte und dessen Leben von einer anderen Frau gerettet worden war.

Sie saß auf dem Hofplatz und sah dem Spiel des Kindes zu. Eine seltsame Mischung aus Trauer und Freude erfüllte sie.

Nie hatte Natie ein wundervolleres Kind gesehen.

»Kennt es seine Herkunft?«, fragte sie.

»Ja.« Eva nahm Lu-Sins Antwort schon voraus. »Es weiß davon, aber eben nur wie ein Kind es wissen kann. Noch unterscheidet es nicht zwischen seiner Traumwelt und der Wirklichkeit.«

Natie nickte.

»Es ist ein hübsches Kind«, meinte sie.

»Und ein glückliches Kind«, sagte Eva.

»Ich sehe es.« Aber Natie konnte es wegen der Tränen, die ihr den Blick verschleierten, kaum sehen.

Nanshe war bei der Begegnung mit der fremden Dame ungewöhnlich zutraulich sie ließ ihre blauen Augen lange und nachdenklich auf ihr ruhen.

Sie schien sie trotz allem wieder zu erkennen.

Und Natie war klug genug, sich nicht aufzudrängen und sie zu erschrecken; vorsichtig und mit großem Ernst näherten sich die beiden einander. Lange Zeit hatte Natie mit dem Gedanken gespielt, der Tochter Geschenke mitzubringen, sie besaß noch eine wunderschöne Puppe aus ihrer eigenen Kindheit.

Aber sie hatte es dann doch nicht getan.

Nun bewegte sich das Kind in immer engeren Kreisen um die

fremde Frau, ja, nach einer Weile lieh es ihr sogar sein Spieltier, das Seth ihm aus Fuchsfell genäht hatte. Gemeinsam wiegten sie es in den Schlaf, und das Vertrauen wuchs. Schließlich krabbelte das Mädchen auf Naties Schoß; Natie atmete den Duft des Kindes ein und strich vorsichtig über die goldbraunen Wangen und das sonnenhelle Haar.

Aber dann tauchten die größeren Kinder auf, und Nanshe lief davon, um bei den wilden Spielen der Jungen mitzumachen, die zwar ihre Brüder und doch fremd und aufregend waren.

»Sie sieht meiner Mutter ähnlich«, sagte Natie zu Eva.

»Und sie hat sogar den gleichen Duft.«

Eva nickte dazu.

Da stand Lu-Sin in der Türöffnung und schaute zu den beiden hinüber, und ihre Augen brannten vor Unruhe und Eifersucht. Als Natie schließlich aufstand und auf die Frau zuging, die die Mutter ihres Kindes war, sagte sie sehr bedachtsam, als habe sie sich jedes Wort schon lange zurechtgelegt:

»Du sollst wissen, dass ich in Nod als Richterin vielen Gerichtsverhandlungen vorsaß, wo die Pflegeeltern mit den leiblichen Eltern um das Recht für ein Kind stritten. Immer habe ich den Standpunkt vertreten, dass diejenigen, die das Kind liebten und mit Umsicht aufzogen, die eigentlichen Eltern seien. Du bist Nanshes Mutter, und ich beglückwünsche dich zu einem ungewöhnlich gut erzogenen Kind.«

In diesem Moment verlor Lu-Sin ihre Sicherheit. Die schützende Schale all ihrer Fähigkeiten und Begabungen fiel von ihr ab. Sie sah jetzt selbst wie ein Kind aus, unfähig, alles ganz zu erfassen.

Aber Natie erzählte, wie der Offizier vor sechs Jahren Lu-Sin und das Baby über die Niederungen begleitet und bei seiner Rückkehr Bericht erstattet hatte. Er war tief gerührt gewesen bei der Schilderung, wie Lu-Sin mit ihrer Liebe das Kind zum Leben überredete und wie sie mit ihrer Musik und ihren Liedern die Kleine dazu brachte zu trinken.

»Ich habe diese Erzählung wie eine geheime Freude in meinem Herzen aufbewahrt«, sagte Natie. Sie war nicht ganz sicher, ob Lu-Sin ihr überhaupt zuhörte.

Lu-Sin ging nur ein einziger Gedanke durch den Kopf: Ein Glück, dass für das große Fest morgen alles so weit fertig ist, es wird schon klappen – selbst wenn sie keiner Gedanken mehr fähig sein und jede Tatkraft verloren haben sollte. Sie fand keine Worte, Natie zu danken.

Auch Ast-An traf seine Frau an diesem Abend stumm an. Als das Kind schlief, gingen beide zu Bett. Aber sie konnten nicht einschlafen. Nach einiger Zeit stand Lu-Sin auf, deckte das Kind sorgfältig zu und blieb im Mondschein eine Weile an dem kleinen Bett sitzen. Da merkte sie, wie die Kraft allmählich in ihren Körper zurückkehrte.

Ihre Augen wurden hart und ihr Mund zog sich in verbissener Entschlossenheit zusammen.

»Du siehst aus, als wolltest du jemanden erschlagen«, sagte Ast-An.

»Genau das habe ich vor«, erwiderte Lu-Sin. Aber als sie sein Staunen sah, musste sie lachen.

»In dieser Nacht werden ich meinem Todfeind das Leben nehmen«, sagte sie. »Er sitzt hier in meinem Herzen und ist auch dein Feind.«

Ast-An wusste nichts von dem Dämon in Lu-Sins Geist, aber er wünschte ihr Glück und ging wieder schlafen, ihr Lachen hatte ihn beruhigt.

Und am nächsten Morgen hatte sie ihr gewohntes Selbstbewusstsein zurückgewonnen und ruhig und sicher führte sie ihre Leute an, die ihr an Herd und Tisch zur Seite standen.

Kapitel 27

Adam begegnete An-Nam mit großem Misstrauen.

Eva war darüber traurig; einen Moment lang glaubte sie, nur sie sähe, dass sich hinter Adams Zurückhaltung Furcht verbarg. Der hellhaarige Priester aus Nod bedrohte ihn in seinem innersten Wesen.

Aber sie irrte sich, auch An-Nam sah das Misstrauen.

Am Tag nach der Hochzeit begegneten sich die beiden im Gebet unter den Apfelbäumen. Es war ein Morgen, an dem jubelnder Vogelgesang zwischen den Bergen erschallte, warmer Duft vom Wald herüberwehte und ein sanfter Wind über den See strich.

Nach dem Gebet begleitete An-Nam den Alten zu den Schafställen, wo sie die Tiere hinausließen. An-Nam erzählte von seinem Vater, Ans Priester in Nod, der sich unter Nins Regierung den Mondpriestern beugen und aus der Stadt flüchten musste, um sich ein neues Leben nördlich in den Bergen aufzubauen.

Adam hörte aufmerksam zu, er sah die Ähnlichkeit zu seinem eigenen Schicksal. Der Abstand zwischen den beiden Männern verringerte sich.

Viele Jahre hatte Adam jeden Tag in der Klamm auf den Steinen Rast gemacht, nachdem die Schafe den Bach überquert hatten und zu den Weiden gezogen waren. Heute konnte er sich lange ausruhen, noch war es Frühsommer, und es gab bereits frisches Weidegras hier auf den Wiesen am Bach.

Auf diesem Platz hatte Adam all die Jahre immer wieder an

den Schamanen gedacht, den Pflegevater, der ihn vor den Wilden in Eden gerettet und gelehrt hatte, zwischen Gut und Böse zu unterscheiden.

Der Mann war in Adams Vorstellung immer mächtiger geworden. Und die Verwünschungen, die er Adam hinterhergeschleudert hatte, als er mit Eva geflohen war, hatten ihre Kraft behalten.

Lange hatte Adam geglaubt, Gott selbst habe die harten Worte ausgesprochen, aber Evas ewige Rede, er würde Gott mit dem Schamanen verwechseln, war nicht spurlos an ihm vorbeigegangen.

Nur war für Adam der Unterschied nicht so deutlich; die Grenze zwischen dem himmlischen Vater, der ihm das Leben geschenkt, und dem irdischen, der ihn zum Menschen gemacht hatte, war fließend und nicht so leicht zu erfassen.

Hin und wieder konnte er die Grenze ziehen – zwar nicht gedanklich, aber gefühlsmäßig – und merkte dann, dass der Friede im Gebet und die Freude über das Sonnenlicht von Gott gegeben waren. Wenn ihn jedoch erneut die Schuldgefühle befielen, sah er ein, dass jemand, der wegen einer Liebe seinen Vater verlassen und ihn dem Tod übergeben hatte, kein Anrecht mehr hatte auf die Freude an der Schöpfung. Leidvoll sollte er auf der Erde umherwandern, die seinetwegen verflucht war.

Es war im Grunde gleichgültig, ob die harten Worte von Gott oder dem Schamanen stammten, dachte Adam. Das Urteil war gerecht, das war entscheidend.

Er war jetzt versucht, diesem Priester aus Nod von seiner düsteren Jugend in Eden zu erzählen, ihm, der nun sein Schwiegersohn war und so großes Vertrauen einflößte. Aber als er den Blick auf An-Nam richtete und das fein geschnittene Gesicht mit den blauen Augen und der hohen Stirn sah, brachte er es nicht fertig. Wie sollte ihn dieser Mann je verstehen, der so offensichtlich von Menschen mit hoher Bildung abstammte, vererbt seit Generationen?

Der alte Mann blickte zur Seite und ließ die Gelegenheit vorübergehen.

Aber als er sich erhob, um mit der Herde weiterzuziehen, zu dem Weideland hinauf, sagte An-Nam:

»Mein Vater hat viel von dem Schamanen erzählt, der zu seiner Jugendzeit Priester in Nod war. Er hat den Schamanen wegen seiner Stärke und seiner seltsamen Fähigkeiten bewundert.«

Adam hörte, wie der Vogelgesang in der Ebene verstummte und der Wind über dem See erstarb. Seine Welt hielt den Atem an.

Hier stand ein Mann, dessen Vater den Schamanen als einen Menschen aus Fleisch und Blut gekannt hatte! Sollte sich Adams Gott in diesem Augenblick zu einem Menschen verwandeln, der große Mythos zu einer bloßen Erzählung von einem weltlichen Mann werden, der vor nicht allzu langer Zeit tatsächlich gelebt hatte?

Für Adam war es unvorstellbar.

Die Wirklichkeit holte ihn ein und der Schrecken packte ihn an der Gurgel.

Als An-Nam sah, wie bleich der alte Mann geworden war, ließ er das Thema fallen. Schweigend setzten sie ihren Weg zu den Weiden fort.

Aber ein Samen war in Adams Geist gelegt worden und wuchs unaufhaltsam, trotz der Anstrengung, ihn mit der Wurzel auszureißen. An-Nam ließ die Tage verstreichen, dennoch wusste Adam, dass der Nod-Priester auf ihn wartete. Was An-Nam getan hatte, war bewusst geschehen. Dahinter steckte eine Absicht.

Jetzt nahm auch Norea an den Morgengebeten unter den Apfelbäumen teil, und obwohl sie mit geschlossenen Augen betete, spürte Adam, dass sie direkt in sein Inneres sah, seine Gedanken und Gefühle untersuchte. Es tat weh, er hatte nicht gewusst, dass er so viel zu verbergen hatte, dass die Verwirrung so groß war und so viel Ungeklärtes im Dunkeln lag.

In den Nächten träumte Adam wieder von dem Schamanen, die alten, schlimmen Träume aus den Jugendjahren. Und eines Morgens, genau an der Grenze zum Tag, erschien ihm das Gesicht des Alten, wutverzerrt wie damals, als er Adam und Eva verflucht hatte.

Jetzt hatte er eine neue Botschaft:

»Sieh dich vor«, sagte er. »Nimm dich gut in Acht!«

Schweißgebadet und mit klopfendem Herzen wachte Adam auf, er musste seinen Traum Eva mitteilen. Aber sie, die ihr Leben lang den Schamanen gehasst hatte, konnte ihn nicht trösten und sagte nur:

»Ich kann verstehen, dass er sich bedroht fühlt, der Alte dort in deinem Geist. Er weiß, dass du dich jetzt von ihm frei machen kannst.«

Adam wurde zornig, und ehe einer der beiden so richtig begriffen hatte, wie es dazu kam, waren sie schon mitten in ihrem alten, hässlichen Streit. Üble Worte fielen wie von selbst, hitzig warfen sie sie einander an den Kopf. So gezielt trafen sie, wie es zwischen Menschen geschieht, die lange zusammengelebt haben, die alle wunden Punkte des anderen kennen und wissen, wo es sich am meisten lohnt, mit dem Messer hineinzubohren.

Es war viele Jahre her, seit sie das letzte Mal gestritten hatten, dennoch waren sie in ihren Argumentationen so sicher, als hätten sie täglich geübt.

Und jeder suchte den anderen an Treffsicherheit zu überbieten.

Es endete wie immer – Adam floh unter den Apfelbaum und in seine Gebete.

Aber sein Gott war an diesem Morgen stumm.

Eva blieb aufrecht im Bett sitzen und wartete auf die befreienden Tränen. Doch der Zorn hielt an, so lange, bis An-Nam, der von den Streitereien geweckt worden war, zu ihr hereinkam. Da sagte sie:

»Er will die Wahrheit nicht akzeptieren«.

»Er getraut sich nicht«, entgegnete An-Nam. »Die Lügen, auf die unser Leben aufgebaut ist, haben uns ängstlich gemacht.«

»Man kann nicht in lauter Lügen leben«, sagte Eva.

An-Nam sah sie lange an, seine blauen Augen waren traurig, und schließlich sagte er: »Trotzdem tun wir es alle mehr oder weniger. Deshalb bestimmt auch die Furcht unser Leben.«

Kurz danach suchte er den alten Mann auf, der wie immer auf den Steinen am Bach saß.

»Was ich dir über den Schamanen sagen möchte, magst du akzeptieren oder nicht, du kannst selbst entscheiden«, meinte An-Nam sehr bestimmt.

Die Worte drangen in Adam ein, und die Furcht fiel von ihm ab. Natürlich hatte der Priester Recht, es gab nicht nur die eine Wahrheit, die die seine zunichte machen konnte. Er brauchte sich nicht bedroht zu fühlen.

Er war jetzt so erleichtert, dass er es ein zweites Mal wagte, den morgendlichen Traum von dem Schamanen zu erzählen, der ihm seine Warnungen ins Ohr gezischt hatte.

»Aber das ist doch nur dein Bild von ihm«, sagte An-Nam. »Es hat wenig mit dem zu tun, der er tatsächlich ist, verstehst du?«

Adam dachte lange nach, ja, er sah eine gewisse Wahrheit in den Worten des Nod-Priesters.

Und An-Nam fuhr fort:

»Du trägst ein bedrückendes Bild mit dir herum. Ich glaube, meines ist da wesentlich menschlicher.«

Adam zuckte zusammen, doch er konnte sich die Worte nicht verbeißen:

»Vielleicht will ich ihn nicht als Menschen sehen. Wahrscheinlich habe ich vor der Leere Angst, die danach käme.«

»Das verstehe ich«, sagte An-Nam. »Dennoch möchte ich, dass du mir jetzt genau zuhörst, aber du brauchst kein einziges Wort von dem zu glauben, was ich dir sage.«

Und die Stunden des Vormittags vergingen im Nu, während An-Nam erzählte. Der Schamane war als jüngster Sohn von Sins oberstem Priester geboren worden, die Mutter war bei der Geburt gestorben. Der Vater, der zu der Zeit schon alt war, soll ein großer Magier gewesen sein, aber auch ein Mann mit bösem Herzen.

»Jedenfalls war mein Vater dieser Ansicht«, sagte An-Nam.

»Aber du musst wissen, dass der Kampf in Nod zwischen Ans Priestern und denen des Mondgottes immer schon erbittert war. Das kann die allgemeine Meinung beeinflusst haben.«

Adam nickte, er war jetzt innerlich ruhiger geworden. An-Nams Stimme klang nicht mehr so angestrengt, eher normal.

»Aber der Junge muß tatsächlich eine schwierige Kindheit gehabt haben, ohne Mutter und von dem Spiel der anderen Kinder ausgeschlossen«, fuhr An-Nam fort. »Er ist auf dem Turmdach aufgewachsen, wo die Mondpriester ihre Rituale ausführten.

Nach dem Tod der Mutter entwickelte der Vater einen neuen Kult, der die Liebe zwischen Mann und Frau vehement verfluchte«, sagte An-Nam und ließ die Worte eine Weile wirken, ehe er fortfuhr:

»Der Junge entwickelte starke magische Kräfte, er hatte sie ja früh trainiert. Bereits mit zwanzig Jahren war er berühmt für seine Fähigkeit, Regen herbeizurufen, und damit öffnete sich die Tür zum königlichen Hof.

Dort begegnete er seinem Schicksal in Gestalt der jungen Prinzessin, die Evas Mutter wurde. Die beiden verliebten sich ineinander.«

Das Königshaus hatte gegen die Verbindung nichts einzuwenden, es gab zu der Zeit genügend Königstöchter am Hof, und der König würde gut dastehen mit einem Mann, der so große Macht besaß, dass er das Wetter beeinflussen konnte. Der Verlobung wurde zugestimmt, und der junge Priester erhielt den Titel Schamane, woran allerdings eine Bedingung geknüpft war: Er sollte sich von dem Mondgott abwenden und Ans Priesterschaft beitreten.

»Was die Glaubensfrage betraf,« sprach An-Nam weiter, »so bin ich der Meinung, dass es kein allzu großer Schritt war. Dem Schamanen war mittlerweile klar geworden, dass es nur den einen Gott gab, ganz gleich, unter welchem Namen man ihn anrief.«

Jetzt bat Adam, An-Nam solle warten, er brauche Zeit darüber nachzudenken, und An-Nam schaute ihn verwundert an.

»Ich kann mich auch irren«, meinte er dann. »Vielleicht interpretiere ich in die Erzählung etwas hinein, was ursprünglich darin nicht vorkam.«

Jedenfalls war der Schritt, den der Schamane zu tun beabsichtigte, aus der Sicht des Vaters unverzeihlich. Es war allein schon eine Schande, sich in eine weltliche Frau zu verlieben, aber auch noch Sin aufzugeben und An Treue zu schwören, das war Verrat.

Tage- und nächtelang betete der Schamane um göttlichen Beistand und endlich hörte er die Stimme, die ihm versicherte, seine Wahl sei richtig. Er ging zum Vater, ihm seinen Entschluss mitzuteilen.

Aber der Vater glaubte nicht an göttliche Stimmen.

Er verfluchte seinen Sohn.

»Es waren die schlimmsten Verfluchungen, die ein Mensch ausstoßen kann«, sagte An-Nam und machte erneut eine Pause, um Adam Zeit zu geben, seine Schlüsse zu ziehen.

»Trotzdem hielt der Schamane an seinem Entschluss fest«, fuhr er dann fort. »Aber der Schritt war so ungeheuerlich, dass er ihn ständig verteidigen musste. Immer unversöhnlicher betonte er, es gäbe nur einen Gott. Und mit der Zeit wurde er am Hof unbequem, an dem man auf zahlreiche Götter und deren unterschiedliche Priester Rücksicht nehmen musste.

Alles hätte gut ausgehen können, wenn sich der alte Vater auf dem Turmdach nicht entschlossen hätte zu sterben. Zu guter

Letzt rächte er sich noch an dem Sohn, verwehrte ihm den Zugang zum Sterbelager und ließ ausrichten, sein letzter Wunsch im Leben sei, der Mondgott möge den Boden verfluchen, auf den der Sohn seinen Fuß setzte.

Mein Vater war damals noch ein Junge, aber er sagte, am Hof glaubte man allgemein, der Schamane habe den Verstand verloren, nachdem der Vater gestorben war. Monatelang wanderte er durch wilde Schattenwelten, nicht einmal die junge Prinzessin konnte ihn erreichen.

Als er genas, erlebte er erneut eine Offenbarung. In einer Vision sah er das unschuldige Volk von Eden, deren Herzen wie die von Kindern waren und den Unterschied zwischen Gut und Böse nicht kannten. Das würde sein Volk werden, ein neues Volk auf Erden, reinen Herzens und ohne das Wissen um das Böse.

Eines Nachts nahm er die Königstochter mit sich, überquerte den Fluss und suchte die großen Wälder im Osten auf. Was danach geschah, weißt du besser als ich«, sagte An-Nam.

Die Sonne stand hoch am Himmel, als die beiden Männer zum Mittagessen zurückkehrten, um anschließend zu ruhen. Adam war keineswegs aufgewühlt, jedoch wortkarg und still.

Er war müde.

Es war, als sei ihm etwas Wesentliches in seinem Leben genommen worden.

Er schlief den ganzen Nachmittag. Aber gegen Abend dann gingen die beiden Männer zum Seeufer. Sie hatten Angelruten bei sich und einen großen Krug mit starkem Bier.

Zwar fingen sie keinen Fisch, aber sie tranken tapfer, und im selben Maße, wie das Bier weniger wurde, nahm ihr Gelächter zu.

»Du musst denken, ich bin ein komischer Narr gewesen«, sagte Adam.

»Nicht komisch«, meinte An-Nam. »Die Welt ist voller Narren, die wie angewurzelt in ihrem eigenen Schatten stehen und gar nicht begreifen, warum es so dunkel ist.«

Und wieder hallte ihr Gelächter über den See.

Kapitel 28

Nun nahte der Aufbruch der Gäste auf Ans Berg. Am Tag vor der Abreise traf wie vereinbart die berittene Truppe ein, um die königliche Familie auf der Heimreise zu begleiten.

Bei der Truppe befand sich auch Enki-Bar, der zur Hochzeit nicht hatte mitkommen können, weil Nod Probleme an der Nordgrenze hatte. Ein kriegerisches Wandervolk hatte versucht einzufallen.

Die Gefahr war abgewehrt worden, und Enki hatte die Gelegenheit benutzt, die Gruppe zu begleiten und wenigstens ein paar Tage auf dem Berg zu verbringen, um Kains Zuhause kennen zu lernen und dessen Vater zu begrüßen. Und auch, um Eva wieder zu sehen, die seit ihrem Besuch vor vielen Jahren einen großen Platz in Enki-Bars Gedanken einnahm.

Große Freude herrschte über den unerwarteten Besuch, milderte er doch den wehmütigen Abschied ein wenig.

Für Natie hatte die Heimreise etwas von einer Flucht, sie musste weg von Nanshe, ehe das Band zwischen ihnen so stark geworden war, dass es unerträglich wehgetan hätte es zu durchtrennen.

Auch Hanok fiel die Heimreise schwer. Noch am Tag seiner Ankunft auf dem Berg hatte er all seinen Ernst und seine Königswürde abgelegt und sich in einen freien Jungen verwandelt. Fast zehn Tage lang hatten er und Seth ohne alle Zwänge gelebt, waren zum Fischen und Jagen gegangen, waren durch die Wälder gewandert und in die Berge geritten. Nun musste er wieder seine gewohnte Verantwortung übernehmen.

Als das große Gefolge schließlich vom Wohnplatz wegritt, konnte er seine Trauer kaum verbergen und musste Seths Vorschlag ablehnen, der die Gruppe noch ein Stück begleiten wollte.

Kaum waren die letzten Reiter um die Wegbiegung verschwunden, merkten die zurückgebliebenen Bewohner, wie müde sie waren. Sie machten aus den Resten eine einfache, kalte Mahlzeit und legten sich früh zum Mittagsschlaf hin. Eva schlief fest – dankbar, dass ihr der schwerste Abschied erspart geblieben war.

Norea und An-Nam wollten den Sommer hier oben verbringen.

Am Nachmittag zog Norea allein hinüber ins Gästehaus, das Natie und ihre Kinder bewohnt hatten. An-Nam war nicht da, er besuchte für einige Wochen Emers Lager in der Ebene. Emer hatte mit Nachdruck darauf hingewiesen, dass sein Volk einmal mit einem Priester sprechen müsste. An-Nam wiederum hatte an Kains Sohn gedacht, der unter dem Hirtenvolk aufgewachsen war, und sah es als seine Pflicht an, die Einladung anzunehmen.

In den nun folgenden Tagen eroberte Norea ihre Kindheitswelt und die Geborgenheit von damals zurück. Sie stand mit der Sonne auf, packte einen einfachen Proviantbeutel und verschwand auf ihrem Pferd zu ihren einstmals geliebten Plätzen. Stück für Stück tauchte sie wieder in ihr Kindheitsland ein und merkte, dass alles wie immer war – die gewaltige Aussicht, die tiefen Wälder und die steil abfallenden Berghänge. Die Felsen hatten ihre wortlose Sprache behalten, und die Bäume sangen für sie ihr altes Lied.

Und auf dem Kahlen Berg tanzten die Steine.

Sie ritt zu dem Wäldchen, auf den Berg, wo das Bilsenkraut wuchs und wo sie einst ihren weißen Hengst eingefangen hatte. Sie fand sogar den versteckten Waldsee wieder, den sie und das Pferd gemeinsam durchschwommen hatten. Und am anderen Ufer blühte wie früher die Iris.

Aber nur während der ersten Tage gab sie sich ihren Erinnerungen hin. Dann war sie ganz im Jetzt, und die Gedanken schwiegen. Der Augenblick wurde zur Ewigkeit, so wie früher.

Wenn sie abends zurückkehrte, bereitete die Mutter ihr die Suppe aus ihrer Kindheit zu – frisches Gemüse in Milch gekocht und mit Salbei gewürzt.

Sie redeten nicht viel miteinander, es bedurfte auch nicht vieler Worte zwischen ihnen; Norea war klar, dass Eva wusste, was mit ihr geschehen war. Und jetzt war sie dabei, ihre frühere Grenzenlosigkeit zurückzuerobern. Eva sah, wie die Augen des Mädchens wieder Tiefe bekamen, der Schmerz wich allmählich der Freude an dem, was es umgab. Das Beste von allem aber war, dass die Demut verschwand.

Es war am siebenten Tag von Noreas Ausflügen. Als die Tochter bei strömendem Regen nach Hause kam, sagte Eva beiläufig, während sie vor dem offenen Feuer Noreas Haare trocknete:

»Hoffentlich ist An-Nam bei diesem Wetter nicht unterwegs zu den Flussniederungen. Ich habe einmal so eine Wanderung gemacht, und das war ziemlich anstrengend gewesen.«

Norea erstarrte, sie hatte An-Nam ganz vergessen. Er wollte ja bald zurück sein, und sie merkte, wie sein Schatten sich düster und schwer auf sie legte.

Aber Eva sagte leichthin:

»Du freust dich doch, dass er wiederkommt?«

Norea suchte bei den Worten einen Widerhall in sich, aber er blieb aus.

»Nein, Mutter, ich freue mich nicht. Ich ertrage ihn nicht.«

»Ich dachte, du liebst ihn?«

Lieben, dachte Norea, was für ein Wort. Liebe ist unbegreiflich und voller Forderungen. Und sie erwiderte:

»Er macht mir Schuldgefühle.«

»Die brauchst du nicht zu haben«, entgegnete Eva. »Aber ich kann es verstehen – bei eurer gegenseitigen Abmachung. Du musst nur zusehen, dass er Gelegenheit bekommt, andere Frauen zu lieben.«

Norea fuhr hoch wie ein wildgewordenes Kind und schrie:

»Bist du verrückt geworden, Mutter?«

Aber Eva nahm den Ausbruch ruhig hin und sagte:

»Worüber regst du dich so auf? Ihr wolltet doch wie Bruder und Schwester zusammenleben, das hast du selbst gesagt. Nur hast du wohl nicht daran gedacht, dass einer Schwester die Liebesgeschichten ihres Bruders gleichgültig zu sein haben?«

Für einen Moment sah es so aus, als wollte Norea zuschlagen, dann drehte sie sich abrupt um und verschwand im Regen. Sie lief zum Kahlen Berg, wie früher, als sie noch klein war und sich aufgeregt hatte.

Und dort saß sie nun, während der Regen langsam aufhörte. Die Steine tanzten nicht, stattdessen wirbelten ihr Gedanken durch den Kopf, Erinnerungen drängten nach oben, vereinzelte Szenen formten sich zu deutlichen Bildern.

Die Liebespriesterinnen in Nod mit ihrem abscheulichen Getuschel, und An-Nam, der sich unter ihnen bewegte, schön und begehrenswert. Verstohlenes Lachen, schlüpfriges Kichern, halb nackte Brüste und Münder, die rot angemalt wurden, sobald der Priester auftauchte. Eine merkwürdige Hitze in der Luft, die ihn und sie umgab.

Mit diesen verdammten Huren hatte er sich vergnügt, während sie sich mit kindlichen Träumen von Ritten auf dem Löwen zufrieden geben musste. Und mit ihnen würde er sich weiterhin vergnügen, wenn er in den Tempel von Nod zurückkehrte.

Bei Inanna, sie hasste ihn.

Aber er sollte bekommen, was er wollte, entschied Norea. Ihre Ehe sollte aufgelöst werden, und sie würde nie mehr nach Nod zurückgehen. Sie wollte hier bleiben.

Wollte ein Kind bleiben.

Als sie im Dunkeln nach Hause ging, dachte sie, ihr Leben

würde nun im Stillstand verharren. Und sehr einsam werden. Sie erinnerte sich noch an die Schmerzen in ihrer Kindheit.

Aber eine gute Tochter würde sie sein, und eine ganze Weile kreisten ihre Gedanken darum, wie lieb und gefällig sie sein wollte, sie würde auf dem Acker und in der Webstube arbeiten und schließlich der Trost für die alternde Mutter werden.

Auf dem Hofplatz traf sie Eva und teilte ihr ihre Absicht mit.

»Das ist ein schlechter Entschluss«, meinte die Mutter.

Norea hasste sie für ihre verdammte Angewohnheit, den Leuten die Wahrheit ins Gesicht zu schleudern.

Als sie sich ausgezogen hatte und unter die Bettdecke gekrochen war, ließ sie vorsichtig die Hand zum Schoß gleiten, in die geheimnisvolle Grotte dort drinnen. Es war ein schönes Gefühl, und sie dachte, vielleicht war ja noch nicht alle Lust in ihr erstorben.

Fest entschlossen versuchte sie, an den Riesen zu denken und an das Schreckliche dabei. Aber die Erinnerung hatte ihre Schärfe verloren, sie tat nicht mehr so weh.

Ein unglücklicher Vorfall, dachte sie, kurz bevor sie einschlief.

In dieser Nacht erschien ihr erneut der Löwe im Traum, und erregt und schweißgebadet wachte sie auf.

Sie ließ sich nicht einmal Zeit zum Frühstück, wollte an diesem Morgen dem Sonnenaufgang hinter den östlichen Berghängen zusehen.

Als sie durch die goldene Morgendämmerung ritt, war sie wieder ganz im Jetzt, die Gedanken schwiegen.

Gegen Nachmittag kehrte An-Nam zurück und traf Eva alleine an. Der Wohnplatz döste noch im Mittagsschlaf, die beiden hatten also genügend Zeit für einander. Es wurde ein langes Gespräch; Eva berichtete, wie Norea während der vergangenen Woche ihr Kindheitsland zurückerobert hatte und wie frisch sie aussah.

»Du wirst sehen, sie ist wieder voller Lebensfreude und nicht mehr so lustlos«, meinte sie zum Schluss.

Erstaunt sah er die Schwiegermutter an und sagte kurz:

»Ich habe ihr mein Versprechen gegeben.«

»Wie dumm von dir«, entgegnete Eva.

»Ich hatte keine andere Wahl.« Die Worte kamen kurz und beinahe unhöflich, dann stand er auf, um zu baden und sich nach der Reise umzuziehen.

»Aber du hast doch nicht versprochen, auch das Streicheln sein zu lassen?«, warf Eva ihm hinterher.

An-Nam stand lange da und blickte in das Gesicht der Schwiegermutter, sah das Lächeln um ihre Mundwinkel spielen, ohne dass sie es offen zeigte. Da leuchtete in seinen Augen langsam Freude auf, eine unterschwellige, neugierige Freude glitzerte in der blauen Iris. Er umarmte Eva und drückte sie mit den Worten an sich:

»Du bist eine Hexe. Vielleicht kannst du uns ja auch noch einen Liebestrank mischen?«

Aber Eva lachte nur und sagte im Brustton der Überzeugung:

»Ihr braucht keinen Liebestrank.«

Als die Kühle des Nachmittags einsetzte, kam Norea zurück. Sie sah An-Nam zwischen den anderen auf dem Bootssteg am See sitzen und war völlig unvorbereitet auf die Freude, die sie spürte, als sie den blauen Augen begegnete. Sie sprang vom Pferd und lief direkt in seine Arme, und er hob sie hoch wie ein Kind und wirbelte sie herum.

Die anderen sahen glücklich zu, wie sich die beiden über ihr Wiedersehen freuten.

Sie fanden keine Worte. Als er sie schließlich wieder absetzte, sagte sie:

»Ich friere an den Füßen, sie sind nass geworden, als ich das Pferd durch den Sumpf führen musste.«

An-Nam folgte ihr ins Gästehaus, wo sie sich trockene Kleider anzog. Dann legte sie sich aufs Bett und ließ sich heißen Tee bringen, während er ihr von seinen Wochen in Emers Lager erzählte, von den Sitten und Bräuchen des fremden Volkes.

»Ich mochte sie gern«, sagte er. »Sie haben die Unbefangenheit von Kindern behalten, so, wie sie leben.«

Norea hörte kaum zu, dachte, ich hatte vergessen, wie schön er ist.

»Stell dir vor, ich friere noch immer an den Füßen«, sagte sie.

Da setzte er sich zu ihr aufs Bett, legte ihre Füße auf seine Knie und massierte nun Zehe um Zehe mit den Fingerspitzen, sanft und doch fest, in kleinen kreisenden Bewegungen. Dann ging er weiter, zu den Gelenken, den Fußknöcheln und ein Stück das Bein hinauf, massierte jetzt schon stärker und mit der ganzen Hand.

Sie hatte hübsche Füße.

Er entdeckte eine Rötung an der Innenseite der Ferse, umkreiste sie mit dem Zeigefinger und fragte, wo sie sich verletzt habe. Norea hatte sich während des langen Ritts die Füße an den Flanken des Pferdes wundgescheuert, aber sie konnte ihm nicht antworten. Ihr schwindelte von der eigentümlichen Wärme, die von seinen Händen ausging, sich bis in ihren Schoß ausbreitete und weiter bis zum Herzen, das jetzt schneller schlug, und bis zu den Brüsten, die unter ihrer Bluse fest wurden.

»Mehr an den Zehen«, sagte sie und hoffte, er würde ihr Keuchen nicht bemerken. Da küsste er den kleinen Zeh des einen Fußes und umspielte ihn eine Weile mit der Zunge, endlich sagte er:

»Nein, jetzt bist du aber warm. Wir müssen zum Abendessen und zu den anderen gehen, sie warten schon auf uns.«

Norea saß schweigsam am Tisch. Ihr war ein Gedanke gekommen, groß und eigenartig, dem sie nachgrübelte. Als An-Nam ihre Füße liebkost hatte, war sie ganz im Jetzt gewesen. Sie brauchte also keine Ritte, keine Landschaften oder Ausblicke, keinen Duft von Wäldern und Bergen. Sie hatten sich beide in dem göttlichen Zustand befunden, wie Norea die Freiheit nannte, ihr wirkliches Zuhause auf Erden.

Bisher war die Freiheit immer mit Einsamkeit verbunden gewesen, jetzt hatten beide teil an ihr.

Plötzlich verstand sie, warum die Liebe die Menschen verrückt machte, begriff, dass man wegen einer Leidenschaft jemanden aufgeben und verlassen, dass man aber auch ihretwegen durchhalten und kämpfen konnte: weil im Augenblick des Einswerdens von Mann und Frau alles andere zu existieren aufhörte und eine Befreiung stattfand.

Es war nicht nur eine Frage der körperlichen Lust, des Wonnegefühls in Brust und Lenden. Es war etwas anderes, ahnte sie, weit mehr noch, als ein Ritt auf dem Löwen.

Sie blickte auf seine Hände, die ruhig auf dem Tisch lagen, sah die langen Finger und die sonnengebräunte Haut. Und sie fühlte sich seltsam erregt, wagte nicht, in sein Gesicht und auf seinen Mund zu sehen.

Sie suchte nach Worten. Gestern spät abends hatte sie noch gedacht, sie müsste sich zwischen grenzenloser Einsamkeit und der einengenden Gemeinsamkeit entscheiden. Jetzt ahnte sie, dass es in der Liebe zwischen Mann und Frau auch die Unbegrenztheit geben konnte.

Nach dem Essen gingen alle wie immer hinaus, um den Abend abzuwarten, setzten sich, als die Dunkelheit rasch einsetzte, auf dem Hofplatz um das Feuer und genossen den Nachthimmel, der sich hoch und schwarz über ihnen wölbte.

Norea saß vor An-Nam auf der Erde, er hatte seine Arme um ihre Schultern gelegt, und sie hörte seiner Erzählung von Emers Lager zu.

Nanshe schlief in Ast-Ans Armen, Adam warf neues Brennholz auf das Feuer, und im aufflackernden Lichtschein sah Norea die Mutter.

Eva lächelte ihr zu.

Als das Feuer zur Glut zusammengefallen war, holte Lu-Sin ihre Laute hervor und sang ein paar alte Lieder aus Nod, ein Kinderlied und eine Ballade vom Himmelsgott, der einst Inanna begegnet war und ihre Liebe getrunken hatte. Nun war er auf ewiger Wanderschaft und suchte mit seinem Himmelslicht die Erde nach ihr ab. Seine Liebe war es, die das Leben hier auf Erden aufrecht erhielt, hieß es im Lied.

Norea hatte es oft gehört, dennoch erschien es ihr jetzt wie das erste Mal. Immer schon hat es die Wahrheit über die Liebe enthalten, dachte sie. Nur habe ich es nicht verstanden.

Zum Schluss sang Lu-Sin eine alte Liebesweise, deren Melodie sie alle kannten. An-Nam sang sie mit, den Mund nahe an Noreas Ohr. Als das Lied zu Ende war, tasteten sich seine Lippen näher heran und folgten behutsam den zarten Windungen der Ohrmuschel.

Und die Erde verschwand.

Aber als sie den anderen gute Nacht gesagt hatten und wieder in ihrem Gästehaus waren, ging An-Nam wie vereinbart ins Nebenzimmer und legte sich dort aufs Bett. Norea getraute sich nicht, ihn zum Bleiben zu bitten. Eine Weile weinte sie, bis sie schließlich einschlief.

An-Nam hörte das Weinen, griff aber nicht ein. Er fühlte sich ein bisschen wie ein Schurke, allerdings wie ein froher.

Evas und sein Plan zeigten Wirkung. Sie, diese Frau, die er so liebte, würde die Seine werden.

Er musste nur Geduld und Kraft haben, seinem Ungestüm zu widerstehen, er musste es langsam und sehr vorsichtig angehen.

Als er am nächsten Morgen aufwachte, lag sie in seinem Bett, zusammengerollt zu seinen Füßen wie ein Kätzchen. Sie sah unglaublich verlockend aus, er musste in Gedanken an den vergangenen Abend all seine Kraft zusammennehmen.

Musste behutsam vorgehen.

Ohne sie zu wecken, stand er auf, wusch sich, machte Kräuterwasser heiß und legte Brot dazu. Als er mit dem Frühstück hereinkam, hatte sie sich im Bett ausgestreckt und schlief wie ein Kind auf dem Bauch.

Wie das Kind, das sie noch ist, dachte er und küsste sie leicht in den Nacken.

Sie setzte sich auf, war augenblicklich wach und dachte an den gestrigen Tag.

»An-Nam«, sagte sie, »ich war ein Dummkopf.«

»Nein, du warst sehr krank und schlimm verwundet«, entgegnete er.

»Aber jetzt bin ich wieder gesund.«

Er konnte es sich nicht verkneifen, sie ein wenig zu reizen, und sagte:

»Und was heißt das, kleine Schwester?«

»Ich bin keine Schwester«, gab sie hitzig zurück. »Ich bin deine Frau.«

Langsam trug er das Frühstückstablett weg und legte sich zu ihr aufs Bett. Dann begann er sie unendlich vorsichtig zu streicheln, wie am Tag zuvor die Füße. Seine Hände wanderten über ihren Hals und Nacken, verweilten lange bei den Ohren und tasteten sich zu den Brüsten vor, die fest waren vor Verlangen. Eine Weile spielte er mit den Brustwarzen und musste Norea mit einem langen Kuss zum Schweigen bringen, als sie vor Wollust aufschrie.

Nach und nach wanderte er weiter, hinunter zum Schoß, fand die kleinen, weichen Lippen, spielte mit ihnen und fand den empfindsamsten Punkt ihrer Lust. An-Nam erschrak fast, als er merkte, wie stark die Kraft war, die jetzt in Wellen durch ihren gesamten Körper ging.

Vielleicht waren Stunden vergangen, vielleicht war es auch nur ein Augenblick, Norea wusste es nicht. Als sie wieder zu sich kam, suchten ihre Augen seinen Blick, und sie flüsterte:

»Aber was ist mit dir?«

»Ich warte noch«, sagte er.

Dann klopfte er ihr auf den Po:

»So, und jetzt hoch mit dir, wir machen einen Ausflug zum Wasserfall. Es war Evas Idee, und sie hat schon den Proviantbeutel gepackt.«

Norea hatte den Wasserfall gemieden, seit sie Kain dort begegnet war. Nun kam sie mit An-Nam hierher, während die Sonne im Zenit stand und auf die Welt herabstrahlte, die sich in all ihrer Schönheit vor ihnen ausbreitete. Norea zeigte ihm den Fluss in der Ferne und die großen Laubwälder jenseits von ihm, dort, wo sich Eden befand.

Voller Glück war die Welt, grenzenlos ihre Möglichkeiten. An-Nam und Norea entschlüsselten ihre Botschaft und blickten sich an, sahen den Schweiß auf der Stirn des anderen, nachdem sie so weit gewandert waren. Und sie zogen sich aus und liefen nackt unter das herabbrausende Wasser, das sich seinen Weg den Steilhang hinab in die Ebene bahnte und weiter bis zum Fluss am Horizont.

Dann nahm er sie erneut, und diesmal drang er in sie ein. Norea erfuhr zum ersten Mal, dass man bei der Vereinigung in die Körperlosigkeit eintaucht, die alle Grenzen sprengt.

Hinterher ging ihr durch den Sinn, dass sie jetzt den Sprung getan hatte, zu dem sie, genau an diesem Platz, den weißen Hengst einst hatte zwingen wollen.

Kapitel 29

Einundzwanzig gemeinsame Jahre wurden ihnen geschenkt.

Drei mal sieben Jahre.

Tausende von arbeitsreichen Tagen, Tagen gemeinsamen Wachsens. Und ebenso viele Nächte in immer neu entstehender Liebe.

Es war mehr als ein Mensch je verdienen kann, dachte An-Nam zuweilen. Norea bemaß es nicht, sie gab sich der Liebe einfach hin.

Er lehrte sie, ihren Verstand zu entwickeln und sich seiner zu bedienen; denn sie besaß reichlich davon, nur war er wenig geübt.

Und sie lehrte ihn zu sehen, ohne zu werten.

Es fiel ihm nicht leicht. Er war ein Stadtmensch mit einem Sinn für Worte, ein guter Beobachter mit scharfem Blick für die menschlichen Eigenheiten und die Lächerlichkeiten mancher Handlungen. An-Nam war für seine flinke Zunge bekannt, jetzt schämte er sich manchmal dafür.

Dabei störte ihn auch, dass so viel Zeit von der eigentlichen Arbeit abging.

Für Norea gab es weder unbedeutende noch besonders wichtige Begebenheiten; so konnte sie viel Zeit und ihre besondere Art zu sehen ganz einem Kind widmen und ihm zum Beispiel bei der Suche nach einem entlaufenen Hund helfen. Ein Erwachsener hatte dann eben zu warten.

Mit der Zeit begriff An-Nam, dass ihre Fähigkeit, keinen Unterschied zu machen zwischen Wichtigem und Unwichtigem und weder zu urteilen noch zu verurteilen, Teil des Wesens der Liebe und eines der Geheimnisse ihrer Begabung war.

Vor dem Königspalast zwischen den beiden großen Tempeln ließ Hanok das Gebäude errichten, in dem Norea und An-Nam fortan wirkten. Der neue Tempel wurde mit den Jahren zu einem Wallfahrtsort für die Menschen der gesamten alten Welt.

Hierher kamen sie mit ihren Sorgen und Ängsten, die Kranken und all jene, die in Furcht vor der Zukunft lebten oder von der Vergangenheit gequält wurden.

Hier begegneten An-Nam und Norea den Mächtigen des Landes und sahen deren Ohnmacht. Sie empfingen die Männer, die als Bösewichte in die Geschichte eingingen, sahen die Kühle in ihrem Wesen und ihre Ängste.

Auch für sie taten sie ihr Bestes.

Norea ist noch zu jung und zu verletzlich, all diesem Elend zu begegnen, dachte An-Nam manchmal. Aber sie ist frei von der Vorstellung, wie etwas zu sein hat, deshalb kann sie es sehen, ohne sich zu wundern.

Mitunter war sie müde und sehr niedergeschlagen. Aber die Träume brachten ihr Trost und neue Kraft, in ihnen begegnete sie dem weißen Eleleth und hörte wieder die Worte über die Dämonen, die die Menschen erschufen: Das Böse hat von sich aus keine Kraft, nur die, die wir ihm geben.

Manchmal konnte sie, von kindlichem Eifer erfasst, Trost spenden und eine Sache klären. Oft aber war sie allzu freizügig in ihrer Rede, und allein hätte sie mehr Schaden angerichtet als genützt. Alles zu entschleiern, was sie hinter hohen Verteidigungsmauern, versteckten Absichten und geleugneten Trieben sah, konnte ein Leben zerstören.

An-Nam lehrte sie Respekt vor den Lebenslügen der Menschen, trotz ihres anfänglichen großen Widerstands.

Ziemlich bald fanden sie eine Form der Zusammenarbeit, bei der sich beide ergänzten. Sie empfingen gemeinsam einen Besucher, Norea setzte sich in ihrem feuerroten Priesterinnengewand zu ihm und hörte der Geschichte des Gastes zu. Sie stellte keine Fragen, aber in der Art, wie sie zuhörte, entlockte sie einem Menschen weit mehr, als er eigentlich hatte sagen wollen.

An ihrer Seite saß An-Nam, der zuweilen den Wortstrom mit einer Frage unterbrach, die den Besucher zum Wesentlichen zurückzwang.

Waren dem Gast dann die Worte ausgegangen, schloss Norea die Augen und schaute mit dem Blick des Adlers in sein Leben zurück, sah, was damals passiert war, und überlegte, wie seine Sicht der Dinge mit ihrer eigenen Version in Einklang zu bringen war. Immer geschickter tastete sie sich zu dem Moment vor, in dem die Spaltung einsetzte, zu dem Ereignis, bei dem die Person die Lüge wählte, um zu überleben.

Von da ab wuchs der Schatten, genährt von der Lüge, die ständig nach Bestätigung verlangte. Bald beherrschte sie das Leben, das schließlich nur noch im Dunstschleier des Schattens gelebt werden konnte.

Beim Abschied wurde dem Gast dann gesagt, er würde in der folgenden Nacht einen sehr klaren Traum haben. Die Männer bekamen einen Schlafplatz in Ans Tempel, die Frauen in Inannas. Am nächsten Tag sollten sie zurückkommen, den Traum erzählen und würden Antwort auf ihre Fragen bekommen.

In einem stetigen Strom, von morgens früh bis zum späten Nachmittag, lösten die Besucher einander ab. An den Abenden gingen An-Nam und Norea noch einmal durch, was der Einzelne gesagt hatte, jede seiner Gesten, jeden Gesichtsausdruck und Tonfall. Norea berichtete, was sie hinter dem, was die Gäste nicht erzählten, gesehen hatte, lebendig und mit allen Details gab sie ihre Bilder in Worten wieder.

Anfangs staunte An-Nam über ihr Gedächtnis, ihre unerschütterliche Sicherheit darin, was sie gesehen hatte.

Später fand er heraus, dass sich Norea an nichts erinnerte, sondern das Geschehene erneut zum Leben erweckte. Sie ging zurück, wie andere vielleicht in ein Haus zurückgehen, um sich noch einmal die Zimmer, Möbel oder Schmuckgegenstände anzusehen.

Gemeinsam überlegten sie dann, wie viel sie von dem, was sie herausgefunden hatten, dem Hilfesuchenden vermitteln wollten. Sein Traum aus der Nacht im Tempel war ein Maß dafür, wie offen er sich für eine Veränderung und die Wahrheit zeigte. War der Traum klar und enthielt er eine deutliche Botschaft, wagten sie, härter vorzugehen, war er dunkel, nahmen sie es als Zeichen, dass die Angst noch zu groß war.

Sie beide hatten deswegen so manche Auseinandersetzung. Sie verabscheute seine Vorsicht. In gewisser Weise gab er ihr Recht, sah sich selbst als zu ängstlich, nachdem sie einmal gesagt hatte, er habe zu wenig Vertrauen in die eigene Kraft des Menschen.

Aber als Norea eine junge Frau gezwungen hatte, ihre eigentlichen Absichten im Streit um ein Kind zu hinterfragen, nahm sich diese etwas später das Leben. Es war ein schwerer Schlag gewesen.

Wenig später wurden sie von dem kriegerischen Häuptling eines der wilden Bergvölker aufgesucht. Norea sah, dass seine Tage auf Erden gezählt waren und der Tod wie ein Schwert an einem dünnen Faden über seinem Kopf hing.

Sie schilderte offen, was sie gesehen hatte, und sah den Mann erbleichen. Außer sich vor Wut brach er auf, drehte sich an der Tür aber noch einmal um und fragte:

»Wie hat das Schwert ausgesehen?«

Norea verstand nicht, was er meinte, beschrieb jedoch das Schwert, eine kurze Waffe mit gekrümmter Klinge, wie eine Sichel.

Kurz danach erhielten sie eine Nachricht von dem Mann. Er habe seinen Neffen ermordet und ließ ausrichten, der Hass auf sein eigenes Leben sei überwunden und er gedenke weiterzuleben, bis er ein alter Mann sei.

Norea machte sich ein Bild von dem Mann, schaute noch einmal in sein Leben und fand heraus, dass er noch viele Jahre vor sich hatte.

Jetzt fühlte sie sich schuldig.

In der nun folgenden Verwirrung verlor sie ihre Gabe zu sehen.

Aber all das passierte kurz vor der jährlichen Reise zu Ans Berg und dem Sommeraufenthalt dort oben. Hier wollte sie sich ausruhen und zu neuen Kräften kommen.

An-Nam wusste, was die Berge und Wälder, die Aussicht und der Frieden für Norea bedeuteten. Jedes Jahr bestand er auf dieser Reise, ganz gleich welche Aufgaben unerledigt liegen blieben, die ihrer beider Mitwirken erforderten. Norea, einzig um An-Nams krankes Herz besorgt, drängte ebenfalls dazu. Die frische Luft und die große Stille dort oben auf dem Berg sollten sein Herz kräftigen, Eva sollte es untersuchen und ihm neue Medizin geben

Nun, auf ihrer ersten Reise über die Ebene zu dem Berg, hatten sie genügend Zeit, sich über vergangene Ereignisse zu unterhalten. In Ruhe konnten sie zusammen überlegen, wo sie sich geirrt hatten und was sie stattdessen hätten besser machen können. Ihre Worte entschieden immerhin über Schicksale, hatten sogar schon zum Tod geführt.

Für Norea war es eine wichtige Erfahrung, bisher hatte sie die Worte immer verachtet. Sie sagte es An-Nam und dankte ihm, dass er sie Respekt vor den Worten gelehrt hatte. Es war eines Abends am Lagerfeuer gewesen, sie konnte seine Verwunderung wegen der Dunkelheit nicht sehen, aber sie hörte ihn sagen:

»Ich verstehe nicht, wieso du dich so lange gesträubt hast anzuerkennen, dass Worte Macht besitzen. Ich kenne keinen, der so viel darüber weiß wie deine Mutter. Eva hat nie an der Kraft der Gedanken gezweifelt und die Worte immer mit großem Bedacht gewählt.«

»Ich habe ihr nicht zugehört«, erwiderte Norea. »Ihre Worte bedrohten meine Welt.«

In dieser Nacht in der Ebene in dem Kleinen Zelt hatte Norea einen Traum.

Sie sah sich selbst von Platz zu Platz in ihrem Kindheitsland laufen, wobei sie nach etwas suchte.

Sie ging zum Vater und fragte ihn, aber er hatte nicht darauf geachtet, was sie verloren hatte. Sie traf Lu-Sin, die ihr im Haus und auf dem Hof suchen half. Ohne Erfolg. Daraufhin ging sie zum Kahlen Berg, zum Wäldchen, wo das Bilsenkraut wuchs, ja, bis zum Steilhang im Osten, wo gerade die Sonne aufging.

Nirgendwo fand sie, wonach sie suchte.

Schließlich war sie wieder zu Hause, wo sie die Mutter in dem großen Gemüsegarten traf. Und Eva fragte:

»Wonach suchst du, Kleines?«

Norea war so erstaunt, dass sie aufwachte, sich im Zelt aufsetzte und überlegte, wonach sie gesucht hatte. Ich weiß nicht einmal, wie das, was ich verloren hatte, aussah, dachte sie.

Beim Frühstück fragte sie An-Nam:

»Wie, glaubst du, sieht meine Lebenslüge aus?«

Aber er lächelte sie ruhig an und gab zur Antwort:

»Du weißt, ich habe nicht die Gabe des Adlers. Trotzdem bin ich mir ganz sicher, dass deine Lüge weder groß noch besonders listig versteckt ist.«

Das tröstete Norea. Aber als sie an diesem Morgen die Ebene in Richtung Süden durchquerten, erinnerte sich Norea an ein Ereignis aus ihrer frühesten Kindheit. Sie begegnete noch einmal dem kleinen Tier von ihrem Kahlen Berg und fühlte die einstige innere Verbindung zu ihm. Sie hatte geglaubt, es sei Gott, bis ihr die Mutter gesagt hatte:

»Es ist ein Wiesel, Norea.«

Abends beim Lagerfeuer sagte sie zu An-Nam:

»Die Worte sind es, die uns einschränken.«

Es klang provozierend, sie suchte Streit. Doch er ging nicht darauf ein und pflichtete ihr nur ruhig bei.

Er glaube allerdings, sagte er weiter, Gedanken hätten einen längeren Weg zurückzulegen, als wir annähmen, die Worte, mit denen wir sie schließlich ausdrückten, seien nur ein dürftiges Resultat langer, mühevoller Arbeit.

»Oft habe ich überlegt, dass dort, am Ende des Weges, der Gedanke unklar wird. Und hier beginnt die Begrenzung.«

»Du meinst, uns fehlen die richtigen Worte?«

»Ich weiß es nicht. Die Wahrheit kann man wohl nie in Worten einfangen. Zwischen der Wirklichkeit und unserer Art, sie zu deuten, scheint ein wesentlicher Unterschied zu liegen.«

Norea war froh; was er da sagte, hatte sie bisher nicht gewusst.

An diesem Abend redeten sie über den Häuptling, der den Sohn seines Bruders ermordet hatte, und über Noreas Fähigkeit, Ereignisse vorauszusehen. Jetzt war ihnen klar geworden, dass die Zukunft niemals festgelegt ist; es lag in der Hand des Menschen, sein Schicksal zu formen.

Kinder bekamen sie nie. Eva war die Einzige, die An-Nam nach dem Grund fragte, und er konnte ihr nicht die Wahrheit sagen. Eine Geburt würde die düstere Erinnerung in Noreas Körper erneut wecken, fürchtete er. Er hatte die Worte des Mondpriesters von jenem Abend nicht vergessen, als man das bewusstlose und vergewaltigte Mädchen im Tempel fand; er hatte gesagt, die Verletzungen seien nicht größer als normalerweise bei einer schweren Geburt.

Und Norea, die jeden Monat zur alten Priesterin in den Inanatempel ging, um den Trank für die Blutung an Neumond einzunehmen, wusste, dass die Greisin den Grund dafür kannte. Norea wollte frei sein, um An-Nam zu folgen, wenn sein Herz ihn zwingen würde, seinen Körper zu verlassen.

Ein eigenes Zuhause hatten sie sich nie geschaffen, ihre Nächte verbrachten sie in Nins früherem Zimmer, das für Norea hergerichtet worden war, bei ihrem ersten Besuch des Tempels in Nod. Natie ließ ihnen einen kleinen Garten davor anlegen, in dem sie die Abendkühle genießen konnten. Nur das Gästehaus auf Ans Berg richteten sie sich wohnlich ein, in ihm waren sie mit den Jahren ganz und gar heimisch geworden. Jedes Mal, wenn sie von einem Zuhause sprachen, war dieses Haus gemeint.

Kapitel 30

Im fünfzehnten Jahr, als Norea und An-Nam wieder einmal am Ende des Sommers von Ans Berg nach Nod zurückkehrten, fanden sie die Stadt in voller Kriegsbereitschaft vor. Die Menschen waren erregt, ihre kleinen Sorgen und die alltäglichen Streitereien waren wie weggewischt.

Die Noder waren zu einem großen, gemeinsamen Herzen zusammengewachsen, das nun in einem neuen Lebensgefühl schlug.

Die umherziehenden Kriegsstämme an den Nordgrenzen unternahmen einen neuen Versuch, in das Land einzufallen. Diesmal war es ein genau geplanter Angriff, die verstreuten Stämme hatten sich endlich zusammengeschlossen und ein Heer gebildet, bereit, die Noder in einem gezielten Schlag zu vernichten.

Sie waren in der Kriegskunst unerfahren, aber von unbändiger Wut besessen, doch Enki-Bar, der jetzt Oberbefehlshaber war, behielt einen kühlen Kopf und rechnete mit ihrer mangelnden Kenntnis und dem allzu großen Ungestüm. Lediglich eine kleinere nodische Streitmacht sollte ihnen am Fuß des Berges begegnen, ihnen Widerstand bieten, sich jedoch alsbald zurückziehen, um die Angreifer weiter ins Landesinnere zu locken. Dort würde sie der größte Teil des nodischen Heeres von allen Seiten umzingeln und den Feind wie in einem großen Sack einfangen.

Der Plan war einfach, trotzdem ging Enki-Bar bei den Streitkräften, die er in der Ebene aufgestellt hatte, von Mann zu Mann, um ihnen Mut zu machen. Er war mit den Jahren fülliger und schwerer geworden, hatte nun viel von der ruhigen Zuversicht des Vaters.

Im Morgengrauen, beim letzten Durchgang mit seinen Offizieren, sagte er:

»Wenn nichts Unvorhergesehenes passiert, ist der Sieg unser, noch bevor die Sonne im Zenit steht.«

Gleich darauf geschah das Unvorhergesehene. Die Erde bebte unter ihren Füßen, und als sie aus dem Zelt rannten, sahen sie den Berg auseinander bersten.

Es kam zu keiner Schlacht.

Wie viele Angreifer von dem Erdbeben ausgelöscht wurden, blieb für immer ungewiss. Die meisten retteten wahrscheinlich ihr Leben, indem sie flohen, sicher war jedoch, dass der Berg weniger Menschen verschlang, als die Gerüchte behaupteten.

Gerüchte kümmern sich jedoch nicht um Tatsachen. Sie flogen nun über das Land, erreichten die Stadt, die in Jubeltaumel verfiel, und verbreiteten sich in Windeseile über die ganze Welt. Innerhalb weniger Tage hatten sie die endgültige Form und Kraft des Mythos angenommen:

Die große Priesterin in Nod habe dem Berg befohlen, sich zu öffnen und das gesamte feindliche Heer zu verschlingen.

Norea versuchte, das Gerücht zum Schweigen zu bringen, sie sei an dem Erdbeben nicht beteiligt gewesen, sagte sie. Stattdessen blutete ihr Herz um die dabei Umgekommenen. Aber niemand hörte auf sie.

Ärgerlich ging sie zu Bek-Neti und bat ihn, dem Gerede über das Wunder, das sie vollbracht haben sollte, ein Ende zu setzen. Er aber sagte ganz einfach, wie es war:

»Ich bin nicht Herr über das Gerücht, noch weniger über das Bedürfnis der Menschen nach Wundern.«

Norea musste einsehen, dass er Recht hatte, auch als er meinte, eine Legende wie diese hier könnte Nod in Zukunft manchen Krieg ersparen. Aber im Innern war sie damit nicht einverstanden.

Und das Gerücht verbreitete sich weiter, nach Westen und bis ans Ende der Welt. Eines Tages klopfte es an die Pforte der Burg von Sharur, dem Herrn und Großkönig von Uruk, der sich alle Länder im Westen untertan gemacht hatte, bis hin zu dem Meer, wo die Erde aufhörte.

Sharur war von jedermann in der alten Welt gefürchtet. Die Leute, die an seinem Hof in Uruk dienten, wussten zu berichten, er habe so viel Blut an seinen Händen, dass sich jedes Mal das Wasser rot färbte, wenn er sich wusch.

Viele Jahre lang hatte er seinen Blick nach Nod gerichtet, zu dem fruchtbaren Schwemmland, das an Wohlstand ständig zunahm. Aufgebrachte Kaufleute, die auf der Flussreise zum Meer an Nod Zoll entrichten mussten, hatten ihn schon lange aufgefordert, sich auch dieses Reich noch einzuverleiben.

Zwei Gründe hatten ihn jahrelang davon abgehalten. Der eine war die göttliche Abstammung des nodischen Königsgeschlechts, um vieles mächtiger als sein eigenes, welches undurchschaubar und in Dunkel gehüllt war. Der andere Grund war eher weltlicher Natur und betraf das nodische Heer, das Reiterheer, das Sum geschlagen hatte und seitdem als unbesiegbar galt.

Aber er hatte seine Späher in Nod und hörte sich ihre Berichte mit großem Interesse an. Bereits seit vielen Jahren hatte er von der seltsamen Prinzessin am nodischen Hof gehört, der Priesterin mit der göttlichen Gabe, Verborgenes zu sehen.

Er hatte mit dem Gedanken gespielt, sie als Braut heimzuführen, sie zur Königin seines gewaltigen Reiches zu machen. Das würde dem Land Glanz verleihen und seine Stärke sichern, hatte er überlegt. Mit der Verbindung würde Segen über sein Geschlecht kommen, denn niemand auf der Welt war von edlerem Blut als die Prinzessin von Nod.

Aber eines Tages hatten seine Späher von der Offenbarung der Prinzessin berichtet, von der Begegnung mit dem großen Engel des Lichts und der Wahrheit. Davor schreckte Sharur zurück, die Engel der Wahrheit waren in seinem Reich nicht gerade willkommen. Jetzt erreichte ihn der Bericht von jenem feindlichen Heer, das auf Befehl der Prinzessin von dem Berg verschluckt worden war, und er pries seinen klugen Verstand und dankte seinen Göttern, dass er von den Plänen, Nod zu erobern, abgesehen hatte. Diese Frau wollte er nicht zur Feindin haben.

Wahrscheinlich hätte der König nicht weiter an Nod und die Priesterin gedacht, wäre da nicht seine Krankheit gewesen, die ihn plagte. Seit Monaten hatte er schlimme Bauchschmerzen und musste den Morgen auf dem Abort verbringen, wo der Darm sich von Blut und Wasser entleerte. Er magerte ab, verlor an Kraft und Selbstbewusstsein und wurde so grausam wie nie zuvor. Die Köpfe fielen in Uruk wie das Getreide unter der Sichel zur Erntezeit.

Das Reich hielt den Atem an und wartete auf seinen Tod.

Eines Tages ließ er einen der Späher aus Nod kommen und fragte ihn, ob die Kraft der Priesterin auch so groß sei, Krankheiten zu heilen. Der Mann, der um sein Leben fürchtete, sah Sharurs zornerfüllten Blick und deutete ihn richtig. Er versicherte, die Prinzessin könne jegliche Krankheit heilen, allein indem sie den Kranken ansähe.

Sein Sohn und seine Priester wagten ein paar schwache Einwände, als er seine Leibwache und seine Ärzte für die lange Reise nach Nod zusammenrief. Sie meinten, er würde sie nicht überstehen.

Aber er war nicht aufzuhalten. Eine Nachricht wurde nach Nod geschickt, und noch ehe die Antwort zurückkam, war er schon unterwegs zur Grenze.

Im Palast in Nod saß Norea vor Bek-Neti und Natie. Ihr zur Seite waren An-Nam und die blinde Priesterin.

Bek-Neti war dünner und grauer als sonst, während er nun von dem riesigen Reich Uruk erzählte – für Nod seit vielen Jahren eine Bedrohung – und von dem kranken Tyrannen.

»Nur ein Krieg kann diesen Besuch verhindern«, sagte er, und

Norea sah, dass Natie bleich wurde wie ein Laken und in An-Nams Augen die Angst stand.

Sie selbst reagierte ärgerlich, erinnerte Bek-Neti daran, dass sie ihn gebeten hatte, den unsinnigen Gerüchten über ihre Macht Einhalt zu gebieten.

»Das hat nichts geholfen«, sagte er. »Im Gegenteil, wäre Sharur der Meinung gewesen, dass das Erdbeben nicht dein Werk war, hätte er seinen alten Plan ausführen und verlangen können, dass du seine Frau wirst.«

Auch Bek-Neti hatte seine Späher.

»Aber er muss doch wissen, dass ich bereits verheiratet bin«, wandte Norea ein.

Allgemeines Schweigen war die Antwort. Da schloss sie die Augen und las die Gedanken der anderen: Ein Ehemann war ein unbedeutendes Hindernis für einen Herrscher mit Sharurs Gesinnung.

Nun wurden in Eile Pläne geschmiedet. Das gesamte nodische Heer sollte in voller Bereitschaft gehalten werden. Enki Bar sollte dem Gast an der Grenze mit einem Reitertross von tausend Mann entgegenreiten, das würde Eindruck machen.

Enki sollte ihn wissen lassen, der König sei willkommen, aber gemäß Nods Gesetzen dürften ihn nicht mehr als zweihundert Mann über die Grenze begleiten. Akzeptierte er diesen Vorschlag, könne er die Reise zur neuen Stadt fortsetzen, wo ihn Hanok mit all der Pracht empfangen würde, die Nod aufbieten könnte. Im Palast sollte am Tisch des Königs ein Mittagsmahl serviert werden.

Erst am nächsten Morgen würde die Begegnung mit Norea stattfinden.

Sie müsse äußerst vorsichtig sein, meinte Bek-Neti. Erst nachdem sie mit ihm, Bek-Neti, zusammengetroffen wäre, dürfe sie offen legen, was sie vom Leben des Gastes und dessen Krankheit herausgefunden hätte. Er beabsichtige, heimlich in ihrem und An-Nams Privatgemach im Tempel auf sie zu warten.

»Aber was ist, wenn Sharur nicht warten will?«, gab An-Nam zu bedenken.

»Er muss«, sagte Bek-Neti. »Norea soll ihm sagen, sie müsse sich zuerst einmal ins Gebet versenken und um Kraft bitten, damit sie die Bilder auch richtig deuten könne.«

Norea nickte, sie hatte keine Angst.

Und alles ging nach Plan. Enki-Bar brauchte nicht einmal auf die nodischen Gesetze aufmerksam zu machen. Sharur hatte nur knapp hundert Mann bei sich, Ärzte und Priester eingerechnet.

Bereits am ersten Reisetag hatte er sich so frisch gefühlt wie schon lange nicht mehr. Bald tauschte er die Sänfte gegen den Esel ein und ritt in langsamem Schritt durch die weite Landschaft. Frische Luft füllte seine Lungen und einfache Kost den Magen, der ohne Schmerzen war.

Dennoch staunten die Noder an der Grenze, wie mager und hinfällig er aussah. Es fiel ihnen schwer, das Bild des grausamen Großkönigs mit der Gestalt dieses alten Mannes in Einklang zu bringen.

Er wirkte gebrochen.

Aber als Enki-Bar nach ausgiebigen Verbeugungen seinem Blick begegnete, sah er: Dies hier also war Sharur, einer der grausamsten Könige auf Erden. In seinen Augen war eine Kälte, die die Hitze des Tages zu Eis gefrieren ließ.

Sharur machte sich nicht die Mühe, seinen Hohn zu verbergen, als er für den allzu aufwendigen Empfang dankte. Die tausend Reiter auf ihren windschnellen Pferden machten ihn zornig und neidisch; diese Armee würde ihm gehören, hätte er sich zu einem Angriff entschlossen, ehe diese verdammte Prinzessin ihre Macht in das Reiterheer gesteckt hatte. Jetzt war es unüberwindbar.

Bei dem Essen im Palast konnte er sein Interesse für all die leckeren Gerichte, die aufgetischt wurden, kaum verbergen. Seit Ausbruch seiner Krankheit hatte er nicht mehr so viel gegessen. Auch den Wein genoss er, dachte allerdings, dass er seine Schwelgerei mit erneuten Magenschmerzen am nächsten Morgen würde bezahlen müssen.

Aber er wachte trotz all des Essens frisch und ohne Schmerzen auf, und bereits eine Stunde nach Tagesanbruch saß er vor Norea, die ihn freundlich und ohne eine Spur von Demut begrüßte. Er nahm es zufrieden zur Kenntnis – zum ersten Mal im Leben begegnete er hier einer ihm Ebenbürtigen.

Seine Leibwächter, stämmige Männer in schwarzen Uniformen, hatten sich ihm zur Seite aufgestellt. Mit klarer Stimme bat Norea sie, den Tempel zu verlassen.

Aber die Männer rührten sich nicht von der Stelle, nur vom König selbst nahmen sie Befehle entgegen. Und er zögerte, peinlich berührt.

Sie lächelte:

»Du hast nichts zu befürchten. Wenn du ängstlich bist, kannst du deine Männer gern bitten, den Tempel zu durchsuchen. Aber hier hat sich niemand versteckt, und es ist wichtig, dass wir beide einander vertrauen.«

Das war provozierend, niemand hatte je die Vermutung geäußert, der Großkönig könne ängstlich sein. Und von Vertrauen zu reden war für Sharur unbegreiflich, er hatte bisher keinem Menschen getraut.

Aber er befahl den Wächtern zu gehen.

»Jetzt erzähl mir von deiner Krankheit«, sagte Norea. Er dachte sich, besonders hübsch ist die berühmte Prinzessin nicht, so klein und mager, wie sie war, und ohne jeden Reiz. Er errötete jedoch plötzlich, als ihm einfiel, dass sie ja alle seine Gedanken lesen konnte.

Er begann zu erzählen, mit knappen Worten, wie er es gewohnt war. Aber bald strömten sie ihm unaufhaltsam aus dem Mund, und er verlor sich in ausführlichen Schilderungen seiner unvorstellbaren Schmerzen. Er schämte sich, konnte aber nicht aufhören zu reden. Und er merkte, dass sie ihm mitfühlend und aufmerksam zuhörte.

Ein ungewohntes Erlebnis für ihn.

Als er schließlich geendet hatte, sagte Norea:

»Ich werde jetzt die Augen schließen und dich mit meinem inneren Blick ansehen. Es kann lange dauern und für dich unangenehm werden. Dennoch muss ich dich bitten, so ruhig sitzen zu bleiben, wie irgend möglich.«

Er nickte und fühlte sich seltsamerweise keineswegs unwohl. Sie ist wie ein Kind, dachte er, mit einem klaren, ungetrübten Wesen.

Norea schloss die Augen, und An-Nam war beunruhigt als er sah, wie blass sie wurde, während sie das Leben des Mannes zurückverfolgte. Sie sah ihn den Vater ermorden und den Bruder erschlagen, sie sah Grausamkeiten und menschliches Leid von einem Ausmaß, wie sie es bisher nie gesehen hatte. Sie sah ihn als Kind, als man seine Mutter umbrachte, indem man ihr den Kopf abschlug, den man vor der Burg auf einem Pfahl aufspießte.

Ihr Herz weinte vor Mitleid.

Nirgendwo fand sie bei ihm Liebe, nicht einmal Freundschaft. Eine einzige Gefühlsregung hatte alle anderen verdrängt, und sie seufzte, als sie sah, wie ausgeprägt sie war, bei ihm, diesem Alleinherrscher.

Es war das Machtgefühl.

Ansonsten war da nur frostige Einsamkeit, ungeheurer Zorn und schließlich Schrecken, als Folge der Krankheit.

Als er davon erzählte, hatte sie angenommen, er selbst hätte die Krankheit – ohne sich dessen bewusst zu sein – herbeigerufen, um zu sterben. Sie hatte gedacht, es würde schwer werden, ihm seine Todessehnsucht begreiflich zu machen.

Jetzt aber sah sie, dass Sharur sich keineswegs den Tod wünschte und seine Lebenskraft noch für eine ganze Weile reichte. Sie blickte in seine Zukunft, sah flüchtig seinen Tod, einen ganz normalen Tod an Altersschwäche, und zwar in sieben Jahren.

Dann richtete sie den Blick auf seinen Körper, ließ ihn durch die Adern und Eingeweide wandern, fand aber auch dort keine

Ursache für die Krankheit. Sie erinnerte sich, dass er gesagt hatte, die Magenschmerzen träten immer eine Stunde nach dem Frühstück auf. Frühstück? Sie sah den gedeckten Tisch in dem düsteren Saal vor sich, wo er gemeinsam mit einem Mann mit langer Nase und unstetem Blick frühstückte.

Und plötzlich bemerkte sie, wie der andere ein weißes Pulver in das Glas des Königs mit dem erhitzten Wein schüttete, kurz bevor Sharur den Raum betrat.

Als sie schließlich die Augen öffnete und seinem Blick begegnete, sagte sie:

»Ich glaube, ich weiß, was dir fehlt. Aber erst einmal muss ich in mein Zimmer gehen und den großen Engel bitten, das, was ich gesehen habe, zu bestätigen. Ich bin gleich zurück.«

Er erhob keine Einwände, schien weder irritiert noch erstaunt zu sein. An-Nam blieb im Raum zurück, um ihm weiterhin Gesellschaft zu leisten, wechselte aber kein Wort mit ihm.

Eilig erzählte Norea Bek-Neti, was sie gesehen hatte. Er atmete erleichtert auf.

»Aber du riskierst einen Wutausbruch«, sagte er, als sie schon im Gehen war.

»Ich habe keine Angst«, gab sie zurück.

»Fordere ihn auf, mit dem Mann das Glas zu tauschen, sobald er nach Hause zurückgekehrt ist«, riet ihr Bek-Neti.

»So bekommt er Gewissheit.«

Sie nickte.

Dann saßen sie sich wieder gegenüber, und Norea sagte einleitend, sie wolle ihm jetzt alles erzählen.

Daraufhin beschrieb sie ihm sehr genau das Zimmer, das sie gesehen hatte. Er nickte, ja, es stimmte. Sie schilderte ihm den Mann mit der langen Nase und dem unsteten Blick und sah auf Sharurs Gesicht ein höhnisches Lächeln erscheinen.

»Das ist mein Sohn«, sagte er.

»Es schmerzt mich, das zu hören«, erwiderte sie. »Dein Sohn ist dabei, dich zu vergiften.«

Und sie berichtete von dem weißen Pulver in dem Weinglas.

Sharur saß wie vom Blitz getroffen da. Ein einziger Gedanke ging ihm durch den Kopf: Was war ich doch für ein Idiot. Das mit den Anfällen war ja so offensichtlich, immer kamen sie nach dem Frühstück, nie nach dem Mittagessen, an dem noch andere teilnahmen.

Ich hätte es wissen müssen, spätestens als ich mich während der Reise frischer fühlte.

Er zeigte keine Wut, nur eiskalte Entschlossenheit.

Von dem Mitleid in den Augen der Prinzessin, die auf ihn gerichtet waren, merkte er nichts. Er wollte aufstehen und sich bedanken, aber sie hielt ihn mit einer Handbewegung zurück.

»Ich bin froh, dass du deine Offiziere weggeschickt hast«, sagte sie. »Unter deiner Leibwache gibt es Leute, denen du nicht trauen kannst. Geh sehr vorsichtig vor, auch bei deiner Rückkehr. Erwähne keinem gegenüber, was du erfahren hast. In ein paar Tagen, wenn sich dein Sohn wieder sicher fühlt, musst du dein Glas gegen seines tauschen.«

»Woher weiß ich, welcher Morgen der richtige ist?«, fragte Sharur.

»Ich werde dir ein Zeichen geben«, sagte sie.

An-Nam blickte Norea erstaunt an, aber sie meinte mit Überzeugung, eines Morgens würde das Gift im Glas des Königs bewirken, dass ein Gemälde in dem großen Speisesaal von der Wand fiele.

Sie gingen auseinander.

Eine Stunde später brach Sharur nach höflichem Abschied in Richtung Grenze auf, wobei er reichlich Geschenke für den Tempel zurückließ.

Durch Nod ging ein tiefer Seufzer der Erleichterung.

Und noch lange danach sprachen Norea und An-Nam von dieser Begegnung, von dem schrecklichen Erlebnis, das die Ursache für die Bosheit gewesen war.

Das Jahr verging, war reich und voller Freude wie all die anderen Jahre. Bei der Heimkehr auf dem Berg im folgenden Frühjahr erzählten sie der erstaunt zuhörenden Familie von dem Großkönig.

Nur Lu-Sin war weniger erstaunt, eher interessiert.

»Uruk war die Heimat meiner Mutter«, sagte sie. Sie erzählte von Sharurs Jugend und dass er ihren Vater ermorden ließ.

Da ging Norea innerlich zu jenem regnerischen Tag in der Webstube auf dem Berg zurück. Sie war noch klein und langweilte sich, als sie dort auf dem Boden saß und den Regen auf das Dach prasseln hörte, während Lu-Sin von dem Königsbegräbnis erzählte und von den Höflingen, die ihrem König freiwillig über die Grenze gefolgt waren.

Kapitel 31

Und so kehrte auch im einundzwanzigsten Jahr der Frühling ein, und wieder machten sie die lange Reise nach Hause auf den Berg.

An-Nam war frischer und er wirkte widerstandsfähig wie seit langem nicht mehr. Mit den Jahren war er ein guter Reiter geworden, und die langen Strecken auf dem Pferderücken über die Ebene während der Reise taten ihm gut. Er bekam Farbe, und die Freude leuchtete aus seinen Augen.

Seine Haare waren grau geworden, nicht so abrupt und sofort sichtbar, wie es bei Menschen mit dunklerer Hautfarbe ist. Aber die Jahre hatten Haare und Bart zu einem matten Silbergrau gebleicht. Er hatte seit Sharurs Besuch in Nod kein Herzstechen mehr verspürt, und mitunter ging es ihm durch den Kopf, dass er bereits länger als sein Vater und Großvater lebte.

Als Norea hinter ihm durch die Ebene ritt, hatte sie den Eindruck, seine Gestalt wäre von einer Helligkeit umgeben, stärker und anders, als es die Sonne und das bleiche Haar bewirken konnten. Irgendwo in ihrem Inneren deutete sie das Zeichen und wusste, dass seine Tage gezählt waren. Aber sie ängstigte sich deshalb nicht, sie hatte ihre Fähigkeit behalten, ganz im Jetzt, jenseits der Zeit, zu leben.

Der gegenwärtige Moment genügte ihr.

Mit den Jahren hatte sie ihre speziellen Fähigkeiten weiterentwickelt und konnte sogar, wenn es Not tat, Kranke heilen. Sie tat es nicht mit Kräutern wie Eva und Sins Priester, nein, sie ging zu der Stunde im Leben des Kranken zurück, in der er aufgegeben und sich seine Krankheit gesucht hatte, um dem Kampf auszuweichen.

Aber An-Nam konnte sie nicht helfen, sie vermochte nicht einmal in seine Zukunft zu blicken. Ihre Kraft verschloss sich bei dem, den sie am meisten liebte. Seit langem wusste sie, dies war Bestandteil der Liebe, die auch sie verletzlich und hilflos machte, wie alle anderen Menschen.

Diesmal kamen sie bei der Wohnstatt auf Ans Berg in strömendem Regen an, beide waren bis auf die Haut durchnässt, als sie endlich in ihr Haus traten. Aber das Feuer brannte schon, und Eva und Lu-Sin empfingen sie mit heißer Gemüsesuppe, die nach Heimkommen und Geborgenheit schmeckte.

Eva hatte aufgehört zu altern. Vor zehn Jahren war ihr Haar schneeweiß und ihr Körper klein und merkwürdig dünn geworden. Eines Frühlings, als sie nach Hause kamen, hatten sie es mit Trauer gesehen, als Zeichen dafür, dass sie nun auf den Tod zuging.

Aber der Alterungsprozess war stehen geblieben, seitdem hatte sie sich nicht mehr verändert. Und die großen, dunklen Augen hatten ihre Klarheit und weise Kraft behalten.

Es war auch neue Freude in ihr Leben eingekehrt. Nanshe war – nach einem kurzen Besuch in Nod, bei dem sie wegen ihrer Schönheit für viel Aufregung sorgte, sich dabei aber auch sehr unglücklich fühlte – nach Hause auf den Berg zurückgekehrt und hatte Seth geheiratet. Die Ehe war mit großer Fruchtbarkeit gesegnet; in sieben Jahren hatte Nanshe, ohne ihre Schönheit einzubüßen, sechs Kinder geboren, die um Eva herum spielten und ihrem Leben neuen Inhalt gaben.

Ganz zu schweigen von Lu-Sin, die nun erneut hundertfach ihre Lieder sang und tausendfach ihre Märchen erzählte.

Nanshe hielt die Schuldgefühle von Norea fern, das Mädchen war alles, was eine Tochter für eine Mutter nur sein konnte, und Norea liebte sie dafür.

Der Sommer wurde für alle schön wie immer. Norea, die die

Helligkeit um An-Nams Gestalt zunehmen sah, ließ sich ihre Furcht nicht anmerken. Wie immer machten sie ihre Ausflüge und kamen heim wie müde Kinder. Nachdem sie sich morgens geliebt hatten, schlief er jetzt manchmal ein, und Norea blieb mit dem Kopf auf seiner Brust liegen; sie fürchtete ihn zu stören.

Dabei hörte sie deutlich sein Herz schwer und ohne festen Rhythmus schlagen.

Eva horchte ebenfalls das Herz ab, sagte aber, es sei im Lauf der Jahre weder schlechter noch besser geworden. Sie bereitete ihm aus den Blüten des Fingerhuts ihre Medizin, die er einnahm. Sie wirkte, sein Herz schlug jetzt schneller und gleichmäßiger.

Es wurde Herbst, erneut begann die Arbeit in Nod für die beiden. Sie arbeiteten Seite an Seite wie bisher, glücklich und mit immer weniger Worten, in einer inneren Gemeinschaft, die ihrer beider Himmel auf Erden geworden war.

Eines Nachts im Winter, gleich nach dem großen Neujahrsfest, wachte Norea von einem blendenden Licht im Schlafzimmer auf, als wäre ein Stern hineingefallen. Das weiße Licht um An-Nam hatte zugenommen, erfüllte jetzt die ganze Welt, so schien es ihr. Sie blickte auf den Körper neben sich im Bett und wusste, dass er ihn verlassen hatte. Er war in das weiße Licht eingetaucht. Sie konnte mit dem Licht sprechen, seine Gegenwart darin war sehr deutlich. Ihr Gespräch dauerte Stunden, alles konnte nun in einer Offenheit ausgetauscht werden, die nicht mehr von Worten eingeschränkt war. Sie erfuhr, dass er traurig war, sie alleinlassen zu müssen, aber auch von seiner Freude darüber, was ihm hier in der grenzenlosen Wirklichkeit begegnete.

Er wusste jetzt, dass ihm alles, was er auf Erden getan und gelernt hatte, erhalten blieb, frei von allen Nebenabsichten und umso wertvoller.

Norea hatte an vielen Sterbebetten gesessen, hatte zahlreichen

Männern und Frauen über die Grenze geholfen und kannte gut das Glücksgefühl in der Helligkeit dort drüben. Diesmal aber war es stärker und greifbarer. Und sie wollte ihm mit ihrem ganzen Sein folgen.

Aber das Licht bedeutete ihr, ihre Arbeit hier auf Erden zu vollenden. Als es allmählich verblasste, rief sie dennoch trotzig:

»Bald werde ich dir nachkommen, du weißt es, bald!«

Sie konnte sein Lachen hören, das warme Lachen, das so viele Jahre ihre ganze Freude gewesen war, und wusste, dass er sie erwartete.

Als die Nacht das Zimmer erneut in Dunkelheit tauchte, war Norea ruhig und konzentrierte sich auf das, was zu tun war, sie schloss seine Augen und legte seinen Körper im Bett zurecht. Dann ging sie in Ans Tempel, um zu berichten, der oberste Priester sei von ihnen gegangen.

Das Volk liebte An-Nam war wegen seines Humors und seiner Nähe zu den Menschen, und man bereitete ihm ein königliches Begräbnis. Kein Auge blieb in Nod trocken, als die Menschen ihn zum Grab begleiteten.

Nur Norea weinte nicht.

Klein und sehr aufrecht schritt sie an dem Ehrenplatz in dem langen Begräbniszug einher, und ihr unbewegliches Gesicht ließ nur die eine Deutung zu: So schmerzlich war ihre Trauer, dass sie nicht wagte, sich ihr hinzugeben.

Aber unter ihnen gab es auch solche, die meinten, die Priesterin habe ein kaltes Herz.

Nach dem Begräbnis machte sie sich allein auf die Reise zu Ans Berg und spürte unterwegs in dem offenen Licht der Flussniederung immer wieder An-Nams Nähe. Wohlbehalten zu Hause angekommen, lief sie als erstes in Evas Arme und ließ endlich den Tränen freien Lauf.

Sie lösten ihre Versteinerung und die Verspannung ihres Körpers. Aber sie linderten nicht ihren Schmerz.

Kapitel 32

Norea blieb zu Hause auf Ans Berg, und mit der Zeit konnte selbst sie wieder Freude empfinden, so beim Gesang der Zugvögel, als sie im Frühjahr zurückkehrten. Und wieder blühten auf den Wiesen die blauen Anemonen – auch diese Ankündigung der jährlichen Wiedergeburt konnte Norea freudig annehmen.

Sie hatte geglaubt, Trauer würde die Freude ausschließen. Jetzt merkte sie, dass es umgekehrt war, der Schmerz konnte den bescheidenen Freuden, die der Mensch trotz allem empfindet, sogar mehr Inhalt geben.

Genau wie nach der schlimmen Krankheit vor vielen Jahren sah sie die Dinge jetzt deutlich und in allen Einzelheiten. Selbst kleine Begebenheiten lösten starke Gefühle in ihr aus. So konnte sie über einen jungen Vogel weinen, der aus dem Nest gefallen und gestorben war, oder in Jubel ausbrechen über die Blumen, die ihr Seths Kinder gepflückt hatten.

Seit ihrer Kindheit hatte sie ihrer Mutter nicht mehr so nahe gestanden. Die beiden Frauen kamen sich in ihrem gemeinsamen Wissen um den untröstlichen Schmerz auch ohne viele Worte immer näher.

Mitunter dachte Norea an die Erfahrungen, die sie einst in Nod gemacht hatte, als sie noch jung war und mit einem Mal begriffen hatte, dass man einen Menschen erst wirklich verstand, wenn man sich in ihm wieder erkannte. Erst jetzt konnte sie Evas Trauer über den Verlust der Söhne teilen, die ihr so brutal genommen worden waren.

Norea wusste, sie würde die Erde vor ihrer Mutter verlassen, und noch einmal würde Eva mit dem Schmerz konfrontiert werden. Es tat Norea weh, und sie legte in ihre Augen eine Bitte um Vergebung, wenn sie die Mutter ansah. Manchmal meinte sie, auch Eva wusste, wie dünn das Band war, das Norea am Leben hielt.

Jeden Morgen wachte sie in neuerlichem Gram auf. Sie hatte trotz allem angenommen, der Schmerz würde im Laufe der Zeit an Schärfe verlieren. Zwar würde sich die Leere nicht füllen, sie würde mit dem Verlust leben müssen, aber sie hatte sich zumindest vorgestellt, der fast körperliche Schmerz in der Brust würde vergehen.

Und Eva fand wie immer die richtigen Worte:

»Die Wunde in deinem Herzen ist so tief, dass sie nur oberflächlich verheilen wird. Es wird Momente geben, in denen du frei von Kummer bist, und mit der Zeit werden die Abstände immer größer. Aber immer wieder wird der Schorf auf der Wunde abreißen, und alles ist wieder da, schonungslos.«

Norea dachte an die Mutter, ja, genau so hatte sie all die Jahre gelebt.

»Du bist ein starker Mensch«, sagte sie.

»Ja«, erwiderte Eva. »Es ist mir so oft gesagt worden, sodass ich beinahe selbst daran glaube. Anderen hat es geholfen, mich hat es nie getröstet.«

Doch sie sagte es ohne Bitternis.

Die Tage vergingen, Tage der Stille in Noreas Leben. Sie wusste, sie waren gezählt, aber sie wusste nicht, wie das Zeichen für den Aufbruch aussehen würde.

Eines Tages kamen, wie schon so oft zuvor, berittene Soldaten aus Nod. Sie hatten, ohne länger Rast zu machen, die Ebene durchquert – müde und verschmutzte Männer auf ihren geschundenen Pferden.

Sharurs Bote war an Hanok mit dem Antrag herangetreten, der Großkönig wünsche mit Norea die Ehe einzugehen.

In Nod zögerte man die Antwort hinaus, erst wollte man alle Streitkräfte des Landes für den Krieg zusammenziehen, der wohl unumgänglich war.

Bek-Neti ließ Adam und Ast-An ausrichten, Späher aus Uruk hätten den Wohnplatz auf Ans Berg ausgemacht und wüssten, dass sich Norea dort aufhalte. Er forderte sie auf, sich für die Flucht in die Berge bereitzumachen, sämtliche Soldaten, die Nod aufbringen könnte, würden sie zu ihrem Schutz begleiten. Norea sollte wissen, dass jeder Noder bereit sei, für sie zu kämpfen und zu sterben.

Sie war die Einzige, die die Nachricht ruhig aufnahm; sie blickte sich in der Runde ihrer nächsten Angehörigen um und zeigte ihr großes, offenes Lächeln, als sie sagte:

»Kein einziger Mensch soll meinetwegen fliehen oder sterben. Ich reise in die Stadt, um Sharurs Boten mein Jawort zu geben.«

Bereits eine Stunde später saß sie im Sattel, die erschöpften Boten mussten sich erst einmal ausruhen, aber Seth und Ast-An begleiteten sie auf der Reise, sie sollten ihre Trauzeugen in Nod sein. Nicht ein einziges Mal hatte sie zur Mutter geblickt, seit die Boten gekommen waren, jetzt zum Schluss sahen sie sich an in der vollen Gewissheit, dass sie einander nie mehr begegnen würden.

Keine von beiden vermochte zu weinen, der Augenblick war zu schmerzhaft.

Und Norea drehte sich auch an der Wegbiegung zum Wasserfall nicht noch einmal um, wo sie einen letzten Blick auf ihr Kindheitsland hätte werfen können.

Unten in der Ebene klang der Schmerz ab, und sie sagte zu Ast-An, während unter ihr in donnerndem Gallopp die Hufe dröhnten:

»Jetzt bin ich auf dem Weg, es ist nicht mehr zu ändern.«

Wenige Tage später ritten sie durch das Tor in eine Stadt, die sich verändert hatte. Streitwagen dröhnten durch die Straßen, und Truppen waren unterwegs zum Fluss. Niemand erkannte Norea in Uniform und Helm wieder, als sie durch die Stadt und über die Brücke hinaus aufs offene Feld ritt, wo Nods Truppen Aufstellung genommen hatten.

Rasch fanden ihre Augen Bek-Neti, der wie in Stein gehauen auf seinem Pferd saß, ihm zur Seite Enki-Bar und Hanok. Sie ritt auf die Männer zu, nahm den Helm ab und sagte zu Bek-Neti mit einer Stimme, die über das gesamte Feld zu hören war:

»Du kannst deine Männer zu ihren Müttern und Frauen zurückschicken. Wir brauchen nur eine kleine Truppe, die auf dem kürzesten Weg die Nachricht an Sharur überbringt, dass ich seinen Antrag annehme.«

Nie zuvor hatte unter so vielen Menschen eine derartige Stille geherrscht. Mehr als zehntausend Soldaten hielten den Atem an, keines der Tausende von Pferden scharrte mit den Hufen.

Die Stille breitete sich über die Brücke aus bis hin zur großen Stadt, in der alles Leben zum Stillstand kam, und sie erreichte den Palast, wo Natie mit ihren jüngsten Söhnen wartete. Und Natie begriff, was die Stille bedeutete. Norea hatte den Entschluss gefasst, für den Natie seit zehn Tagen jede Nacht zu den Göttern gebetet hatte.

Und nie hatte man einen traurigeren Hochzeitszug gesehen als den, der nun mit Norea, Seth, Ast-An und Bek-Neti an der Spitze westwärts zog. Von ganzem Herzen betrauerte das Volk ihren Entschluss und den Verlust der Priesterin, die dem Reich Glanz und ihrem Leben Segen gebracht hatte. Klagelieder wurden gedichtet und entlang des Weges gesungen, und wie früher schon warfen die Noder auch diesmal Blumensträuße auf ihren Weg.

Aber Norea blickte durch ihre Sorge hindurch in die Herzen, die zutiefst erleichtert waren.

Sie hatte An-Nam das heilige Versprechen gegeben, nicht durch eigene Hand den Tod zu suchen, und ihr Körper war frisch und stark, mit einem Herzen, das noch immer ruhig und kraftvoll schlug. Deshalb war sie dort oben auf dem Berg so verzweifelt gewesen.

Jetzt wusste sie, dass ihr das Schicksal freundlich gesinnt war.

Kapitel 33

In der Burg in Uruk wartete Sharur auf seine Königin, die Priesterin, die ihre große Macht der seinen hinzufügen würde.

In wachen Momenten träumte er sogar davon, sie würde ihm einen Erben von edlem Blut schenken.

Mit ihm wäre sein Reich gesichert.

Sein Triumph war grenzenlos gewesen, als er erfahren hatte, dass ihr Mann gestorben war. Er selbst hatte den blassen Priester überlebt. Mit der Priesterin an seiner Seite wäre er in Sicherheit, sie würde die verborgenen und arglistigen Gedanken der Menschen um ihn herum durchschauen, deren Intrigen und verräterische Absichten aufdecken.

Krank war er und alt, ihm blieb nicht mehr viel Zeit, und die Ungeduld verfolgte ihn wie ein Gespenst, als Nod die Antwort hinauszögerte. Schließlich kam ein Späher mit dem Bescheid, die Noder rüsteten zum Krieg. Beim Mondgott, er war bereit, sollten sie doch kommen. Noch einmal, ein letztes Mal, würde seine gefürchtete Armee durch die Welt ziehen und alles auf ihrem Weg vernichten.

Bei dem Gedanken schlug Sharurs Herz mit beinahe jugendlicher Kraft.

Aber in den Nächten, während der fürchterlichen Einsamkeit, packte ihn die Verzweiflung. Konnte er seinen Offizieren trauen? Würden ihm seine Soldaten gehorchen? In einem seiner Länder am Meer herrschte bereits Aufruhr, bei einem Krieg im Osten würden im Westen zahlreiche Rebellionsfahnen gehisst werden.

Im Dunkel der Nacht spürte er, dass das riesige Reich in Erwartung seines Todes den Atem anhielt.

Als endlich die Sendboten aus Nod mit dem Bescheid eintrafen, Norea habe seinen Eheantrag angenommen, war er merkwürdig bewegt. Er würde sie also wiedersehen, diese seltsame Frau, die ihm ihr Mitgefühl gezeigt hatte.

Die große Einsamkeit war vorüber. Er würde ohne Angst vor dem Unbekannten schlafen können, der jederzeit auftauchen und ihm den Hals durchschneiden konnte.

Jetzt war es aber auch vorbei mit der hitzigen Ungeduld, die falschen Träume hatten ein Ende. Niemals würde er mit der neuen Königin einen Erben bekommen, er war einfach zu alt dafür, sich zu ihr zu legen. Und er wusste, nie würde die Prinzessin von Nod, sie, mit ihrem klaren Kinderblick, ihre Macht dafür einsetzen, die seine zu vergrößern.

Es war zu spät.

Dennoch bedeutete dies wenig im Vergleich zu dem einzig Wichtigen für ihn, nämlich der Einsamkeit zu entgehen. Sie, die größere Macht besaß als seine Priester und sein Heer zusammen, würde sich hier an seiner Seite befinden und ihn vor denen schützen, die seinen vorzeitigenTod wünschten.

Er würde Gesellschaft bekommen.

Einmal schon hatte er ihre Güte erlebt. Und er konnte sich auf ihr Wort verlassen. Unvergesslich blieb ihm der Morgen, als das Bild im Speisesaal herunterfiel, und er den Sohn gezwungen hatte, selbst das Glas mit dem vergifteten Wein zu trinken. Sie hatte ihm wie versprochen ein Zeichen gegeben, völlig freiwillig hatte sie sich entschlossen, ihm zu helfen.

Den Sohn hatte er hinrichten lassen.

Nach jenem Mord hatte die Gewalt in seinem Gemüt nachgelassen, das Vergnügen an grausamen Handlungen war seitdem ausgeblieben.

Er hatte begriffen, dass dies ihr Werk war.

Während er auf Norea wartete, ging es mit seinen Kräften zu

Ende. Es schien, als habe ihm die Kampflust, die ihn in Erwartung einer Schlacht gegen die Noder erfasst hatte, den Rest seiner Kraft genommen.

Als Norea am vereinbarten Tag ankam, war keine Zeit mehr für die großartige Hochzeitsfeier, die er geplant hatte, um der Welt zu zeigen, dass Sharurs Macht auf Erden gesichert war.

Sie mussten am Krankenbett getraut werden, und Sharur hatte nur den Wunsch, ihren Bruder und die übrigen Gäste aus Nod loszuwerden. Bek-Neti persönlich war gekommen, um dem Hochzeitspaar seine Ehre zu erweisen. Das kränkte den Großkönig, der sich wegen seines elenden Zustandes schämte.

Aber vor allem sehnte er sich danach, mit der Priesterin, deren Augen voller Mitgefühl und Weisheit waren, allein zu sein.

Einen Monat lang waren sie zusammen. Tag und Nacht verbrachte sie an seiner Seite und gab ihm von ihrer Kraft.

Und Sharur meinte, diese Tage, in denen das Leben allmählich scinen hinfälligen Körper verließ, seien die besten, die ihm je geschenkt worden waren.

Ruhe und Ordnung herrschten um sein Krankenlager. Sämtliche Priester und Minister, die Hofleute und Offiziere mussten einsehen, dass die Gerüchte der Wahrheit entsprachen – die Priesterin aus Nod könne den Menschen durchschauen und alle seine Gedanken lesen. Die Spannung nahm ab, es gab keine heimtückischen Pläne mehr. Die Atemluft um den Sterbenden wurde leichter. Auch die Furcht wich, denn die Menschen merkten, dass Norea niemanden verurteilte.

Jedermann wartete auf das Unausweichliche.

Sharur und Norea sprachen nicht viel miteinander. Trotzem konnte sie ihn davon überzeugen, dass das Leben im innersten Kern gut ist und dass es auch für einen Mann wie ihn Gnade gab.

Eines Morgens in der Dämmerung verließ er seinen Körper, ohne Schrecken und mit seiner Hand in der ihren.

Kapitel 34

*N*iemand in Uruk wagte Norea zu sagen, welche Gesetze bei einem königlichen Begräbnis im Lande herrschten. Als Sharurs Oberbefehlshaber kam, den Norea hatte rufen lassen, um den eingetretenen Tod zu bestätigen, erwähnte er ihr gegenüber nur ganz kurz das Gesetz und gab ihr eine Stunde Vorsprung zu fliehen. Aber sie zeigte nur ihr offenes Lächeln und sagte, sie sei nicht in sein Land gekommen, um dessen Gesetze zu brechen.

So kam der Morgen, an dem Norea an der Spitze von Sharurs Leibwache und des gesamten Hofes, den Priestern und engsten Ratgebern, in die große Grabkammer hinunterstieg, in der bereits der Körper des Königs lag.

Sie alle hatten ihre prunkvollsten Gewänder und ihren prächtigsten Schmuck angelegt. Aber vielen war der Schrecken anzusehen, es war nicht so selbstverständlich und einfach, wie Lu-Sin es damals geschildert hatte, als Norea noch ein Kind war.

Eine Hofdame kam zu spät, und schaffte es nicht mehr, ihr Silberband um die Stirn zu legen, ehe ihr der Gifttrank in den Becher eingeschenkt wurde.

Norea erhob, wie das Gesetz es verlangte, als erste ihren goldenen Becher, sah auf dessen Grund, der so klar wie Wasser war, und erkannte darin An-Nams blaue Augen. Siegessicher lächelte sie ihm zu, erhob den Becher zu einem Gruß und leerte ihn in einem Zug.

Nachwort

Besitzt der Mensch grenzüberschreitende Fähigkeiten? Schlummern in uns Anlagen, die Wirklichkeit aus weit größerer Perspektive zu sehen als der »normalen«?

Die neueren Forschungen über die eigentliche Bedeutung des Bewusstseins zeigen ganz klar in diese Richtung. Das so genannte »Du« ist nur der Teil der Psyche, den man vordergründig wahrnimmt. Wir besitzen jedoch weit mehr Bewusstseinszustände, und ein jeder von uns bewertet die Wirklichkeit nach unterschiedlichen Gesetzen und Mustern.

Langsam und unter gewissen Schmerzen lässt der westliche Mensch dieses »Schwarzweiß-Sehen« hinter sich und beginnt allmählich in anderen Kategorien als dem Entweder/Oder zu denken. Zögernd beginnt er einzusehen, dass das »Ich« nicht selbstverständlich Recht und das »Du« Unrecht hat.

In der Biographie von Ernst Jones über Freud gibt es eine Geschichte, die auf wunderbare Art zeigt, wie das dualistische Denken unsere Sichtweisen bestimmte:

Bei einem Gespräch bekennt Freud mit großem Unbehagen, er habe so viele Beweise für die Existenz der Telepathie, dass es schwer sei, sie zu leugnen.

Schockiert starrt Jones den Meister an und sagt: »Wenn wir aber nicht umhin können einzusehen, dass mentale Prozesse in der Luft herumschwirren, dann können wir genauso gut an Engel glauben.«

»Genau das«, antwortet Freud düster. »Und erst recht an einen lieben Gott.«

Diese Anekdote zeigt auch deutlich, weshalb der Widerstand gegen die Parapsychologie so gefühlsbeladen war. Sie stellte die Bedrohung für ein bestimmtes Weltbild dar.

Die Erforschung der so genannten okkulten Phänomene ist nie besonders überzeugend gewesen, vor allem weil – so glaube ich – die Parapsychologen versucht haben, ihren Standpunkt innerhalb des Rahmens der etablierten Wissenschaft zu vertreten. Für Weissager und Hellseher, Heiler, telepathische Botschaften und Geistphänomene gelten ganz andere Gesetze als für die Wissenschaft. Sie bewegen sich außerhalb der mechanischen Zeit und des messbaren Raumes.

Die Wissenschaft hat Recht, das heisst aber nicht, dass die Parapsychologie Unrecht hat.

Newtons Weltbild ist unwiderlegbar, das weiß jeder, den einmal ein Apfel am Kopf getroffen hat. Aber auf dem Gebiet der Quantenphysik gelten widerum ganz andere Wahrheiten. Die Wirklichkeit ist mehrdimensional, und eine Dimension hebt die andere nicht auf. Wir brauchen es nicht »zu vermischen«, im Gegenteil – wir werden reicher, wenn wir unsere Fähigkeiten, Grenzen zu überschreiten, akzeptieren und uns darin üben.

Jedes Kind besitzt ein »goldenes Zeitalter«, geprägt von einer anderen Sichtweise und von einer Welt, wo alles beseelt ist. In der Terminologie der Psychologie nennt man diese Periode die magischen Jahre, und sie ist eine Entwicklungsphase, die stets von Realitätsanpassung abgelöst werden muss. Welchen Realitäten wir uns anpassen sollen, liegt bekanntlich außerhalb der psychologischen Wertung.

Das bedeutet, das Kind soll in die Bezugssysteme der Gesellschaft gepresst werden, es soll lernen, gemäß den Mustern zu sehen und zu lernen, die in den jeweiligen Kulturen gelten. Zuletzt sind die Fähigkeiten der »magischen Jahre« dann nur noch eine schwache Erinnerung an ein verlorenes Paradies.

Die Mittel, die für den Anpassungsprozess eingesetzt werden, sind bei jeder repressiven Erziehung die gleichen: Angst, Schuld und Strafe. Der amerikanische Pädagoge Joseph Chilton Pearce schreibt in seinem Buch »Das magische Kind«: »Im Alter von sechs Jahren hat das Kind gelernt, ... Verhaltensweisen umzusetzen, die auf dem kulturellen Muster basieren. Dies bedeutet das Ende der Kindheit. Danach ist die selbstverständliche Natur nicht mehr selbstverständlich, das Kind ist von einer kulturell bedingten, unterschwelligen Angst geprägt, die das Ganzheitsbewusstsein spaltet und schließlich zu einem bruchstückhaften und isolierten Leben führt. Durch die Furcht akzeptiert das Kind nämlich in hohem Maße das Ursache-Wirkung-Denken.«

Etwas später stellt er fest: »Alle Kulturen versuchen die Natur zu kontrollieren, da sie als Bedrohung angesehen wird. Diese Angst vor der gefährlichen Natur bestimmt unsere Interaktion, sie prägt unsere Wirklichkeit und die Möglichkeit eines jeden, uns auf das Selbst zu verlassen. Nichts in unserem Dasein scheint stabil und sicher zu sein, unser Flucht- oder Streitimpuls ist ständig präsent. Alles scheint uns zu bedrohen.«

Wie würde eine Kindheit aussehen, die es dem Kind erlaubt, die magischen Fähigkeiten in sich zu entfalten? Ist eine Erziehung in diesem Sinne überhaupt möglich? Wie sieht die Entwicklung zu einem erwachsenen grenzüberschreitenden Menschen in einer Kultur aus, wo die gesunde Vernunft und die »eine Wahrheit« ausdrücklich gefordert werden? Wird er verrückt? Oder zum Medium? (Das bedeutet ein gefährliches Außenseiterdasein in einer Zeit, die keinen Platz hat für Seher oder Menschen mit Visionen.)

Im günstigsten Fall wird er vielleicht kreativ, was wir allgemein als »künstlerisch begabt« bezeichnen. Die Kunst ist ja die einzige grenzüberschreitende Aktivität, die unsere Kultur akzeptiert.

Dies sind einige Fragen, die ich mit dem Buch über Norea, die Tochter von Adam und Eva und zugleich eine bedeutende mythische Gestalt in den gnostischen Schriften, beleuchten wollte. Jeder, der sich die Zeit nimmt, die Nag Hammady Library zu studieren, wird Norea begegnen als der Seherin und Denkerin oder als der hart Geprüften, die Hilfe von der göttlichen Offenbarung bekommt.

Die Nag Hammady Library (so genannt nach dem Fundort in Ägypten) ist der Sammelbegriff für eine große Anzahl gnostischer Schriften, von Gedichten, philosophischen und mythischen Urkunden, Evangelien usw.; die amerikanische Ausgabe wurde von James M. Robinson überarbeitet.

Eine der kürzeren Abhandlungen im Gesamtwerk hat die Überschrift *Noreas Gedanken*. In der Einleitung verweist Birger A. Pearson auf die Verwandschaft der Figur Noreas mit Sophia, der Weisheit; diese symbolisiert den Fall und die Auferstehung der menschlichen Seele. Die Erfahrungen, die sie macht, bezeichnen die Gnostiker als notwendig für den Weg der Menschheit zur Verankerung in der Ganzheit.

Es gibt noch eine weitere Abhandlung, *The Hypostatis of the Archons*, worin Noreas Offenbarungen wiedergegeben werden. Sie enthält ihr Gespräch mit Eleleth, dem großen Engel, der auch »Verständnis« genannt wird. Die Einleitung zu diesem Gespräch habe ich im Roman beinahe wörtlich zitiert, weiterführend das Thema jedoch frei behandelt.

Als ich die gnostischen Schriften las, fiel mir immer wieder auf, wie sehr sie in vielerlei Hinsicht die Suche in unserer heutigen Zeit widerspiegeln. Die Gnostiker drückten aus, was Huxley beinahe zweitausend Jahre später die »Philosophia perennis«, die »ewige Philosophie« nannte.

Die Gnostiker beschrieben den Weg des Einzelnen zur Erkenntnis – jenseits der Kirchen und Dogmen. Die Gnosis befasst sich mit der intuitiven Erkenntnis des eigenen Ichs – des ursprünglichen Selbst – welches als identisch mit Gott angesehen wird. Natürlich standen die Gnostiker damit im scharfen Gegensatz zu der jüdisch/christlichen Lehre von dem einen Gott, dem

Schöpfergott, der in den gnostischen Schriften als Demiurg bezeichnet wird, oder – wie im Roman – Yaltboath.

Für die Gnostiker waren die Gesetze des Demiurgen der Versuch eines niedrigeren Gottes, die Menschen in Furcht und Sklaverei zu drängen; mit anderen Worten: eine Einengung. Die Menschen sollten in ein vorgegebenes Bezugssystem gezwängt werden.

Viele haben auf die Ähnlichkeit der gnostischen Ideenströmung mit den Gedanken unserer heutigen Zeit verwiesen. Hans Jonas hat in seinem Buch *Gnosis* eine Parallele zum Existenzialismus gezogen. Vor allem aber durch die Schriften von C. G. Jung begann uns gnostisches Gedankengut zu beeinflussen.

In dem Roman über Noreas Leben spielt der Tod eine große und leuchtende Rolle. C. G. Jung schreibt in seinem berühmten Vorwort zum Tibetischen Totenbuch einige Sätze, die ich gern wiedergeben möchte. Er beginnt mit einem Zitat aus dem Totenbuch, worin der Tote aufgefordert wird einzusehen, dass die Dämonen, denen er im Totenreich begegnet, im Grunde seine eigenen Projektionen sind. Dann schreibt Jung:

»Diese Aussage findet der Westen entweder sehr bedenklich, wenn nicht gar verwerflich, oder er eignet sie sich ebenso unbedenklich an und holt sich dabei eine theosophische Inflation. Irgendwie stehen wir zu diesen Dingen schief. Können wir uns aber soweit beherrschen, dass wir uns unseres Hauptirrtums enthalten, immer etwas mit den Dingen machen zu wollen und alles praktisch zu verwerten, so gelingt es vielleicht, daraus eine für uns wichtige Lehre zu ziehen oder wenigstens die Größe des Bardo Thödol (dem Totenbuch) zu ermessen, welcher dem Toten die höchste und letzte Wahrheit mitgibt, dass auch die Götter Schein und Licht der eigenen Seele sind.«

Noch ein Letztes: Für die Milieuzeichnung, die Mythologie, die religiösen Riten und medizinischen Fakten usw. bin ich dem Keilschriftforscher Samuel Noah Kramer großen Dank schuldig, dessen Buch *From the Tablets of Sumer* für mich eine große Freude war. Erwähnt werden soll noch, dass das Gedicht an Nanshe ein Originaltext aus der Jahrtausende alten Keilschrifttafel ist.

Marianne Fredriksson

Hannas Töchter
Roman
Aus dem Schwedischen
von Senta Kapoun
Band 14486

Simon
Roman
Aus dem Schwedischen
von Senta Kapoun
Band 14865

Maria Magdalena
Roman
Aus dem Schwedischen
von Senta Kapoun
Band 14958

Inge und Mira
Roman
Aus dem Schwedischen
von Senta Kapoun
237 Seiten. Geb.
Krüger Verlag

Marcus und Eneides
Roman
Aus dem Schwedischen
von Walburg Wohlleben
Deutsche Erstausgabe
Band 14045

Eva
Roman
Aus dem Schwedischen
von Walburg Wohlleben
Deutsche Erstausgabe
Band 14041

Abels Bruder
Roman
Aus dem Schwedischen
von Walburg Wohlleben
Deutsche Erstausgabe
Band 14042

Noreas Geschichte
Roman
Aus dem Schwedischen
von Walburg Wohlleben
Deutsche Erstausgabe
Band 14043 – November 2001

Fischer Taschenbuch Verlag

fi 555 001 / 2

Marianne Fredriksson

Eva

Roman

Aus dem Schwedischen von Walburg Wohlleben

Deutsche Erstausgabe

Band 14041

Eva ist erfüllt von Sorge: Ihr ältester Sohn hat den jüngeren getötet. Um begreifen zu können, was eigentlich geschehen ist, muss Eva die Spuren ihres eigenen Lebens zurückverfolgen. Sie macht sich auf in das Land ihrer Kindheit – ins Paradies.

Mit ihrem ersten Roman, der sie in Schweden auf Anhieb bei einer breiten Leserschaft bekannt machte, erzählt Marianne Fredriksson nachdenklich und voller Phantasie von Evas Suche nach den eigenen Wurzeln und eröffnet zugleich ganz unpathetisch ein neues Verständnis von Schöpfungsgeschichte und »Sündenfall« aus weiblicher Sicht.

Fischer Taschenbuch Verlag

fi 14041 / 1

Marianne Fredriksson

Abels Bruder

Roman

Aus dem Schwedischen von Walburg Wohlleben

Deutsche Erstausgabe

Band 14042

Mit »Abels Bruder« setzt Marianne Fredriksson ihren Romanzyklus über »Die Kinder des Paradieses« fort. Behutsam und einfühlend erzählt sie die dramatische Geschichte des Brudermörders Kain. Wir begegnen einem kraftvollen, klugen, aber innerlich zerrissenen Kain. Die Schuldgefühle lasten wie ein Fluch auf ihm. Und eines Tages flieht er in das Paradies, von dem Eva ihm erzählt hat, zu dem Volk, das keine Worte kennt.

Fischer Taschenbuch Verlag

fi 14042 / 1

Marianne Fredriksson
Hannas Töchter
Roman
Aus dem Schwedischen von Senta Kapoun
Band 14486

Als Anna ihre fast 90jährige Mutter Johanna im Pflegeheim besucht, ist diese nicht mehr ansprechbar. Anna ist zugleich traurig und wütend. So viele Fragen möchte sie noch stellen, so vieles möchte sie noch wissen über das Leben ihrer Mutter Johanna und ihrer Großmutter Hanna. Wie ist es gewesen vor fast hundert Jahren auf dem Land, als Hanna mit ihrem unehelichen Sohn Ragnar den Müller Broman heiratete? Wieso konnte sie sich später nie an das Leben in der Großstadt Göteborg gewöhnen? Wie hat sich ihre Mutter gefühlt, als der Vater starb, und warum hat sie niemals rebelliert gegen ihr tristes Hausfrauendasein?

Jetzt ist es zu spät, all diese Fragen zu stellen. Anna – Tochter und Enkelin – begibt sich allein auf die Reise durch das Leben ihrer Mutter und Großmutter und findet mit Hilfe ihrer Aufzeichnungen Zugang zum Leben ihrer Vorfahren und vor allem zu sich selbst. Marianne Fredriksson hat ein spannendes Buch über die Liebe geschrieben, in dem sie die drei einprägsamen Lebenslinien von Anna, Hanna und Johanna durch hundert Jahre schwedische Geschichte nachzeichnet.

Fischer Taschenbuch Verlag

fi 14486 / 1